Nous remercions le ministère du Patrimoine canadien,
la SODEC et le Conseil des Arts du Canada
de l'aide accordée à notre programme de publication

Patrimoine   Canadian
canadien   Heritage

Conseil des Arts   Canada Council
du Canada   for the Arts

ainsi que le Gouvernement du Québec
– Programme de crédit d'impôt
pour l'édition de livres
– Gestion SODEC.

Nous reconnaissons l'aide financière
du Gouvernement du Canada
par l'entremise du Programme d'aide au développement
de l'industrie de l'édition (PADIÉ) pour ce projet.

Illustration de la couverture :
William Hamiau

Couverture :
Conception Grafikar

Édition électronique :
Infographie DN

Dépôt légal : 1er trimestre 2007
Bibliothèque nationale du Canada
Bibliothèque nationale du Québec

1234567890 IML 0987

STORINE, L'ORPHELINE DES ÉTOILES

VOLUME 9
Le Fléau de Vinor

DU MÊME AUTEUR
AUX ÉDITIONS PIERRE TISSEYRE

Collection Chacal

Collection Papillon

STORINE, L'ORPHELINE DES ÉTOILES

VOLUME 9
Le Fléau de Vinor

Fredrick D'Anterny

Roman

**ÉDITIONS
PIERRE TISSEYRE**

9300 boul. Henri-Bourassa ouest, bureau 220,
Saint-Laurent (Québec) H4S 1L5
Téléphone: 514 335-0777 – Télécopieur: 514 335-6723
Courriel: info@edtisseyre.ca

**Catalogage avant publication
de Bibliothèque et Archives Canada**

D'Anterny, Fredrick, 1967-

    Le fléau de Vinor

    (Collection Chacal, nº 42)
    (Storine, l'orpheline des étoiles, v. 9)
    Pour les jeunes de 12 à 17 ans.

    ISBN 978-2-89633-016-4

    I. Hamiau, William II. Titre III. Collection
    IV. Collection : D'Anterny, Fredrick, 1967- .
    Storine, l'orpheline des étoiles ; v. 9.

PS8557.A576F53 2007   jC843'.54   C2007-940025-6
PS9557.A576F53 2007

Le voyage à venir sera le plus long et le plus périlleux, mais il te conduira au cœur de ta destinée. Trace ta propre route en gardant à l'esprit qu'avant de partir, tu savais déjà où te rendre. Et, si tu ne nous vois pas penchés sur ton épaule, c'est parce que pour devenir vraiment grand, il te faut accomplir certaines choses par toi-même.

Le Livre de Vina, onzième épître du « Long périple de l'Élue ».

Quand chacun chevauchera le puissant lion blanc des prophéties, alors sera venu pour les uns le temps des grands désespoirs, et pour les autres celui des grandes espérances.

Vingt-deuxième chant (extrait) des prophéties d'Étyss Nostruss.

Résumé du volume 1:
Le lion blanc

Storine, onze ans et demi, est arrachée à sa famille par un agent secret à la solde du gouvernement impérial. Accompagnée par Griffo, son jeune lion blanc, elle se retrouve esclave à bord du *Grand Centaure,* le vaisseau amiral de Marsor, un pirate recherché par toutes les polices de l'Empire.

Lorsque Marsor, bouleversant toutes les lois de la piraterie, en fait sa fille adoptive, de nombreuses rumeurs prétendent que l'enfant, annoncée par les prophéties d'Étyss Nostruss, est promise à une fabuleuse destinée. Initiée au maniement du sabre ainsi qu'au pilotage, Storine voyage de longs mois dans l'espace en compagnie de Griffo et de son père adoptif. Malheureusement, la flotte pirate est attaquée par l'armée impériale aux abords de la planète Phobia, et Storine doit fuir le *Grand Centaure* en perdition.

Résumé du volume 2:
Les marécages de l'âme

Après un atterrissage forcé sur Phobia, Storine, Griffo et Eldride, leur amie, sont capturés par Caltéis, un marchand d'esclaves. S'échappant du château de lave afin de retrouver Griffo qui erre au milieu des orages de feu, Storine fait la connaissance de Solarion, un garçon mystérieux en quête du Marécage de l'Âme, cet endroit mythique où Vina, la déesse mère, donne l'oracle aux voyageurs.

L'armée impériale, qui n'arrive pas à vaincre la résistance des princes phobiens, décide de faire sauter la capitale alors que Solarion, séparé de Storine, cherche en vain à la retrouver.

Sauvée grâce à l'intervention du dieu Vinor qui l'a prise sous sa protection, la fillette parvient à fuir la planète, sans savoir que Solarion, dont elle est secrètement tombée amoureuse, n'est nul autre que l'héritier du trône impérial.

Résumé du volume 3 :
Le maître des frayeurs

Les jours puis les mois s'écoulent dans l'angoisse à bord de l'*Érauliane,* le vaisseau aux voiles d'or qui emporte Storine, Griffo et une douzaine d'anciens esclaves. Après avoir échappé à un contrôle de l'armée impériale, Ekal Doum, l'armateur, leur annonce qu'un virus inconnu s'est répandu à bord. Un à un, les compagnons de Storine meurent dans d'effroyables souffrances.

Forcée d'accompagner Doum sur sa planète natale, la jeune fille découvre la cité d'Yrex 3 ainsi que le surf mental. Alors qu'elle croit pouvoir repartir à la recherche de son père, l'armateur, qu'elle prenait pour un homme d'honneur, lui fait subir un pénible chantage : soit elle utilise ses pouvoirs psychiques pour l'aider dans ses sombres projets, soit elle perd Griffo, dont l'âme est retenue en otage par deux créatures à la solde de Doum.

Aidée par un mystérieux maître missionnaire qui lui révèle qu'elle est l'Élue des dieux, Storine, qui n'a pas pu empêcher Doum de fuir la planète en emmenant Griffo, décide de le poursuivre à bord du *Mirlira II* afin de récupérer son lion blanc…

Résumé du volume 4 :
Les naufragés d'Illophène

À bord du *Mirlira II,* l'immense paquebot spatial, Storine et ses amis essayent de faire arrêter Doum par le commandant de bord.

D'étoiles en planètes mystérieuses, Storine tente de contacter Griffo par télépathie. Sans succès. Le lion blanc, dont l'âme est retenue en otage par deux korks, semble être devenu le jouet de Doum, qui l'exhibe pour amuser les passagers.

Tout bascule quand maître Santus apprend à la jeune fille qu'elle est l'Élue de Vinor, et que sa venue est annoncée par les prophéties d'Étyss Nostruss. Nullement ébranlée par cette révélation, Storine ne veut qu'une chose : retrouver Griffo et punir Ekal Doum.

C'est alors que le luxueux paquebot dérive dans les terribles champs d'attraction de la mer d'Illophène. Dans la cohue et la panique, Storine se bat pour récupérer Griffo. Alors que le paquebot, écartelé de toute part, est sur le point de s'écraser sur des météorites, Storine retrouve le garçon qui n'a cessé de la suivre et qui se révèle être Solarion, qu'elle a connu sur la planète Phobia. Aidés par *Le Livre de Vina* qui renferme les psaumes sacrés des anciens sages d'Éphronia, Storine et Solarion décident de faire appel aux dieux, qui les sauvent de la catastrophe.

Séparée de Solarion, Storine n'espère qu'une chose : le retrouver sur la planète Delax, comme l'a promis maître Santus !

11

Résumé du volume 5 :
La planète du savoir

Devenue élève du célèbre collège impérial de Hauzarex, Storine n'est pas heureuse. Ses compagnons de classe l'ignorent ou la rejettent, Griffo vit dans le parc d'animaux sauvages avoisinant les terres du collège et maître Santus, devenu un de ses principaux professeurs, lui a menti au sujet de Solarion.

Quand elle apprend que le prince impérial vient étudier au collège, Storine est au comble de la colère. Décidée de se venger de celui qui a fait tant de torts à son père, elle s'introduit dans ses appartements… pour réaliser que son pire ennemi et celui qu'elle aime depuis si longtemps ne font qu'un !

Mais comment, lorsqu'on a quinze ans et demi, dire « Je t'aime » à un prince impérial, surtout quand on est la fille d'un célèbre criminel ? En découvrant le Mur du Destin et les fresques peintes par les dieux, Storine et Solarion trouvent enfin le courage de s'aimer au grand jour, malgré la grande duchesse Anastara et ses gardes noirs.

Storine et Solarion sont enfin prêts à se fiancer officiellement lorsque survient le drame : propulsée par la perfidie de la grande duchesse dans le triangle d'Ébraïs, Storine et Griffo se retrouvent perdus dans une dimension parallèle...

Résumé du volume 6 :
Le triangle d'Ébraïs

Guidée par la déesse Vina, Storine atterrit sur la planète fantôme d'Ébraïs, où elle se retrouve mêlée à une guerre sans merci entre deux peuples : les Cristalotes, une race minérale, et les Totonites, des robots doués d'une intelligence supérieure. Annoncée par les prophéties comme étant celle qui doit réunir les cinq pierres de la divination, Storine n'a d'autres choix, si elle veut regagner son univers, que de se rendre dans le grand temple de cristal de la déesse.

De retour dans l'espace normal, Storine, Éridess et Griffo sont téléportés à l'intérieur du *Grand Centaure,* encerclé par l'armée impériale bien décidée à en finir avec Marsor le pirate. Le père et la fille se retrouvent enfin. Mais très vite, les événements tournent à l'avantage de la grande duchesse Anastara. Storine est désespérée, car Solarion, qui a appris que Marsor était son père, la répudie.

Utilisant le pouvoir de la troisième formule de Vina, Storine et Griffo parviennent à s'échapper de la flotte impériale à bord d'une petite navette affrétée en secret par le commandor Sériac. Inconsolable d'avoir perdu à jamais l'amour du prince, Storine se rassure, car la déesse, qui lui a donné rendez-vous sur le rocher d'Argonir, a promis d'importantes révélations sur ses missions à venir…

Résumé du volume 7:
Le secret des Prophètes

Sherkaya, la servante de la déesse Vina, donne l'oracle à Storine, poursuivie jusque sur l'atoll d'Argonir par une phalange de gardes noirs envoyés à ses trousses par le grand chancelier impérial. Débarrassée de ses poursuivants, l'Élue arrive clandestinement sur la station minière *Critone,* où, presque contrainte et forcée, elle accomplit son premier miracle.

Dès lors propulsée au sommet de la célébrité par les médias avides de scandales et de sensations fortes, Storine devient la proie d'une nouvelle sorte de profiteurs : des industriels interplanétaires et des gouvernements locaux que ses miracles dérangent, ruinent ou inquiètent.

Arrivée sur la planète Ébora accompagnée par Griffo et Éridess, la jeune fille retrouve Marsor, son père adoptif.

C'est dans le désert orageux entourant la ville millénaire de Gésélomen que vient la trouver une délégation composée de sept mystérieux maîtres missionnaires. Ceux-ci lui apprennent que sa mission, désormais, est de se rendre en leur compagnie sur la planète-capitale, Ésotéria, où doit se jouer son destin et celui du trône impérial.

Résumé du volume 8:
Le procès des Dieux

Cédant aux prières des prophètes de Vina, Storine se rend enfin sur Ésotéria, la planète-capitale. Une foule immense acclame son arrivée au palais impérial de Luminéa. Mais le piège fomenté par la grande duchesse Anastara et son père ne tarde pas à se refermer sur l'Élue. Accusée de faux témoignage et d'usurpation d'identité, elle se retrouve au banc des criminels.

Déclarée coupable à la suite d'un procès truqué, elle doit fuir pour sauver sa vie. Dès lors considérée comme une hors-la-loi, Storine accompagnée de ses amis – dont Solarion, qui a décidé de fuir avec elle – regagne la planète Phobia. Persuadée d'avoir trahi la confiance de Vina, la jeune fille a bien l'intention d'y rencontrer les dieux pour leur demander des comptes.

Hélas, sous le prétexte de sauver Santus, Marsor et l'impératrice, Anastara attire Storine sur Ésotéria où elles doivent se battre en duel pour décider du sort de l'Empire. Abandonnée par la déesse Vina, vaincue et désarmée, Storine est arrêtée et envoyée en détention dans la sinistre prison mentale d'Ycarex…

*Pour mon frère William, qui m'a aidé
et soutenu tout au long
de cette merveilleuse aventure.*

*Pour tous les fans de Storine,
filles et garçons, qui suivent fidèlement
son épopée depuis le début.*

*Pour les membres de l'équipe
des éditions Pierre Tisseyre,
leur enthousiasme et leur aide,
incluant les précieuses correctrices.*

À tous, merci !

1

La spoliation

Rocher pénitencier d'Ycarex.

— Attendez! ordonna la grande duchesse aux médecins spoliateurs. Je veux la voir…

Comment signifier à tous ces gens qu'elle voulait demeurer seule aux côtés de son ex-rivale?

Inconsciente, Storine était allongée sur une table en métal. Cette pièce aseptisée aux parois lumineuses, remplie d'hommes en blouses blanches, mettait Anastara mal à l'aise. Après des années de luttes incessantes, de projets avortés, de plans de vengeance sans cesse contrariés, elle remportait enfin la victoire.

Elle étira le cou et serra dans sa main droite le sabre psychique éteint de Storine. Elle voulait tout à la fois interroger ces hommes sur ce qu'ils appelaient, avec un brin de cruauté, «la déshumanisation», et allumer la lame en duralium pour les chasser de l'anti-chambre médicale.

«Il faut extraire tout le sang du corps», lui avait confié un des médecins spoliateurs.

«Spolier, songea Anastara avec délices. Autant dire priver, dépouiller, arracher avec violence, détruire…»

Tournant autour de la longue table derrière les spécialistes affairés, elle fut étonnée d'avoir eu peur de cette fille aux cheveux orange.

«Elle a l'air si petite, si ridicule ainsi allongée, livrée aux mains des techniciens!»

Le sang de Storine était pompé hors de son corps par de nombreux tentacules trans-parents. Anastara en compta douze au total, implantés dans les poignets, dans le creux des bras, de chaque côté du cou, mais aussi dans l'aine, derrière les genoux et sous la plante des pieds.

«Elle ne meurt pas vraiment, elle se vide.»

«Nous remplacerons le sang par un gaz de notre invention», avait ajouté le technicien.

Avait-il souri en disant cela?

«Ces hommes ne sont que des ombres, des esclaves de la mort.»

Anastara frissonnait autant de plaisir que de dégoût. Elle détourna néanmoins les yeux, posa une main sur sa bouche. Fâchée de surprendre des coups d'œil indiscrets de la part de deux jeunes apprentis spoliateurs, elle se promit de noter leurs noms pour les faire renvoyer.

Puis, trouvant qu'il serait grotesque de leur en vouloir pour si peu, elle secoua ses longs cheveux noirs lustrés et décida d'assister jusqu'au bout, comme convenu, à la défaite de Storine.

Non, elle ne vomirait pas. Ces hommes n'auraient pas la satisfaction de la voir tourner de l'œil.

Un technicien rasa consciencieusement le crâne de Storine. En voyant les longues mèches orange tomber une à une sur le sol, Anastara sentit une joie sauvage l'envahir. Pourtant, elle dut retenir le tremblement de ses longues mains. Elle vit ses veines proéminentes, bleues et violacées, et imagina une fraction de seconde que les machines gobaient son propre sang. Victime de spasmes incontrôlables, elle se mordit les lèvres pour empêcher ses dents de s'entrechoquer.

« Elle ne nous causera plus d'ennuis ! » lui avait dit son père, le grand chancelier impérial, après cette terrible nuit passée dans la salle du trône.

Anastara revit Storine, son sabre à la main, prête à en découdre. Comment avait-elle pu croire qu'un simple duel pouvait régler tous les problèmes de l'Empire ?

« C'est sa bêtise et elle seule qui l'a conduite sur cette table d'extraction ! »

Anastara se sentait-elle soulagée pour autant ?

Trois techniciens installèrent des électrodes et des ventouses magnétiques sur le crâne rasé de celle qui avait eu la prétention de se présenter comme l'Élue des dieux. Un opérateur activa le mécanisme d'extraction de l'âme. Fascinée, Anastara redoubla d'attention.

Transpercé par de violentes décharges électriques, le corps de Storine tressaillit. Anastara vit sa poitrine se soulever, son ventre plat se tendre, sa bouche s'ouvrir, ses yeux s'écarquiller.

« Elle hurle, mais aucun son ne sort de sa gorge. »

— Est-elle déjà déshumanisée ? ne put-elle s'empêcher de demander.

Les techniciens la dévisagèrent sans répondre. Elle regretta cette question qui trahissait son ignorance. « Ces hommes vivent depuis trop longtemps sur ce rocher perdu avec des milliers de cadavres flottant autour d'eux.»

Elle ressentit de nouveaux tremblements et se rendit compte que ces espèces de monstres vêtus de blanc qui «spoliaient» les gens de leur corps, de leur âme, de leur humanité, lui faisaient horriblement peur.

Pourquoi avait-elle voulu assister à tout prix à cette séance?

«C'est mon droit!»

Pourquoi, alors, avait-elle envie d'allumer sa nouvelle arme psychique et de les frapper à mort, tous autant qu'ils étaient?

«Il faut que je sorte d'ici…»

Pourtant, elle savait qu'elle resterait. Jusqu'à la fin. Jusqu'à ce qu'elle soit certaine que Storine ne serait plus jamais Storine, c'est-à-dire une fille capable de la supplanter dans l'affection que lui portaient les peuples de l'Empire, de la supplanter dans l'admiration – certes soigneusement dissimulée! – que tout le monde, incluant son propre père, ressentait à son égard; de la supplanter, surtout, dans l'amour que lui vouait Solarion.

Elle pensa à son cousin et se demanda comment, en tant qu'homme, il avait pu aimer Storine comme on aime une femme. Son corps blanc laiteux et blafard était lamentablement étendu sur la table, exposé sans mystère aux yeux de tous dans une lumière crue et froide. Comment avait-il pu la trouver désirable ?

Alors que d'autres techniciens préparaient le catafalque de cristalium à l'intérieur duquel Storine serait enfermée à jamais, Anastara se remémora chacune de leurs confrontations.

Tout d'abord lui parvint un ancien souvenir d'enfance. Elle revit un garçonnet blond et un berceau dans lequel dormait un nourrisson au duvet orange. Que faisait-il avec ces ridicules moufles en peluche à l'image de personnages grotesques ? Il imitait les voix tantôt graves, tantôt aiguës de ces personnages qu'il s'inventait pour distraire la fillette.

« Viens jouer avec moi, Soly ! » le suppliait Anastara.

Mais le jeune prince restait des heures entières devant ce berceau, à rire comme un fou chaque fois que Storine s'amusait de ses facéties. Sentant un goût de fiel dans sa bouche, la grande duchesse chassa ce souvenir pénible et le remplaça par un autre.

Solarion lui faisait face, à bord d'un appareil spatial en orbite autour de la planète Phobia. « Reste, Soly ! Je t'en prie ! »

Mais Solarion s'était enfui à bord d'une navette d'intervention. Il avait tenté de sauver

Storine et Griffo de l'explosion atomique qui avait détruit Phobianapolis.

Complètement vidé de son sang, le corps de Storine était à présent soulevé de la table d'extraction par un rayon tracteur. Anastara suivit des yeux la dépouille molle et inerte, la vit glisser dans les airs puis se positionner doucement au-dessus du catafalque vibrant de lumière.

La grande duchesse se revit sur le planétoïde de Thyrsa, en compagnie du commandor Sériac. À l'aide de bombardes dirigées par télépathie, elle avait tenté d'assassiner Storine. Cet officier qui, elle le pensait à l'époque, pourrait devenir son premier amant, s'était tenu à l'écart.

« Il me désapprouvait. Il me méprisait. »

Comme tant d'autres, Sériac s'était laissé envoûter par Storine. De quelle manière cette fille, qui avait passé sa vie à lui voler l'affection des autres, avait-elle pu se faire admirer, apprécier et aimer par ceux qui étaient censés la détester, et même – comme Sériac – l'assassiner ?

« Un vrai mystère. Mais je me suis bien vengée du commandor, se dit Anastara en souriant à demi. Et il ne le sait même pas… »

Elle reporta son regard sur la dépouille évidée de Storine. Aux endroits où avaient été fixés les tentacules par lesquels le sang s'était écoulé, la peau prenait des teintes sombres et violacées.

Storine porterait-elle les traces de ces tentacules tout au long de sa vie?

La grande duchesse faillit éclater de rire. Quelle vie? Storine n'était pas morte, mais c'était tout comme. Jamais plus elle ne respirerait le parfum des fleurs. Jamais plus elle n'ouvrirait les yeux. Elle ne sentirait plus, n'entendrait plus, ne goûterait plus jamais rien.

«Et, surtout, songea la jeune femme, Solarion et elle ne…»

À l'idée, même, qu'ils aient pu faire l'amour, elle eut envie d'allumer son sabre et de le plonger dans le ventre de son ex-rivale. C'était une idée folle, exagérée et complètement inutile, bien sûr, mais oh! combien tentante!

«On parle souvent de la rancœur des hommes, de leur jalousie, de leur violence, de leur cruauté. Mais jamais de celle des femmes…»

La grande duchesse respira avec dégoût l'air aux relents de métal et de médicaments qui lui causait des picotements dans les yeux.

« Son ventre ! »

Alors que le corps de Storine était scellé à la base du catafalque à l'aide d'un acide spécial, Anastara écarta violemment les techniciens.

— Avez-vous vérifié si elle était enceinte ? s'exclama-t-elle, à la fois blême de rage et de peur.

Les hommes la dévisagèrent bêtement. Elle les aurait étranglés.

Elle se rappelait les consignes de son père. Il était essentiel de s'assurer que Storine n'était pas enceinte avant de l'endormir pour toujours.

« Pourquoi ? se demanda la grande duchesse. Une fois déshumanisée, où est le danger ? Un fœtus ne se développe pas dans le corps d'une morte vivante. »

Mais si son père avait insisté, c'est qu'il devait avoir ses raisons.

— Vérifiez ! ordonna-t-elle sèchement.

Un jeune laborantin en blouse blanche et aux yeux ambrés promena sur le ventre de Storine un appareil de mesure trigonométrique. Fonctionnait-il grâce à des impulsions magnétiques ou à des ondes extrasensorielles ? Anastara s'en fichait éperdument. Elle fixait le lecteur. Une valeur numérique révélerait-elle l'existence d'un fœtus ? Après tout, Storine et Solarion avaient fui Hauzarex depuis plusieurs semaines. La veille encore, ils étaient ensemble, sur Phobia !

« C'est toujours possible », se dit la grande duchesse, le souffle court, en attendant la réponse du professionnel.

Le dessous de l'appareil s'alluma d'une phosphorescence jaune orangé. Le spécialiste l'appliqua sur la chair glacée.

— Alors ? s'impatienta la jeune femme en serrant les dents.

Ces hommes avaient-ils, eux aussi, pitié de Storine ?

« C'est moi, l'Élue ! » se rassura Anastara.

Le laborantin échangea un regard aigu avec son supérieur. Les deux jeunes stagiaires ne quittaient toujours pas Storine des yeux – spécialement son crâne rasé où séchaient des morceaux de peau sanguinolents.

— Non, elle n'est pas enceinte.

Cette voix grave provenait du fond de la salle. Surprise de ne pas entendre répondre l'homme aux yeux ambrés, Anastara se retourna.

— Professeur..., lâcha-t-elle, glaciale.

— Directeur Houros Médrédyne, corrigea l'homme qui était, lui aussi, vêtu d'une camisole blanche de médecin.

Déjà, le catafalque de cristalium était scellé sous une pluie d'étincelles mordorées, par deux techniciens qui manipulaient leurs appareils comme de véritables professionnels.

Agacée par le ton hautain employé par ce directeur qu'elle pouvait faire révoquer en claquant des doigts, la grande duchesse le dévisagea sévèrement.

— Vous répondez de cette affirmation sur votre vie !

Médrédyne soutint son regard sans ciller.

Anastara haussa ses superbes épaules, puis elle tourna les talons. En franchissant le sas vitré, elle crut entendre, dans son dos, quelques soupirs de soulagement. Se rappelant une autre directive de son père, elle fit aussitôt demi-tour et marcha vers le technicien qui gravait, dans le processeur holographique, la carte cristallisée attribuée à chaque détenu.

Tapant du pied, elle attendit avec impatience que l'appareil recrache la carte. Lorsque celle-ci jaillit de la fente, elle devança le technicien et la prit dans sa main.

— Cette carte de réactivation appartient au pénitencier ! tonna la voix du directeur.

L'homme, qui devait avoir une cinquantaine d'années, était robuste. Une longue chevelure blanche encadrait son visage carré dans lequel brillaient des yeux noirs charbonneux. Anastara devina qu'il devait avoir l'habitude d'être obéi. Mais elle était la grande duchesse impériale. Elle ne craignait personne. Redressant la tête, elle planta ses yeux mauves dans les siens.

— Écartez-vous !

Le directeur du pénitencier savait très bien qui était cette jeune femme hautaine. Il comprenait toute l'importance de cette unique carte de réactivation et saisissait, mieux que quiconque dans cette pièce, tout ce qu'impliquait la déshumanisation de l'Élue des dieux. Il en éprouvait de la honte, mais aussi de la colère.

Sentant que cet homme autoritaire risquait de se rebiffer, Anastara eut envie de lui hurler que cette carte de cristal lui appartenait de droit. Tout ce qui subsistait de Storine – et à fortiori son corps et son âme – était à elle ! Mais, comprenant que cracher sa hargne à la face de ces hommes inférieurs était indigne de son rang, elle ajouta sur un ton lourd de menace :

— Cette carte appartient désormais à l'État.

Comme elle n'avait pas eu besoin, pour faire «déshumaniser» Storine, de l'aide des vingt gardes du corps qui patientaient à l'extérieur de l'antichambre médicale, elle n'eut pas besoin de spécifier que, désormais, *elle* était l'État.

«J'ai vaincu Storine, je l'ai humiliée, j'ai détruit son corps, j'ai fait d'elle une ombre. Moi, toute seule!»

Une immense satisfaction coula dans ses veines, réchauffa son sang et colora ses joues blêmes.

Maintenant, il s'agissait de suivre à la lettre le plan que son père avait élaboré pour qu'ensemble ils deviennent enfin les maîtres de l'Empire.

Le rugissement du lion blanc emplit l'air glacé de Phobia. Arraché à son sommeil, le commandor Sériac se redressa sur un coude. Abattu par les derniers événements, il s'était assoupi quelques instants. Un rapide coup d'œil aux générateurs du champ de forces le rassura : leur périmètre de sécurité était toujours opérationnel.

Sentant pourtant que Griffo n'avait pas rugi pour rien, il se leva et s'enroula dans sa longue cape noire. L'attaque des drognards, ces espèces de rats géants qui hantaient les bois ininflammables de l'hémisphère septentrional de Phobia, avait été éprouvante. Mais ce qui avait achevé de l'épuiser, c'étaient les pourparlers avec Storine, Éridess et Solarion, concernant le retour de la jeune fille au palais impérial.

« Heureusement, Corvéus est auprès d'elle ! »

Ni Éridess, ni Solarion, ni Griffo n'avaient aimé voir repartir Storine. Anastara leur était apparue sur une projection holographique. Elle avait défié sa jeune rivale en duel. Pour s'assurer que Storine ne se déroberait pas, elle avait mis dans la balance les existences de maître Santus, de Marsor le pirate et, d'une façon détournée – mais tout le monde avait parfaitement compris –, la vie même de l'impératrice !

Depuis le départ de Storine et de Corvéus, plongés dans l'attente inexorable et l'angoisse, ils se rongeaient les sangs d'inquiétude. Éridess se perdait dans son mnénotron à la recherche d'un moyen de capter une quelconque chaîne interspatiale afin d'obtenir quelque information. Solarion et lui tentaient de réparer la radio portative sauvée du naufrage de leur navette pour communiquer avec des bâtiments impériaux dont les commandants pourraient sympathiser à leur cause. Griffo tournait en rond à l'intérieur de leur périmètre et grondait comme s'il savait des choses qu'eux ignoraient.

« Ce qui est sûrement le cas », se dit Sériac en vérifiant, un à un, les pylônes énergétiques qui les protégeaient, sinon du froid, au moins d'une nouvelle attaque de drognards.

Réveillé par le rugissement du fauve, Solarion sortit de la rudimentaire hutte confectionnée avec des plaques de métal et de la matière volcanique vitrifiée arrachée aux tumulus de l'ancien château de Caltéis. Le prince impérial était pâle et décoiffé. Avait-il maigri depuis leur départ d'Ésotéria ?

« Sans doute », se dit Sériac. Le procès de Storine a mis les nerfs de tout le monde à rude épreuve.

Lorsque le prince lui demanda pourquoi Griffo s'était subitement mis à rugir – apparemment sans raison –, le commandor huma, dans les cheveux du jeune homme, les relents d'une eau de toilette féminine. Il songea en souriant que ce devait être celle de Storine : un savant mélange de fleurs de vévitivier et de cotobaï.

Son cœur se serra à la pensée qu'après avoir échappé ensemble à plus d'un danger depuis les dernières semaines, ces effluves suaves étaient tout ce qui subsistait de la jeune fille.

Griffo rugit une seconde fois. En se retournant, ils le découvrirent debout devant eux, immense, le pelage aussi luisant que s'il était caressé par les pâles rayons d'une lune. Pourtant, la nuit était noire. La tempête de feu s'était calmée et aucun nuage d'exynium ne masquait le ciel glacé dans lequel scintillaient les lointaines étoiles.

Sériac dévisagea Griffo, puis Solarion. L'angoisse du prince faisait écho à la sienne. Les yeux rouges du fauve trahissaient sa nervosité et, même, sa colère. Ne sachant pas trop quoi leur dire, l'ex-officier laissa tomber :

— L'aube ne se lèvera pas avant quatre heures. Je suggère que nous prenions tous un peu de…

Une troisième silhouette, encore plus sombre que la nuit, se faufila entre le prince et le lion blanc.

— Éri ! s'étonna Solarion comme s'il s'était attendu à voir un fantôme.

« Nous sommes tous à bout de nerfs, se dit Sériac. Jamais nous n'aurions dû accepter le départ de Storine. »

Il avait l'intime conviction qu'elle était leur roc, leur racine : la raison profonde qui les avait tous unis à une même cause.

« Il manque un maillon à notre chaîne », poursuivit silencieusement le commandor.

Soudain, comme Solarion se tournait vers le jeune Phobien, il le vit essuyer des larmes sur ses joues. Le geste n'avait pas été feint. Éridess n'avait pas tenté de le cacher.

— Il est arrivé un grand malheur, murmura celui-ci en reniflant, tête baissée.

À ces mots qu'il avait parfaitement compris, Griffo couina de détresse. Puis il rugit une troisième fois.

Encore plus puissant que les précédents, ce dernier rugissement emplit leur tête, leur corps, et résonna très loin dans leur âme.

— J'ai rêvé, commença Éridess, que Storine m'appelait. Il y avait des tirs de laser, des cris. Je l'ai vue en colère. L'endroit où elle se trouvait s'est effondré. Ensuite, elle est tombée…

Solarion écarquilla les yeux, ouvrit la bouche pour parler, la referma.

— C'est ce que je craignais, leur répondit Sériac en serrant les poings de fureur. Il est arrivé quelque chose de terrible.

— Mais… que pouvons-nous faire ? s'alarma Éridess en éclatant en sanglots.

Touché par le désarroi de son ami, Solarion se décida enfin à parler.

— J'ai rêvé d'elle, moi aussi. Storine ne se battait pas contre Anastara. Elle ne se battait pas…

Comme frappés par un sombre pressentiment, ils frissonnèrent. Griffo rugit une fois encore, en secouant violemment sa crinière. Ses griffes se plantèrent dans la terre froide.

Venu du ciel, un son grave les fit sursauter. Croyant que ce bruit était une sorte d'écho au rugissement du fauve, ils levèrent les yeux et découvrirent avec stupeur un navire spatial qui se détachait des hauts tumulus vitrifiés.

— Anastara ! s'exclama Solarion.

— Une attaque ?

— À couvert ! ordonna Sériac en faisant jaillir son sabre électrique.

De puissants projecteurs balayèrent le sommet de l'esplanade. Quelques instants plus tard, des aéro-scouteurs furent éjectés d'une dizaine d'écoutilles. L'appareil de guerre prit position au-dessus de leur campement. Un rayon aveuglant déstabilisa la fréquence du champ de protection. Pris de court, ils ne purent rien faire pour empêcher les soldats d'investir leur campement.

Furieux, Griffo renversa d'un coup d'épaule un scouteur en train d'atterrir, puis il dégringola le tertre.

— Attends ! lui cria Éridess.

Sans réfléchir, le jeune Phobien bouscula un soldat, lui arracha son fusil laser et suivit Griffo dans la forêt.

2

Thessala

Le jeune soldat se présenta devant le prince, fusil laser au poing. Il avait les yeux rouges violacés caractéristiques des peuples nordiques de la planète Zoltaderks. Un court instant, Solarion repensa à un de ses premiers amis d'enfance, fils d'un diplomate zoltaderxien. Mais ce soldat, qui portait l'uniforme de l'armée impériale, n'avait rien d'un étudiant. Raide comme un piquet, il tenait maladroitement son arme tout en ayant la décence, dans les circonstances, de pointer le canon en direction du sol.

— Votre Altesse, déclara-t-il d'un ton hésitant, veuillez me suivre.

L'air était glacial. Solarion remarqua le petit nuage de buée qui sortait de la bouche du soldat. Un coup d'œil à Sériac, encerclé par quatre robustes militaires en armes, le convainquit de l'inutilité d'une action d'éclat. Il eut un petit rire de gorge. Le commandant de ce navire spatial prenait bien peu de précautions avec son impérial prisonnier. On ne lui envoyait qu'un seul homme, un soldat tremblant sous son uniforme, alors qu'en tant que prince impérial et futur empereur, il avait droit à plus d'égards. Qui pouvait bien chercher ainsi à l'humilier ?

Complètement démoralisé, Solarion haussa les épaules. Que tenait-il à emporter avec lui ? Avait-il la berlue ou le jeune soldat venait bel et bien de lui poser cette question ?

« La seule chose a emporter, songea le prince, c'est le souvenir de ce que nous avons vécu depuis notre évasion de Hauzarex, ainsi que l'espoir mort-né de la grande offensive que nous aurions pu mener contre Cyprian et Anastara. »

Sentait-il dans son dos le poids du canon et la nervosité grandissante du soldat ? Devait-il, sous prétexte que Storine n'était plus là et qu'un froid de glace s'insinuait dans son corps, obéir à l'injonction de ce jeune militaire ?

Sériac n'avait pas été menotté – sans doute ne l'aurait-il pas supporté ! Solarion le vit prendre pied sur la rampe d'accès du croiseur impérial.

« Storine… », se dit le jeune homme, frappé par l'image de leur première rencontre, ici même, sur Phobia. « Elle saignait du front, elle venait de se battre contre Éridess, nous étions seuls, avec Griffo, accrochés à un éperon rocheux… »

— Un instant ! se rebiffa-t-il soudain.

Le soldat se crispa. Se détachant du groupe qui escortait le commandor, un lieutenant les rejoignit aussitôt.

— Votre Altesse ? s'enquit-il, les traits inexpressifs sous son casque doré réglementaire.

Solarion inspira profondément.

— Deux de nos amis se sont… égarés dans la forêt. Je crains qu'ils ne deviennent la proie des bêtes sauvages.

Le lieutenant nota l'hésitation du prince impérial. Sans le fixer dans les yeux, il hocha la tête.

— Rassurez-vous, Monseigneur, nous avons envoyé une escouade à leur recherche. Il ne leur arrivera rien.

Étrangement, Solarion n'en fut pas plus rassuré. Comme le jeune soldat le poussait légèrement avec la crosse de son arme, il franchit les quelques mètres qui le séparaient du ventre de l'appareil. La rampe fut rétractée. Le raclement métallique assourdissant le fit grincer des dents.

Le dos voûté, il suivit son geôlier dans les soutes.

Éridess n'avait pas réfléchi. « Ce qui ne me ressemble pas », constata-t-il, tout essoufflé, en s'arrêtant de courir.

Il avait quitté les ruines du château de lave depuis cinq ou dix minutes, et il avait déjà perdu la trace de Griffo.

— Quelle mouche l'a piqué ?

Le fauve était parti tel un éclair, sans consulter ni prévenir personne. La cage thoracique en feu, la plante des pieds douloureuse, Éridess s'appuya contre le tronc rugueux d'un énorme conifère noir.

La forêt qui entourait le village de Phrygiss avait encore pris de l'expansion depuis la destruction du château de lave. Malgré l'exynium très nuisible pour les humains, la végétation croissait à un rythme effréné.

« Sans doute ont-ils muté, après les nombreux bouleversements géologiques et météorologiques. »

Son cœur cognait contre ses côtes. Autour de lui, le sol était inégal et crevassé, tantôt moutonneux, tantôt strié de grosses racines verdâtres sur lesquelles poussaient un épais lichen brun et des champignons vénéneux. Le sous-bois était presque inexistant. Plantés très serrés, les troncs laissaient à peine filtrer, en hauteur, la fine lumière piquante des étoiles.

Ce réseau d'arbres protecteurs aurait dû le rassurer sur son sort : les soldats qui avaient investi leur camp auraient du mal à suivre sa trace. Pourtant, il avait l'impression d'étouffer.

Guettant entre les troncs la silhouette apaisante du lion blanc, Éridess plissa les paupières. Pas le moindre souffle de vent. Il se retrouvait seul, anxieux, frissonnant. Il vérifia sur sa manche le thermostat digital de son manteau autochauffant. La température était normale. Pour plus de précautions, il rajusta son chauffe-cou électrique en laine de gronovore et trembla de plus belle.

« Autant avoir le courage de me l'avouer, je n'ai pas froid, j'ai peur… »

Cette cruelle constatation le transperça comme une aiguille en plein cœur.

D'où provenait toute cette brume? Il écarquilla les yeux sous ses lunettes de protection. Le brouillard tombait-il si bas, dans la forêt, en cette saison, lorsqu'il était enfant?

Quelques semaines plus tôt, il aurait juré que sa planète natale lui manquait. En cet instant, il regrettait plutôt de s'être bêtement lancé à la suite de Griffo qui, apparemment, s'était enfui.

« Depuis le départ de Storine, il est distant et désobéissant. Il m'a lâchement laissé tomber. »

Mais qu'attendre d'autre d'un fauve dont la maîtresse a disparu?

Un léger frottement attira soudain son attention. Était-ce le raclement d'une botte de soldat sur le sol noir et glacé? Il retint son souffle pour éviter que la buée qui sortait de ses lèvres ne le trahisse, et tenta d'armer le fusil électrique dont il s'était emparé.

Un second frôlement – sans doute contre le tronc d'un arbre voisin – l'avertit que l'homme n'était plus qu'à quelques pas. Comme il n'entendait pas le cliquetis familier d'un fusil que l'on arme, le jeune Phobien approcha son visage de la bulle digitale incrustée dans la crosse. Éridess connaissait, pour l'avoir appris au collège de Hauzarex, le symbole qui clignotait en rouge.

— Mot de passe ? s'étonna-t-il.

Désespéré, il maudit cet imbécile de soldat qui avait oublié, avant de quitter son appareil, d'armer correctement son fusil électrique.

Le sourd grognement qu'il entendit le ramena à la réalité.

« Ce n'est pas un… »

Figé de terreur, Éridess vit se former autour de son arbre un cercle de drognards. Une douzaine de bêtes au total, tête basse, l'échine drue, gueule cerclée de crocs luisants ; certains de la taille d'un gros sanglier, d'autres plus jeunes, au pelage clairsemé…

« Un clan », se dit Éridess, incapable du moindre mouvement.

Leur chef, parfaitement reconnaissable à sa haute taille et à sa fourrure plus couturée de cicatrices que celle de ses congénères – sans doute s'était-il battu avec d'autres chefs de clans –, s'approchait, la queue dressée, en penchant sa lourde tête de côté comme s'il craignait que d'autres drognards ne veuillent lui disputer sa proie. Éridess considéra un instant son œil droit balafré qui lui donnait l'air d'un vieux contrebandier.

«C'est un dur à cuire», se dit le jeune homme en l'imaginant en train de lutter pour sa survie.

Éridess entendait le souffle rauque des bêtes. Il voyait la buée glacée se former à l'extrémité de leurs naseaux, et devina qu'elles étaient affamées et anxieuses. De la bave gluante s'accumulait dans les touffes de poils gris ou noirs entourant leur cou.

«Storine…», pria-t-il en imaginant, l'espace d'un instant, la jeune fille à ses côtés. Son amie aurait haussé les épaules à la vue de ce qu'elle aurait sûrement appelé des «bestioles ridicules». Allumant son sabre psychique, elle leur aurait ensuite appris à danser.

Mais Éridess avait vécu sur cette planète. Il connaissait la violence et la cruauté de ces bêtes acariâtres, querelleuses, toujours en quête de nourriture. Une douleur aiguë fusa soudain dans son bras gauche : son bras recellularisé grâce aux médications de ses amis, Lâane et Florus.

D'atroces images envahirent son cerveau.

À l'âge de sept ou huit ans, par une nuit aussi froide et noire que celle-ci, Éridess s'était égaré dans les bois entourant Phrygiss. Un groupe de drognards l'avait pris en chasse et bloqué contre un large rocher plat parsemé de racines. Il revécut sa frayeur et sa douleur lorsque leurs crocs s'étaient refermés sur sa chair. Juste avant de perdre connaissance, il avait assisté au bref mais sanglant affrontement entre plusieurs grands mâles qui se disputaient son bras arraché. Sans l'intervention des gardes de son père, le vainqueur l'aurait ensuite égorgé, déchiqueté, puis dévoré.

La terreur coula en lui comme un acide. Indécises malgré l'immobilité de leur future victime, les bêtes semblaient savourer cet instant où l'homme, cette créature qui les chassait depuis des milliers d'années, se trouvait enfin à leur merci.

« Ils font partie de la meute qui nous a attaqués », se dit Éridess, surpris de pouvoir encore penser clairement en un moment aussi tragique.

Les yeux rouges des bêtes faisaient luire la buée qui sortait de leurs groins. Le jeune Phobien entendit dans sa tête le rire grave et sensuel de Storine. Son amie se moquait-elle de lui ?

« Non ! » décida-t-il soudain.

Retrouvant instantanément le contrôle de ses membres, il se plaça en position de combat : jambes écartées, genoux fléchis, ses deux mains refermées sur la crosse du fusil électrique.

— Je n'ai pas peur de vous ! hurla-t-il dans l'espoir de les effrayer.

Nullement impressionné, le premier drognard bondit, toutes griffes dehors. Agissant comme il l'aurait fait avec un sabre à la main, Éridess inspira par le nez, bloqua sa respiration, puis frappa de toutes ses forces. Il expira ensuite brutalement par la bouche. Atteinte sur le côté du groin, la bête geignit de douleur et s'abattit sur un arbrisseau dans un fracas glacé. Sonné par le coup, le jeune homme sentit l'onde de choc faire vibrer les muscles de ses bras.

Grognant de rage, le chef de meute tendit l'échine et cracha dans sa direction. Éridess n'eut pas le temps de reprendre sa position. Ses doigts étaient gourds de froid sous ses moufles. Il sentait qu'il avait tout donné dans cette première attaque. Autour de lui, les onze autres drognards se ramassèrent sur leurs pattes postérieures, prêts à bondir à leur tour.

« Avoir parcouru l'espace, visité de nombreuses planètes, et finir dans l'estomac de ces sales bêtes ! » se dit Éridess, écœuré.

Le jeune homme sentit de la bave couler sur son menton. Ses paupières n'arrêtaient pas de cligner nerveusement. Il avala une dernière gorgée de bile et décida de mourir en regardant les créatures droit dans les yeux – comme un homme : celui que, au fil de ses aventures aux côtés de Storine et de Griffo, il était finalement devenu.

Il sourit pauvrement.

«Je n'aurai pas vécu pour rien.»

Puis, sentant une grande lassitude l'envahir, il abandonna tout espoir.

Les bêtes frémirent, tendirent leur groin en direction des troncs enchevêtrés. L'instant d'après, elles couinèrent de terreur.

À demi hébété, Éridess vit le chef de meute écrasé sous une énorme masse blanche. Ses congénères tentèrent d'échapper aux griffes du grand lion blanc, mais n'y parvinrent pas. Déchaîné, Griffo happa un drognard dans sa gueule, le souleva dans les airs et lui brisa les reins d'un claquement sec de la mâchoire.

Puis, bondissant d'un groupe à un autre, il planta ses crocs et ses griffes dans les toisons brunes et noires, sans égard pour les cris perçants et les tentatives maladroites de retraite.

En quelques secondes, le périmètre autour d'Éridess fut dégagé. Le jeune Phobien, qui avait gardé les yeux écarquillés sans voir grand-chose à cause de sa terreur, de la violence et de la brièveté de l'affrontement, considéra, ahuri, la carcasse éventrée du chef de meute ; sa gueule écrasée et la surprise totale dans son œil balafré noyé de sang.

— Griffo ! s'exclama Éridess, éperdu de reconnaissance, en enfouissant son visage dans le poitrail du fauve.

Ses yeux brillaient de larmes à l'idée que le fauve était revenu sur ses pas dès qu'il l'avait senti en danger.

— Excuse-moi, je croyais que tu m'avais abandonné.

Dressant l'échine, le lion blanc fixa soudain les hautes frondaisons. Un bourdonnement aigu leur vrillait les oreilles. Une masse plus sombre que la voûte céleste leur masqua le pétillement lointain des étoiles.

Instinctivement, Griffo fit un bond en arrière. Un flot de lumière, moiré, bleu et bronze, tomba comme un bloc sur l'arbre, au pied duquel se tenait toujours le jeune homme.

Éridess entendit le feuillage gémir. Les racines tremblèrent sous le lit de lichen. Littéralement arraché du sol par la force du rayon captium, l'arbre se brisa en plusieurs morceaux. Accroché à son tronc comme à une bouée de sauvetage, Éridess hurla, puis se laissa enlever dans les airs.

Impuissant à aider son ami, Griffo rugit de colère, planta ses griffes dans les grosses racines des arbres environnants, et lutta pour ne pas être aspiré à son tour. Entraînés par l'implacable courant ascensionnel, deux cadavres de drognards tournoyèrent dans le flot lumineux et disparurent, eux aussi, dans les soutes du navire impérial…

Qu'avait-il bien pu se passer ?

Conduit dans une pièce sombre qui ressemblait à s'y méprendre à une cellule, Solarion tâchait de comprendre. Tout d'abord, Anastara leur était apparue. L'armée impériale, qui avait lancé la sonde holographique, avait donc repéré leur position.

Assis sur une couche basse, le prince se prit la tête entre les mains. Que devenaient le commandor, Éridess et Griffo ? Mille pensées, aussi fragmentées que les morceaux d'un miroir brisé, passaient dans son cerveau brûlant de fièvre. Comment lui, le prince impérial, avait-il pu tomber aussi bas ? La chose était-elle seulement possible ?

Il songea aux péripéties de l'Histoire des monarques d'Ésotéria au long des millénaires et dut se rendre à l'évidence : certains de ses ancêtres avaient bel et bien perdu leur trône ou leur vie au cours de révolutions et de guerres. Certains à cause de leur excès de cruauté, d'autres par simple ignorance, par faiblesse ou par manque d'intelligence.

« Je ne suis pas cruel », se dit Solarion.

Ce qui ne le rassura pas sur ce qu'il était en réalité.

« Melou ! »

Storine l'avait, un temps, appelé ainsi.

« Garçon incapable de courtiser une fille. Garçon sans colonne vertébrale », se remé-mora Solarion.

Il eut brusquement envie de vomir.

Il souhaita presque le faire – ne serait-ce que pour avoir ensuite les idées plus claires –, quand la porte de la cellule pivota dans le mur. Un lieutenant entra et alluma le plafonnier. Solarion n'y avait même pas songé lui-même ! Puis, les bras chargés d'un paquet de linge, l'homme se mit au garde-à-vous.

— Altesse, l'amiral vous attend !

« Quel amiral ? » se demanda le prince, soudain encore plus abattu.

Il accepta néanmoins l'uniforme galonné que l'officier venait de lui apporter. Le prince enfila en silence le pantalon bleu rayé de noir, le maillot de corps et la veste de velours au col militaire sur lequel était cousu l'emblème de la famille impériale.

Puisqu'il se trouvait visiblement en état d'arrestation pour rébellion, Solarion grimaça devant ce qu'il interpréta comme une volonté malicieuse et malveillante.

« Ou alors, se dit-il, Cyprian ne veut pas pousser l'humiliation jusqu'à me faire arrêter et exhiber, vêtu d'une chemise crasseuse ! »

Sous ses airs de vieillard vulnérable et bilieux, le grand chancelier était un loup des montagnes. Il était assez vil, en effet, pour instiller goutte après goutte l'horreur dans les veines de ses futures victimes.

— Veuillez me suivre, Altesse ! le pria le lieutenant en le devançant.

« Il prend un gros risque en passant le premier. Je pourrais l'assommer, m'emparer de son arme, partir à la recherche du commandor… »

Mais, manifestement, l'homme ne le croyait pas capable d'une pareille initiative.

Devant ce que Solarion prenait pour une sorte de jugement sans appel, lui-même ne s'en sentit pas le courage.

« C'est drôle comme ce que les gens peuvent s'imaginer à notre égard influence le moindre de nos comportements ! »

Maudissant cette pensée de philosophe alors qu'il avait, au contraire, besoin de se sentir l'âme d'un prince guerrier, Solarion baissa la tête. Que devenait Storine ? Ne pouvait-elle pas simplement apparaître dans ce corridor morbide, brandir son sabre psychique et lui apporter le courage qui lui faisait si cruellement défaut ? Se mordant les lèvres de dépit, il suivit le lieutenant dans la timonerie.

Que dire d'une pièce entièrement dévolue au commandement ? Qu'elle est bien décorée ? Que l'agencement des couleurs favorise la concentration des hommes délégués à la surveillance, au pilotage, à la transmission des ordres, au maniement des armes ! La salle était tout simplement vitrée sur trois côtés. De grands écrans holographiques vibraient sur les parois inclinées parsemées de voyants, de jauges, de cadrans, de manettes et de claviers digitaux. La demi-pénombre qui y régnait diffusait juste assez de lumière pour que les hommes se reconnaissent et puissent communiquer dans les moments de grandes tensions.

Une quinzaine de techniciens et d'officiers, la plupart assis derrière leur pupitre, dévisagèrent le prince impérial déchu. Solarion songea que nombre d'entre eux, sinon tous, ne l'avaient sans doute jamais vu. De quoi avait-il l'air, engoncé dans cet uniforme trop étroit ? Le choix de ce vêtement dont la coupe ne le mettait nullement en valeur faisait-il partie d'un plan soigneusement orchestré pour augmenter ses frustrations et le sentiment d'impuissance qui l'étreignait ?

Soudain, il crut avoir une vision. Sériac figurait au nombre des officiers qui se tenaient devant lui au garde-à-vous. Solarion chercha son regard. Incapable d'interpréter l'expression de son ancien mentor, il ferma un instant les yeux.

— Votre Altesse ! s'exclama alors un homme de haute stature, au visage carré et aux traits bien découpés. Ses yeux vifs brillaient comme ceux d'un orateur à succès. Sa bouche aux lèvres amples s'étira dans un demi-sourire.

Solarion eut de nouveau envie de vomir.

— Amiral Thessala ! parvint-il à articuler.

Le géant marcha jusqu'à lui. Il sembla à Solarion que son poids faisait frémir le sol. Thessala faisait partie de son passé. Il avait commandé la campagne de Phobia. Il avait mené l'attaque contre Paradius, la cité secrète de Marsor. Dans l'esprit du prince, cet homme était indissociable d'Anastara.

Perdant réellement tout espoir, il comprit que Védros Cyprian avait choisi Thessala pour l'arrêter. Mieux encore ! Thessala lui-même, qui n'avait jamais apprécié les manières et l'antimilitarisme du prince, s'était sans doute porté volontaire pour cette mission.

« Il jouit enfin de son heure de gloire ! » se dit Solarion en se forçant à soutenir le regard acéré de cet amiral brutal et ambitieux qui avait toujours eu soin, lors de ses apparitions au Sénat impérial, d'éviter toute prise de position embarrassante.

Le prince croisa de nouveau le regard du commandor, mais sans parvenir à établir le contact.

Thessala s'arrêta à deux centimètres de lui. Il sentit le mouvement d'air sur son visage et grimaça. Le dominant d'une tête et demie, Thessala tendit son énorme cou et déclara :

— Votre Altesse, je suis heureux de placer mon unité sous votre commandement !

Ces mots mirent quelques secondes à atteindre Solarion. Puis, comme les autres officiers entamaient de concert le salut impérial – bras droit dressé, main gauche sur le cœur – et faisaient claquer leurs talons, le prince haussa un sourcil. Cette nouvelle compréhension de la situation n'étant pas clairement affichée sur son visage encore crispé par l'angoisse, l'amiral ajouta à mi-voix :

— Considérez, Altesse, que mes hommes et moi-même sommes fiers de prendre le parti de l'impératrice…

3

La déclaration
de guerre

Après avoir analysé la situation, Griffo décida de sortir de la forêt. Quand leur campement avait été envahi par les soldats, une voix avait résonné dans son cerveau. « Quitte cet endroit et écoute-moi… »

Griffo avait été le premier à sentir qu'il était arrivé malheur à sa petite maîtresse. Après son départ de Phobia, elle et lui avaient gardé le contact par télépathie. Le lion avait suivi, en pensée, la jeune fille dans les hauts corridors du palais impérial. Il était entré à ses côtés dans la vaste salle du trône. Il avait vu, par ses yeux à elle, les gardes noirs positionnés dans l'hémicycle et la grande duchesse effrontément assise sur le trône des empereurs de Hauzarex. Ensuite, il y avait eu le combat proprement dit ; pas le duel promis à Storine par Anastara, mais l'attaque violente et soudaine des gardes à la solde du grand chancelier Cyprian.

Storine s'était vaillamment battue. Furieux de se trouver à la fois si loin et si proche de celle qu'il considérait comme sa propre mère, Griffo avait rugi, seul et impuissant, dans la froide nuit phobienne.

Entre eux, le signal télépathique s'était rompu à l'instant où Storine était tombée, vaincue, aux pieds de sa rivale.

Depuis, même lorsqu'il avait fait demi-tour pour voler au secours d'Éridess, Griffo suivait les directives de son guide invisible et filait en direction des énormes montagnes obscures au cœur desquelles, près de six ans auparavant, sa petite maîtresse et lui s'étaient aventurés en compagnie de Solarion.

Franchissant d'un bond un à-pic vertigineux dans la crevasse de laquelle grondaient des flots déchaînés de lave bouillonnante, le lion suivait un itinéraire précis.

Griffo savait qu'avant de décider de se rendre sur Ésotéria dans l'espoir de régler « entre femmes » le destin de l'Empire, Storine souhaitait retourner dans les montagnes pour y retrouver la brèche interdimensionnelle conduisant au Lac Sacré des anciens dieux de Phobia.

La « voix » lui avait fait une promesse.

« Suis la poudre d'étoiles, franchis tous les obstacles, et tu retrouveras Storine… »

Griffo arriva devant une large anfractuosité, mesura ses chances, puis s'élança. Ses pattes antérieures glissèrent sur la roche. Voyant se dérober sous lui la plaque de granit, il banda tous ses muscles. Crissant sur la roche polie, il crut que ses griffes allaient s'arracher. Ralenti par cette manœuvre extrême, il parvint à modifier la trajectoire de sa chute, donna de l'épaule contre un bloc qui tinta sous la force du choc. Puis, rugissant de colère, il bondit de nouveau et, cette fois, atteignit sain et sauf l'autre extrémité de la fissure.

« Storine… »

L'image de sa petite maîtresse galvanisait son courage. La « voix » le félicita pour son ingénieuse manœuvre. Tout entier investi dans le moment présent, Griffo ne lui répondit pas. À l'exemple de sa maîtresse, il nourrissait du ressentiment pour ces êtres supérieurs que les hommes appelaient les dieux.

Porté à la fois par sa peur de ne plus revoir Storine et par sa colère de n'avoir pas su la protéger, il entendait son cœur battre. L'émotion qui l'étreignait était semblable à une mâchoire de métal refermée sur son poitrail. Storine ne pouvait plus, en cet instant, entendre les battements de son cœur ni savoir, comme auparavant, s'il était heureux, malheureux, affamé ou serein.

Ce lien entre leurs deux âmes lui manquait terriblement. Il le savait, le comprenait, et souhaitait de tout son être pouvoir, en obéissant à la voix de la déesse Vina, rétablir cette harmonie dans laquelle il vivait depuis sa petite enfance.

« Storine… »

« Ne perds pas espoir, fidèle compagnon… », lui murmura la déesse avant de faire apparaître devant le grand lion blanc le portail de lumière qui le conduirait auprès d'elle…

Solarion fixa avec attention la cartographie spatiale projetée au-dessus du socle holographique de la timonerie. Des points verts, rouges et noirs clignotaient autour d'un grand carré jaune représentant la base astéroïde flottante de Quouandéra. Ce nom fit jaillir dans l'esprit enfiévré du jeune prince des images de son passé : l'invasion du système de Phobia par l'armée impériale venue officiellement délivrer des citoyens impériaux retenus captifs par les meneurs esclavagistes.

« Une guerre sale dont les véritables enjeux étaient avant tout politiques et économiques », se dit Solarion en s'efforçant de suivre les explications que lui fournissait l'amiral Thessala.

— La situation est fort simple, Altesse, termina celui-ci en se carrant, mains derrière le dos, face à l'impressionnante projection holographique.

En vérité, trop perturbé par la soudaine adhésion de Thessala à leur cause – « un mot plus acceptable que celui de mutinerie ou de révolte », se dit le prince –, Solarion n'avait pas assimilé la moitié du rapport que venait de lui faire l'amiral sur ce qu'il appelait avec emphase « la situation astrogéopolitique actuelle ».

Depuis la fuite précipitée de l'Élue et du prince impérial de la salle de tribunal, l'Empire était scindé en deux factions rivales. D'un côté se trouvaient les milieux d'affaires, une partie de la noblesse ésotérienne, la moitié au moins de l'armée impériale et un important groupe de potentats locaux (des rois, des gouverneurs, des princes, des ducs et des présidents de planètes), alliés du père d'Anastara.

— Cette bande de harpies espère, en soutenant l'usurpateur, déclara Thessala, se gagner davantage de pouvoir au sein d'un gouvernement dont Cyprian serait nommé régent intérimaire.

Le ton brusque de l'amiral étonna le prince. L'officier avait les jambes arquées comme s'il s'apprêtait à faire face, seul, à cette puissante coalition.

— Qui est avec nous ? s'enquit Solarion, qui avait pâli à l'énoncé des noms de personnages importants ligués contre eux.

— De l'autre, poursuivit Thessala en serrant les poings, les traditionalistes : les maîtres missionnaires, bien que doutant de la véracité de la mission de l'Élue, restent fidèles à l'impératrice.

La bouche sèche, Solarion tendit le cou dans l'espoir d'entendre s'allonger la liste de leurs alliés.

Thessala poursuivit :

— Bien encadrées par l'ensemble des médias qui appuient officiellement la cause de l'Élue, la petite bourgeoisie et la masse des populations planétaires en général sont également avec nous.

— Leur soutien seul, hélas, ne nous apportera pas la victoire, songea Solarion à voix haute.

Thessala leva un sourcil étonné. La remarque du prince impérial n'était pas dénuée de sens. La faveur des masses, chacun le sait, est aussi volatile que les feuilles dans le vent. Sentant que son analyse tombait dans le mille, Solarion se plut à penser qu'il venait de remonter dans l'estime du vieil officier.

Il chercha le regard de Sériac.

— Qu'en pensez-vous, commandor ?

Trente paires d'yeux se braquèrent sur l'ancien garde du corps. Celui-ci tritura nerveusement le col de son uniforme. Dans la demi-pénombre et la sombre luminescence des voyants digitaux, les visages des opérateurs, des soldats et des officiers rassemblés dans la timonerie se fondaient en une tache anonyme et incertaine.

— Les masses ne comptent pas dans un affrontement idéologique, répondit Sériac d'une voix rauque.

Solarion, qui avait toujours apprécié l'esprit d'analyse de son ancien garde du corps, eut la curieuse impression qu'il avait dû fournir un immense effort pour parler calmement. Il surprit une grimace fugitive sur son visage hâlé, ainsi qu'une sorte de spasme qui déforma, l'espace d'un instant, son menton et sa joue droite.

— Altesse, reprit Thessala, nous ne sommes pas aussi vulnérables que vous le pensez. Regardez...

Le commandor Sériac éprouvait-il des difficultés respiratoires ? Solarion crut le voir ouvrir la bouche toute grande. Son front était-il maculé de sueur ? Thessala montra le diagramme holographique du doigt.

— La septième armée dont j'ai le commandement, Altesse. La base flottante de Quouandéra. Cent mille hommes, vingt-sept bâtiments lourds, trente croiseurs... Nous sommes tous derrière vous.

— Une armée, c'est bien, répliqua Solarion. Mais à qui va l'allégeance des onze autres amiraux de la flotte impériale ?

Thessala énuméra cinq de ses confrères, puis il ordonna que l'on visualise la position de chacune de leurs armées respectives. Solarion nota mentalement leurs coordonnées.

— Notez que trois d'entre elles sont situées près d'une porte interdimensionnelle.

— Nous pourrions donc leur ordonner de converger ! en déduisit Solarion.

L'amiral fixa le prince. Soudain, il tomba à genoux. Son visage massif était effrayant de solennité.

— Altesse, les médias battent le fer et nous tracent la voie pour une action d'éclat…

— Vous pensez donc à une guerre civile !

L'amiral fronça ses épais sourcils. Puis, comme si l'aveu lui coûtait, il hocha la tête.

— La moitié de la flotte n'attend que votre engagement officiel, Monseigneur. Elle se rangera sous votre bannière au nom de l'impératrice retenue prisonnière dans son palais.

Littéralement giflé par les mots de l'amiral, Solarion réalisa tout à coup ce qu'impliquait le titre de prince héritier et celui de futur empereur. Le temps des beaux discours, des bals et des parades militaires était mort. L'amiral était venu chercher un meneur d'hommes. Thessala avait besoin du prince comme symbole, mais aussi en tant que chef de guerre.

L'engagement officiel demandé par l'amiral devant tout son état-major n'était rien de moins qu'une prise de pouvoir officielle au nom de l'impératrice. Cela signifierait des batailles spatiales, des affrontements fratricides, du sang versé, ainsi qu'un épouvantable affaiblissement de toute la structure sociale, politique, commerciale et militaire mise en place par des générations d'empereurs depuis des milliers d'années.

En un instant, Solarion envisagea une bonne dizaine d'effets secondaires négatifs, peu importe l'issue du conflit à venir. Pour commencer, un chaos commercial plongerait les États pauvres de l'Empire dans une famine quasi immédiate. Il y aurait une pandémie de rébellions menées par des princes ou des monarques avides d'indépendance. De graves crises économiques, bien sûr, ainsi qu'une plus grande pression de la part du monde des affaires dont l'unique but était d'accroître son pouvoir au détriment du droit des peuples.

«Et puis, choisir la rébellion, c'est aussi me mettre hors-la-loi. C'est me déclarer criminel et faire de tous ces hommes des mutins. Seule la victoire fait un roi ou un empereur d'un rebelle!»

Il préféra ne pas penser à ce qu'il advenait d'un rebelle vaincu.

Thessala, qui semblait suivre le dilemme intérieur du prince, s'exclama soudain:

— Sauf votre respect, Altesse, Cyprian sait que vous êtes un pacifiste. Il sait que vous haïssez toute situation de conflit et que vous préférez le dialogue et le compromis à la voie des armes. Il le sait et il compte là-dessus.

Baissant sa lourde tête, il ajouta, comme à bout d'arguments :

— Monseigneur, je vous ai exposé la situation. Vous seul, à présent, tenez le sort de l'Empire entre vos mains.

— Storine…, déclara soudain le prince.

Thessala se releva. Un court instant, la masse de son grand corps répandit une ombre sur le jeune homme. La voix de l'amiral se fit pesante :

— Altesse, j'ai le regret de vous informer que l'Élue a été vaincue. Cela s'est passé dans la salle du trône impérial. À l'heure où je vous parle, Cyprian l'a fait envoyer à la prison d'Ycarex…

Tout le monde entendit le cri bref que poussa le jeune prince.

— … pour y être déshumanisée, ajouta douloureusement le vieil officier.

Solarion accusa le coup. Ses poumons se vidèrent à la pensée des catafalques de cristalium et des zombies qui y étaient enfermés pour l'éternité. Ses épaules s'affaissèrent.

Thessala eut un mouvement en sa direction. D'une main, Solarion le pria de ne pas intervenir. Devant tout l'état-major, il devait être fort, retenir ses larmes, contenir sa rage et sa haine.

— Si vous vous engagez dans ce combat, Altesse, ajouta Thessala, il nous faut également le soutien de l'Élue. Elle pourra nous aider à exalter l'ardeur des peuples…

Victime d'étourdissements, Solarion chercha à reprendre son souffle. Son rythme cardiaque s'emballa. Il sentit les veines de son cou tendu prêtes à se rompre. Ses lèvres tremblèrent.

« Heureusement, il fait sombre… », se dit-il, l'esprit confus.

« Si seulement Santus était là ! Et (il y songea soudain) Marsor ! »

Une fois encore, Thessala dut lire dans ses pensées, car il crut bon d'ajouter :

— Aux dernières nouvelles, le prince Thoranus et l'impératrice, bien que toujours officiellement maintenus dans leurs fonctions, sont, dans les faits, confinés dans leurs appartements.

Le jeune prince eut un pincement au cœur en pensant à sa grand-mère. Pouvait-elle toujours, dans ces conditions, suivre les traitements de re-énergisation spirituelle qui la soulageaient de ses douleurs au dos ?

Thessala reprit :

— Le palais impérial est entièrement sous l'autorité de Cyprian et de ses gardes noirs. Et… (il sembla hésiter) Marsor le pirate n'est plus. Il a succombé lors de l'assaut donné par l'Élue.

Solarion baissa la tête. Ainsi, le vieux pirate qui avait jadis sauvé sa vie et celle de son oncle Thoranus était mort. Mort pour de bon. Une seconde flambée de colère déferla dans ses veines. Cyprian allait trop loin. Thessala avait raison. Il est des instants, dans la vie d'un prince, où se cacher derrière les discours et la diplomatie est synonyme d'aberration et de lâcheté.

Les yeux brûlants de larmes refoulées, l'estomac serré, les tempes douloureuses, il redressa la tête. Le petit garçon de jadis mourait aujourd'hui, l'adolescent inconscient et l'amoureux passionné étaient tous deux crucifiés. Que faisaient les dieux en cet instant tragique ? Solarion ne sentait pas leur présence.

Une fois encore, il chercha un soutien dans les yeux du commandor qui était, il devait bien se l'avouer, ce qui se rapprochait le plus d'un ami ou d'un père. N'arrivant pas à comprendre l'attitude de celui qui était redevenu, depuis leur fuite, son garde du corps, il comprit qu'il devait prendre la plus grave décision de toute sa vie… À l'instant. Et seul.

Storine n'aurait pas hésité. Elle aurait brandi son sabre et se serait adressée avec fougue et ferveur à ce parterre d'hommes qui scrutaient la moindre de ses réactions.

« Par l'Empire, que c'est difficile ! » songea Solarion qui n'avait jamais été, de sa vie, placé devant un aussi grave dilemme.

Le sentant fléchir, Thessala durcit le ton.

— Il s'agit de l'Empire et de votre dynastie, Monseigneur !

Un silence de plomb tomba dans la timonerie.

Les paupières du jeune homme ne ces-saient de tressaillir. Hébété, il fixait sans vraiment les voir les repères clignotants des bâtiments impériaux sur le diagramme holographique.

Il prit une profonde inspiration. Une cha-leur nouvelle envahissait son plexus solaire.

— Amiral, déclara-t-il d'une voix forte et claire, je m'engage solennellement à soutenir nos troupes et à les mener à la victoire.

Il se tourna vers tous les hommes présents et s'écria, presque sauvagement :

— Je fais le serment devant vous de pourchasser Cyprian, l'usurpateur, et de le confondre pour haute trahison. Le droit et la justice sont du côté de l'impératrice et du gouvernement séculaire de l'Empire.

Attentifs, les hommes ne bronchèrent pas. Galvanisé par ses propres paroles, Solarion sentait que les divers éléments du plan d'action auquel aspirait Thessala se mettaient en place tout seul dans son cerveau. Peut-être était-il finalement guidé par la main invisible de Vinor ?

Posant une main confiante sur l'avantbras de l'amiral, il reprit :

— Voici comment nous allons opérer. Tout d'abord, il nous faut faire route sur Ycarex pour y récupérer Storine. Je sais que le processus de déshumanisation est plus long et plus complexe qu'on le pense. Si l'extraction date de moins d'une journée, nous avons encore des chances d'inverser le processus et de la sauver. Storine à nos côtés, nous donnerons ensemble une conférence de presse à l'échelle impériale pour officialiser notre prise de pouvoir.

Des images se formaient dans sa tête. Chaque étape du plan jaillissait, claire et cristalline comme de l'eau de roche.

— Ensuite, nous nous installerons à la périphérie de la mer d'Illophène.

Thessala releva le menton. Solarion nota l'intérêt de l'officier.

— Il nous sera plus facile, à cet endroit, de fragmenter les forces ennemies. Vous avez raison, amiral. Cyprian me croit faible et hésitant. Il faut en tirer parti et frapper un grand coup.

— Je vois, Altesse, que vous savez profiter de l'enseignement dispensé à notre Académie militaire ! approuva Thessala en se disant que cette stratégie avait déjà été utilisée, avec succès, par nul autre que Marsor le pirate à plusieurs reprises.

— Je suis persuadé, termina Solarion, qu'une victoire rapide mettra un terme à cette rébellion sans causer trop de dégâts. Pris de court, Cyprian perdra son prestige, son réseau d'alliances se décomposera. Ceux qui le soutiennent par goût du lucre et pour l'appât du gain tourneront les talons dès que la fortune des armes aura tranché en notre faveur.

Il eut soudain un autre éclair d'illumination :

— Il faudra absolument récupérer Griffo. Voir l'Élue chevaucher son lion blanc à la tête de notre armée sera notre plus grand atout. Cette image est un symbole. Elle portera un coup fatal aux ambitions du grand chancelier !

Thessala avait le regard vitreux.

« Sans doute imagine-t-il Storine, sabre levé au-dessus de sa tête, donnant le signal de l'assaut en plein espace sidéral ! » se dit Solarion, fier de lui.

Il respirait déjà mieux. Finalement, prendre de grandes décisions relevait de la même logique que de décider du menu d'un souper de gala.

« Enfin, à quelques détails près… »

Il brûlait d'envie de demander à l'amiral ce qu'il pensait de sa stratégie, mais il se retint : un prince impérial ne quête pas l'aval d'un subalterne.

Soudain, il entendit un léger battement de mains. Surpris, Solarion scruta la pénombre. Lequel des hommes présents applaudissait à son discours ? Sériac gardait la tête baissée. Thessala avait croisé ses bras sur sa vaste poitrine.

Solarion tourna la tête et resta stupéfait. Un étourdissement le gagna. Il dut s'appuyer sur une console de métal.

— Superbe ! Vraiment superbe…, déclara une voix calme et douce.

L'homme, dont l'image holographique vibrait à la place du diagramme militaire, portait un long manteau de velours noir relevé au col et sur les manches de pièces mauves et jaunes. Il était petit, malingre et arborait un crâne rasé. Son teint bilieux, ses yeux jaunâtres, l'ossature fragile de ses longs doigts maigres étaient effrayants. Malgré tout, l'homme respirait la joie et la satisfaction. Il sourit subtilement. Tous purent voir combien ce sourire félin étirait la fine moustache fanée qu'il portait aux commissures des lèvres.

— Vous êtes tous témoins ! glapit soudain le grand chancelier Cyprian à l'adresse de l'état-major au grand complet.

Cette fois-ci, les hommes s'écrièrent tous en même temps. Solarion en entendit même rire. Il surprit de la pitié et de la moquerie dans les yeux de certains autres. La plupart, cependant, gardaient tout de même la tête baissée.

Le grand chancelier fixa le prince. Il continuait de sourire, bouche fermée, lèvres étirées comme une crevasse blafarde qui aurait séparé son visage en deux parties inégales. Puis, s'adressant à l'amiral qui s'était mis au garde-à-vous, il laissa tomber sur un ton méprisant :

— Vous savez ce qu'il vous reste à faire…

— Certainement, Votre Grâce !

Le traître Thessala se tourna alors vers Solarion.

— Altesse, déclara-t-il en retenant à grand-peine son plaisir et sa joie, au nom du gouvernement intérimaire d'Ésotéria nouvellement élu, je vous déclare rebelle et en état d'arrestation !

— Soldats !

Les hommes redressèrent la tête.

— Jetez-le dans une cellule !

4

L'antichambre
de la mort

Storine eut l'impression de tomber dans
le néant.

« Le puits de la mort ! » se dit-elle en repensant à ses anciens cauchemars. Anastara et
elle, face à face. L'impératrice en danger. La
grande duchesse se changeant en un lion noir
qui la précipite dans un trou sans fond.

La jeune fille attendit avec angoisse le choc
qui allait fatalement suivre, sans savoir trop
où ni vers quoi elle tombait. L'instant précé-
dent, elle se trouvait encore dans la grande
salle du trône impérial.

Peu à peu, les souvenirs remontaient à la
surface de sa mémoire : la grande duchesse
assise sur le trône ancestral des empereurs
d'Ésotéria, les silhouettes anxieuses de l'impératrice et de maître Santus. Puis, soudain,

 79

la trahison d'Anastara. Les tirs croisés de laser. La fougue avec laquelle Corvéus et elle avaient réagi à l'assaut des gardes noirs.

« Père… »

Elle revit le corps de Marsor dévoré par les flammes, revécut sa douleur, sa rage. Les hautes colonnes de la salle hypophyse s'étaient mises à trembler sur leurs socles. Des hommes avaient péri écrasés. Ensuite, elle avait perdu connaissance.

« Et maintenant, je tombe… »

À l'instant où ces mots prirent forme dans son cerveau, la jeune fille se rendit compte qu'elle se trompait. La sensation de chute s'estompait. Ses étourdissements se dissipaient. Elle cligna des paupières, rapidement, pour forcer l'image à se stabiliser devant ses yeux.

« Je me trouve dans une salle… »

La lumière ambiante pulsait, douée de vie, tour à tour blanc laiteux, puis gris pâle auréolé de reflets d'or et de bronze.

« Je suis chez les dieux… »

Émerveillée, Storine retint son souffle. Sans doute était-elle tombée, mais à présent, elle rêvait ! Un gémissement béat attira son attention. En se retournant vers la source de ce bruit étouffé, elle aperçut le colosse à ses côtés et s'écria :

— Corvéus ?

Celui-ci dodelina de la tête et sourit. C'était bien le même géant. Son regard était bleu délavé, son crâne rasé sillonné d'anciennes cicatrices luisait doucement. Il arborait ses éternelles joues de poupon, ses traits disgracieux creusés au couteau et son expression hagarde d'attardé mental.

C'était bien une des premières fois que Storine l'appelait par son prénom et, elle devait se l'avouer, sa présence lui était d'un réel réconfort.

— Corvéus, répéta-t-elle, j'ai idée que nous avons perdu connaissance et que, maintenant, nous rêvons.

Cela n'expliquait pas pourquoi le géant se trouvait à ses côtés dans ce qui était sûrement le grand temple des dieux, mais c'était un premier pas dans la bonne direction.

« Je voulais tant les rencontrer ! » se dit-elle en souriant.

Soudain, la lumière fut coupée en deux par une masse sombre qui passa au-dessus de leur tête. L'espace d'une seconde, ils furent plongés dans la pénombre. L'instant d'après, la « chose » s'éloigna, comme prisonnière d'une orbite céleste invisible.

Corvéus couina comme un petit animal apeuré. Affreusement déçue, Storine comprit enfin que cet endroit n'était ni le temple ni le jardin des dieux, mais l'immense salle où s'entassaient, dans la prison mentale d'Ycarex, les catafalques vitrifiés des prisonniers.

Réalisant, une fois de plus, combien elle avait été naïve, elle posa une main sur l'épaule du colosse.

— Ainsi, nous sommes de retour sur Ycarex…

Ils levèrent les yeux et prirent la mesure de leur triste situation.

Des dizaines de catafalques flottaient dans le ciel de la salle pénitentiaire. Leur errance seule expliquait les variations de luminosité. Storine se rappela sa première visite, juste avant qu'elle ne se rende sur Ésotéria, la planète-capitale de l'Empire.

« Nous y avions rencontré en secret maître Santus et les autres membres de la confrérie des prophètes de Vina. »

Pourquoi se retrouvait-elle dans cette salle sinistre ?

— Corvéus ! décida-t-elle, il faut sortir d'ici !

Sentant combien le géant était décontenancé, elle lui sourit. En retirant sa main de son épaule, elle sentit un liquide gluant sur ses doigts. En une fraction de seconde, elle se remémora son séjour à bord du *Mirlira II* et l'épisode des korks, ces créatures semi-liquides qui s'introduisaient dans le corps de leurs victimes.

Mais, fort heureusement, ce liquide tiède et gluant n'était rien d'autre que du sang. Les yeux ronds, Storine se rendit compte que le torse du pauvre Corvéus en était littéralement barbouillé.

« C'est sans doute le sang des gardes noirs qu'il a tués pendant notre combat », se dit-elle en évitant de dramatiser, ce qui aurait pu effrayer le colosse.

À l'idée qu'elle devait, en quelque sorte, materner le géant, elle eut envie de rire. Mais le moment était mal choisi. Ils avaient dû perdre leur combat, dans la salle du trône, sinon, comment expliquer leur transport dans la prison mentale d'Ycarex !

Ses amis lui manquaient terriblement. Que n'aurait-elle donné pour entendre la voix nasillarde d'Éridess qui lui aurait sûrement dit : « Sto, on est dans de beaux draps. Mon mnénotron m'indique que… »

Mais Éridess ne se trouvait pas à ses côtés. Il attendait de ses nouvelles sur la planète Phobia. Solarion aurait-il trouvé la sortie de cette immense salle ?

« Peut-être pas… », se dit-elle en mordillant le grain de beauté qu'elle portait sous la lèvre inférieure.

En tout cas, elle admit que sentir les bras chauds et fermes du prince autour de son corps lui aurait été d'un grand secours.

— Marchons ! dit-elle brusquement en ayant la désagréable impression de perdre du temps.

« Mon père saurait quoi faire ! Et Griffo aussi ! » songea-t-elle en refoulant les larmes qui lui montaient aux yeux. La pensée que le commandor Sériac aurait pu, en pareille circonstance, être de bon conseil ne lui remonta guère le moral.

Aggravant encore le mal de tête qui commençait à lui vriller les tempes, Corvéus gémit de plus belle. Perplexe, ils s'arrêtèrent devant un catafalque qui, étrangement, ne flottait pas au milieu des autres.

— Il n'a plus de carburant ou quoi ? plaisanta Storine en trouvant particulier de pouvoir faire de l'humour en pareille situation. Éri déteint sur moi.

La jeune fille contourna le sarcophage égaré et poursuivit son exploration.

— Et, par les cornes du Grand Centaure, Corvéus, cesse de geindre !

Constatant que le géant se tenait immobile devant le catafalque, elle fit demi-tour de mauvaise grâce et le rejoignit.

L'objet, de forme oblongue, contenait sûrement le corps d'un malheureux prisonnier. N'ayant aucune envie de se retrouver face à un mort vivant qui aurait, comme ses congénères, une sorte de trou rougeâtre au milieu du front – « c'est par là que l'on extrait l'âme des criminels », lui avait dit un jour Éridess –, la jeune fille voulut le tirer par un bras.

— Allez !

Mais comment faire bouger une telle montagne de muscles ? Agacée par l'immobilité et, plus encore, par les larmes qui baignaient le visage du colosse, elle s'approcha de la matière cristalline tantôt opaque, tantôt presque transparente qui composait le minerai dont étaient faits ces cercueils de déshumanisation.

— Que…, commença-t-elle, croyant que Corvéus reconnaissait peut-être là un de ses anciens camarades de galère.

Le visage emprisonné pour l'éternité dans le minerai de cristalium était jeune et blanc ; paupières closes, traits détendus, bouche fermée. Sur le front apparaissait bel et bien une tache sanglante crevassée de minuscules bourrelets de chairs.

« On dirait que la blessure est récente », se dit la jeune fille.

Intriguée, elle s'approcha davantage. Le crâne avait été rasé et la fille – car c'en était une – était étendue complètement nue. Storine frissonna. Quel crime cette jeune personne avait-elle bien pu commettre pour subir un pareil châtiment ?

Corvéus ne cessait de pleurer.

— Qu'as-tu, espèce de grand…

Storine ne termina pas sa phrase. Il lui venait à l'instant une idée atroce. Collant son nez sur la plaque sous laquelle reposait le visage de cette fille, elle n'osa plus respirer. Un froid de glace pénétra dans ses veines. Incapable de parler, elle trembla si violemment qu'elle dut se recroqueviller au sol. Une main posée à plat sur le minerai rugueux et glacé, elle se mit à sangloter.

Ce n'était pas possible. C'était une erreur. Un vrai cauchemar.

Au bout d'un temps impossible à évaluer, elle sentit les grosses mains chaudes de Corvéus se poser sur ses épaules. Lentement, il la tira en arrière. Se détournant violemment, elle se laissa envelopper dans ses grands bras, en hoquetant de douleur contre sa vaste poitrine.

Le colosse saignait toujours. Storine sentit son sang imbiber ses vêtements, ses cheveux, et couler sur son visage. Elle était incapable de contrôler ses tremblements. Une question émergea dans son cerveau : « Pourquoi, si je me trouve en réalité dans ce catafalque, rasée, nue et déshumanisée, est-ce que je sens mes cheveux sur mon front, et le poids de ma cape sur mes épaules ? »

Parallèlement, son besoin de chaleur était si grand qu'elle se força à concentrer toutes ses pensées sur l'étreinte fraternelle que lui prodiguait Corvéus. Peu à peu, elle accepta l'horreur et se mit à respirer plus normalement. Elle pleurait toujours. Le géant aussi. C'était normal. Il fallait que le chagrin et le désespoir la submergent et l'emportent. « Laisse-toi couler. Laisse-toi aller. »

Son père disait qu'après la chute dans les abîmes revient toujours l'ascension des hauts sommets. C'était une loi immuable et éternelle. Storine comprenait le sens de ces paroles teintées de mysticisme. Pourtant, pour mieux les lui faire ressentir, son subconscient lui proposa l'image d'un ballon qui, après être tombé, rebondit, encore et encore.

« Rebondir…, songea-t-elle. Mon corps est dans ce cercueil, mais *moi* (elle n'était pas certaine, non plus, de savoir ce que représentait ce moi-là) je vis toujours. La preuve, je suis ici, avec Corvéus ! J'ai tous mes cheveux et mes vêtements. »

Par pur réflexe, elle tâta la poche intérieure de sa cape.

« Bien sûr, on m'a repris mon sabre et *Le Livre de Vina* ! »

Elle vivait donc un rêve.

Un autre souvenir émergea dans sa mémoire. Elle revit la vieille Sherkaya, sur le rocher d'Argonir. La prophétesse était morte sous ses yeux. Storine avait vu son corps de lumière s'extraire de son corps de chair.

« C'était une substance lumineuse douée de vie », se rappela-t-elle.

Une idée lui vint.

— Suis-je morte ? s'exclama-t-elle, le menton dans le poitrail de Corvéus.

Elle se détacha du colosse, leva vers lui des yeux reconnaissants.

— Sommes-nous morts tous les deux ?

Mais Corvéus ne la regardait plus. Le visage tourné sur le côté, il semblait fasciné par…

« Un homme ! » s'étonna Storine.

Un jeune laborantin aux yeux couleur d'ambre se tenait effectivement devant une grande vitre. Comprenant que le catafalque contenant son corps avait été placé dans la salle pénitentiaire tout contre la paroi de ce qui devait être une sorte d'antichambre, Storine décida d'attirer son attention.

Elle se moquait qu'il fût ou non un ami et lui adressa de grands gestes de la main. Puis, comme il ne semblait pas la voir alors qu'elle se tenait, de l'autre côté de la vitre, à deux mètres de lui, elle se rapprocha encore et frappa la paroi vitrée de ses poings.

— Eh ! oh ! Eh !

Désireux d'aider la jeune fille, Corvéus frappa à son tour. Storine était étonnée de ne pas entendre résonner ou même vibrer la paroi sous la force de leurs poings.

Le jeune laborantin semblait étrangement triste. Storine remarqua sa mâchoire serrée, ses sourcils froncés, comme si quelque chose le tracassait. Écarquillant les yeux de surprise, elle vit des larmes briller au coin de ses paupières. Prise d'un curieux pressentiment, elle se retourna. Le catafalque à l'intérieur duquel reposait son corps s'élevait et prenait doucement son envol. Quelques secondes plus tard, il disparaissait au milieu des milliers d'autres.

Soudain, un deuxième homme s'approcha. Contrairement au jeune laborantin, il était grand et arborait un visage grave et énergique encadré par de longs favoris blancs. Trop préoccupée par ses propres problèmes, la jeune fille souffla sur ses mèches rebelles et en tira un plaisir presque sauvage.

— Ils ne nous voient pas, ragea-t-elle entre ses dents.

Corvéus était tout étonné qu'il y ait du sang sur son justaucorps. Elle décida de laisser tomber.

— Partons d'ici !

Arrachées de leur corps, leurs deux âmes erraient dans une sorte de monde fantomatique. Qui d'autre qu'Anastara et son père avaient pu commettre une pareille aberration ? Storine ignorait si elle pouvait ou non utiliser la seconde formule de Vina pour retourner auprès de ses amis, sur la planète Phobia. Elle ne songea pas davantage à tenter de réintégrer son corps de chair.

« D'abord, se dit-elle, retrouver Solarion, Éridess, Sériac et, surtout, Griffo ! »

Le fauve seul pourrait sentir sa présence. La situation étant désespérée, les moyens pour y échapper l'étaient également.

— *Mâatos Siné Ouvouré Kosinar-Tari!* récita-t-elle lentement en se concentrant sur le promontoire rocheux dominé par les ruines du château de lave où l'attendaient ses amis.

Après une brève hésitation, la toile subtile de l'espace-temps se disloqua en milliers de points lumineux. La sensation était légèrement différente de celle à laquelle elle était habituée, mais, selon toute vraisemblance, la formule fonctionnait.

Persuadée de pouvoir, une fois sur place, communiquer par télépathie avec son fidèle lion blanc, elle s'abandonna au mouvement intérieur suscité par l'évocation des paroles magiques. Elle n'était ni morte ni prisonnière d'un catafalque de cristalium. Anastara s'était fourvoyée. Bientôt, elle allait lui faire payer son erreur.

Storine sentait l'espoir lui revenir quand la pression d'une main glacée sur sa cheville la fit sursauter. Elle étouffa un cri d'horreur, se retourna. Sakkéré en personne la tirait en arrière. Épouvantée, la jeune fille crut que son cœur allait exploser dans sa poitrine.

5

Désespoir

Sériac et Solarion furent enfermés dans le même cachot. Hébété, ahuri, le jeune prince se laissa conduire sans résistance. Il était passé si vite de l'euphorie à l'anéantissement qu'il se sentait comme un homme ivre tiré de sa torpeur par une main brutale.

Les cellules, à bord de ce croiseur de la septième armée, étaient sombres et vétustes. Le claquement de la lourde porte d'acier résonna à leurs oreilles pendant de longues minutes, le temps que leurs yeux s'habituent peu à peu à l'obscurité. Une âcre odeur de ranci et d'urine flottait dans l'entresol. Incurvées à leurs extrémités, les parois boulonnées étaient glacées et suintaient d'humidité.

Solarion n'arrêtait pas de claquer des dents. Les cellules, il connaissait. Mais en qualité de visiteur et non de prisonnier !

N'avait-il pas clandestinement rejoint Storine, enfermée dans un cachot magnétique après la destruction du *Grand Centaure*? Le prince repensa à la fois où, s'introduisant dans le bloc pénitencier du palais impérial, il avait retrouvé la jeune fille dans une seconde cellule. Dans ces deux endroits, ils avaient fait l'amour et avaient connu un bonheur total.

Aujourd'hui, les choses étaient différentes. Ses tempes le faisaient tant souffrir qu'il avait du mal à réfléchir. Les seules images qui lui parvenaient, morcelées, incomplètes, lui présentaient la réalité sous un jour funeste. Avant même d'être née, voilà que sa rébellion mourait dans l'œuf.

Recroquevillé à ses côtés, le commandor s'agita. Solarion distinguait sa silhouette et les plis de sa longue cape, mais il entendait aussi des grattements d'ongle. Suivirent quelques gémissements étouffés, puis un bref cri de douleur vite réprimé.

Que se passait-il?

Humilié dans son âme comme dans sa chair, il était également furieux contre son ancien garde du corps. De quel côté était-il, pour ne pas l'avoir averti du piège tendu par l'amiral Thessala?

— Altesse…

Solarion haussa les épaules dans le noir.

— Altesse ! répéta l'ex-officier en maîtrisant un spasme de douleur.

Le prince daigna enfin lui faire face. Tout d'abord, il recula devant la main ensanglantée du commandor, tendue à deux doigts de son visage. Dégoûté, le jeune homme détourna le regard.

— Une puce psytronique à impulsion mentale, déclara Sériac en déchirant une portion de sa cape.

Il laissa tomber le minuscule objet métallique, l'écrasa sous le talon de sa botte. Puis, il se confectionna un pansement qu'il s'enroula en écharpe autour du cou.

Comme s'il réagissait en décalage par rapport aux événements, le prince réalisa enfin ce qui s'était réellement passé.

Couramment utilisé par certains groupes terroristes afin de museler mentalement un témoin gênant ou un otage trop bavard, ce genre d'implant avait fait l'objet, quelques années auparavant, d'un débat très houleux au Sénat impérial. Si Solarion avait bonne mémoire, tous les États fédérés à l'Empire – incluant le gouvernement central d'Ésotéria – avaient ratifié une loi interdisant l'emploi de cet expédient jugé barbare.

Comprenant à présent les mines contrites, les tremblements, les regards impossibles à interpréter et la sueur qui maculait le visage du commandor durant tout le temps où il avait débité son discours guerrier, Solarion réprima un haut-le-cœur. Thessala n'était pas seulement brutal, il était cruel. Sachant que le commandor sentirait le piège tendu, il l'avait fait implanter pour l'empêcher de le prévenir.

« D'un autre côté, si Sériac n'avait pas été présent, se dit Solarion, je me serais aussitôt méfié. Quel idiot j'ai été ! »

— Je suis désolé, Altesse, murmura Sériac en maintenant d'une main son bandage de fortune.

Solarion imagina le supplice enduré par l'ex-officier. Vouloir parler, crier, et s'en trouver empêché par un implant programmé pour brouiller les fonctions de la parole dans son cerveau !

— Ce sont des monstres, laissa tomber le prince en se prenant la tête dans ses bras.

Le silence de Sériac se passait d'explications.

— Cyprian a maintenant la preuve de ma rébellion, reprit Solarion. J'ignore quelle est la suite de son plan, mais il n'augure rien de bon pour nous.

— Je crains, déclara le commandor d'une voix rendue grave à cause de sa blessure au cou, que nous ne soyons réellement en mauvaise posture.

— Croyez-vous, se lamenta Solarion, qu'il ait eu raison à propos de Storine? Les dieux veulent-ils vraiment voir triompher Cyprian et les gens de son espèce?

Sériac ne savait plus que croire. Les dieux étaient-ils des entités supérieures vivant sur d'autres plans de conscience ou bien des êtres sortis tout droit de l'imaginaire de quelques prêtres superstitieux? Plus jeune, il n'avait pas cru en leur existence. Dernièrement, sans doute influencé par Storine, il avait révisé son jugement.

— La seule réalité à part la naissance et la mort, philosopha tristement le commandor, c'est le doute.

«Il nous suit pas à pas tout au long de notre vie et peut-être même au-delà, poursuivit-il mentalement. Sans lui, ni le mal ni le bien n'ont réellement de sens. M'aime-t-elle ou pas? Existe-t-il des dieux ou pas? Toujours le doute...»

— Que va-t-il se passer, à votre avis?

Ni Sériac ni le prince ne se seraient un jour attendus à poser une pareille question. Jamais, dans ses pires cauchemars, Solarion ne s'était imaginé dans un tel bourbier. Et voilà que sa liberté – sa vie, même ! – semblait aussi précaire que celle de n'importe quel citoyen de l'Empire.

— Une chose est certaine, répondit le commandor après avoir pris son temps pour réfléchir, nous nous rendons sur Quouandéra. Je l'ai entendu dire dans la timonerie peu avant votre arrivée.

Son instinct de survie lui revenait, il retrouvait ses automatismes de chasseur.

— Je crois qu'aucune situation n'est irréversible, si grave soit-elle.

— Que voulez-vous dire par là ?

— Sur Quouandéra, Altesse, nous trouverons un moyen de savoir ce qui s'est réellement passé au palais de Luminéa entre Storine et Anastara.

Solarion rendit grâce aux dieux de lui avoir accordé la fidélité d'un homme tel que Sériac. Oui, le commandor avait sûrement raison. Il fallait garder espoir.

« Pauvre grand-mère ! songea-t-il. Elle est si fière de moi ! »

Son oncle et mentor, le prince Thoranus, nourrissait également pour lui de grandes ambitions. N'avait-il pas dernièrement déclamé, en sortant d'une de ses transes, qu'un puissant empereur régnerait grâce à lui ? Que signifiait cette nouvelle prophétie ?

Un fait était certain. Ses proches avaient confiance en lui bien plus qu'il n'avait confiance en lui-même.

« Je n'ai pas le droit de les décevoir... »

— Aussi, reprit Sériac, je vous conseille de dormir un peu et d'économiser vos forces. Il faudra marcher la tête haute, sur Quouandéra, et ne jamais oublier que vous êtes le prince impérial : peu importent les circonstances.

Solarion émit un sifflement dubitatif.

— Ce sera notre seule chance d'échapper aux loups, ajouta Sériac.

Un bruit sourd vint soudain troubler leurs murmures.

— Vous entendez ?

— Des gémissements, répondit le commandor.

— Ils viennent de la cellule voisine...

Solarion se leva, puis, mains tendues, fit quelques pas dans la pénombre avant de toucher la paroi boulonnée située en face de lui. Curieux, il cogna trois coups contre le

99

montant d'acier. Aussitôt, les gémissements cessèrent et trois petits coups identiques lui répondirent.

— Qui est là ? interrogea le prince.

Quelques secondes s'écoulèrent.

— Solarion ? répondit une voix presque inaudible à travers l'épaisseur de la paroi.

Le prince se retourna vers Sériac.

— C'est Éri ! s'exclama-t-il, les yeux brillant de joie.

Le visage du commandor se rembrunit. Fort heureusement, la pénombre était telle que le prince ne s'en aperçut pas. Ainsi, Éridess n'avait pas échappé aux soldats.

Et qu'était-il advenu de Griffo ?

Anastara s'éveilla en sueur. Elle se redressa contre ses oreillers, et, encore aveuglée par l'intense lumière qu'elle venait de voir à la fin de son rêve, elle se cacha le visage dans les mains. Cette lumière était belle et pure, mais étrangement, la jeune femme avait eu la sensation que cette beauté ne lui était pas destinée. Qu'elle l'avait en quelque sorte surprise sans y avoir été invitée.

Elle frissonna malgré la chaleur dans sa chambre. À travers les fins rideaux de dentelles installés à la hâte devant la baie vitrée par ses domestiques, elle vit scintiller la lointaine constellation d'Émarion, située, à ce que racontaient les astronomes impériaux, à des milliers d'années-lumière du bord extérieur de la galaxie.

Un moment, Anastara se demanda s'il existait, dans cette lointaine nébuleuse, un empire semblable à celui d'Ésotéria. Y avait-il des guerres entre les peuples, des créatures semblables aux hommes avec des passions, des haines, des espoirs et des rêves inachevés ou inaccessibles?

Son lit était dur, ses couvertures si rêches, qu'elle avait été obligée de se vêtir pour la nuit – ce qui n'était pas dans ses habitudes.

« Mes rêves à moi se réalisent enfin… », se dit-elle en caressant des doigts ses oreillers en soie d'Argola, les seuls accessoires de luxe que l'amiral Thessala avait réussi à dénicher sur Quouandéra.

Soudain, un fin réseau d'étincelles bleutées se mit à pétiller au centre de la chambre. Anastara pensa aussitôt au projecteur holographique en forme de socle plat – un vieux modèle militaire vissé au plancher –, sur lequel elle avait buté quand, en pleine nuit, elle s'était levée pour aller aux toilettes. Elle en ressentait encore de la douleur dans ses orteils au moment où, s'activant, le condensateur d'ions vibratoires atteignit l'ampleur nécessaire pour permettre l'amorce d'une projection holographique normale.

— Père! s'exclama Anastara en remontant d'instinct ses couvertures sur sa gorge. Puis, réalisant qu'elle portait une épaisse chemise de nuit, elle haussa les épaules.

La grande duchesse connaissait chaque détail de la physionomie de son père.

« Et cette légère rougeur autour des lèvres signifie que… »

— Ma chère enfant, je t'avais promis une surprise après la défaite de Storine, eh bien réjouis-toi!

Anastara se crispa en entendant le nom de sa rivale dans la bouche de son père. Quelle bonne nouvelle tenait-il tant à lui annoncer au beau milieu de la nuit? Les yeux troubles de son père, dont les paupières proéminentes l'avaient toujours étonnée, se mirent à briller.

« Ma mère avait les yeux mauves, comme moi! » se rappela-t-elle.

Comme elle n'évoquait jamais le souvenir de cette mère qu'elle n'avait pas connue,

Anastara se sentit soudain oppressée. Espérant que son père allait lui annoncer la nouvelle qu'elle attendait depuis si longtemps, elle éprouva de la difficulté à respirer normalement.

« La joie, sûrement ! »

— Nous tenons la preuve de l'infamie du prince, lui révéla enfin Védros Cyprian.

Anastara se rembrunit.

— Votre plan a-t-il fonctionné tel que prévu, père ?

— Au-delà même de mes espérances.

Il n'en dit pas davantage – sans doute craignait-il que leur conversation holographique ne fût surveillée –, mais Anastara eut l'impression, au ton de sa voix, que ce « au-delà de mes espérances » signifiait que Solarion était tombé dans leur piège bien trop facilement, ce qui déplut à la grande duchesse.

Elle n'aimait pas les avilissants sous-entendus de son père à l'endroit de Solarion. Anastara savait que son père tenait le prince pour un imbécile romantique, et cela l'attristait.

— Es-tu satisfaite ? interrogea le grand chancelier, étonné de ne pas voir plus de joie sur le visage de sa fille.

Anastara étira ses longues lèvres dans un sourire de convenance. Tête baissée, elle observa entre ses paupières mi-closes la silhouette tremblotante de son père. Védros avait toujours été un homme d'apparence frêle, ce qui lui donnait volontiers un air maladif. Son teint bilieux, ses yeux exorbités n'encourageaient guère l'affection.

« Je suis la seule à l'aimer. »

Pourtant, à cette seconde, elle envia Storine qui avait eu la chance de pouvoir se considérer pendant des années comme la fille de Marsor le pirate. Marsor qui, malgré son statut de renégat, de tueur et d'ennemi public numéro un, suscitait de la part des masses ignorantes plus d'admiration, d'honneur et, même, d'amour, que n'en auraient jamais des hommes plus humbles et moins bien dotés par la nature comme son père.

Partagée dans ses ressentiments autant que dans ses affections, la grande duchesse serra les lèvres. Oui, Storine avait été la fille de Marsor le pirate, et elle n'y pouvait rien changer.

— Tu es triste, ma fille ?

Le ton de voix de son père, une fois encore, l'atteignit droit au cœur. Il semblait si inquiet !

Avait-elle le droit de le décevoir sous prétexte qu'il ne possédait ni le charme viril ni le charisme de Marsor le pirate ? Résolue à faire bonne figure, elle lui sourit avec les yeux cette fois, et masqua son embarras en changeant de sujet.

— J'ai fait un rêve, père. J'ai vu Griffo marcher dans la lumière de la déesse. Après avoir traversé des fleuves de lave en fusion, il franchissait une sorte de seuil. Vina lui ouvrait les portes de son royaume.

À ces mots inspirés par une trop grande excitation à son goût, le grand chancelier caressa sa fine barbiche verdâtre. Anastara avait toujours trouvé discutable cette coquetterie de son père.

Tandis que le visage de sa fille était éclairé par les feux rouges et bleus d'une lointaine nébuleuse, il repensa au rapport que lui avait envoyé l'amiral Thessala. Solarion s'était rebellé devant témoins, le prince et ses amis étaient désormais leurs prisonniers. Storine était hors d'état de nuire. Seul restait le fauve, que les troupes d'élites envoyées à sa poursuite n'avaient pas réussi, hélas, à débusquer et à tuer. Mais que pouvait faire un lion blanc perdu sur une planète en état de décomposition avancée ?

Agacé de voir briller tant de ferveur dans les yeux de sa fille, il prit une profonde inspiration. Ce qu'il s'apprêtait à lui révéler était en quelque sorte l'antithèse de ce qu'il lui avait inculqué depuis qu'elle était enfant. Mais leurs projets étaient si avancés, à présent, que cette mise au point devenait essentielle. Le lieu et l'heure étaient certes mal choisis. Mais à la guerre comme à la guerre !

— Ma fille, il faut que tu saches à quoi t'en tenir au sujet des dieux…

Il s'interrompit, avala difficilement sa salive. Comment allait-elle prendre la chose ? Sa fille était certes intelligente et au moins aussi machiavélique que lui, sinon plus…

— Anastara, les dieux, vois-tu…, n'existent pas.

La jeune femme fit de grands yeux ronds. Comme elle ouvrait la bouche, il lui imposa le silence d'un geste de la main.

— C'est la conclusion à laquelle je suis parvenu, et, crois-moi, cela m'a causé un choc à moi aussi…

Védros avait l'air de chercher ses mots. Son front se raya de profondes rides noires.

— Les rois et les prêtres, vois-tu, se sont toujours inventés des dieux. Il en est ainsi depuis l'aube des temps. Comment, autrement, faire rêver les peuples, et, surtout, leur faire accepter l'idée de vivre en accord avec des lois qui entravent leur liberté ? Comment gouverner ces êtres simples sans agiter devant leurs yeux le spectre d'un enfer à craindre s'il leur prenait l'envie de nous désobéir ? Comment les motiver sans leur faire croire en l'existence de paradis et d'êtres supérieurement bons et justes ?

Anastara voulait se gratter les mains et l'intérieur des poignets. Cette chemise de nuit lui irritait la peau. Mais elle restait là, immobile, les yeux rivés sur le visage de son père, écoutant son exposé telle une sentence de fin du monde. Durant toute son enfance, il lui avait raconté qu'elle était aimée des dieux, que Sakkéré la tenait pour sa petite préférée. Que, lorsqu'elle serait grande, elle serait guidée par le dieu des Ténèbres. Qu'elle était, même, l'Élue de Vinor et de Vina dont parlaient les prophéties !

Védros dut lire dans les yeux de sa fille combien elle tombait de haut.

— Tu es grande, maintenant, tu comprends mieux que quiconque les rouages de la vie, la structure du véritable pouvoir !

— Mais… Sakkéré ? s'écria-t-elle en se mordant les lèvres pour ne pas attirer l'attention de ses domestiques qui dormaient dans la pièce voisine.

Védros haussa ses maigres épaules.

— Mes recherches me portent à penser qu'il existe bel et bien des forces mystérieuses dans l'Univers. Des forces issues peut-être de l'âme des hommes depuis l'aube des temps. Chacune de nos pensées est une force. Je les vois tels des lambeaux d'énergie. Notre volonté leur donne une couleur, une sorte d'intelligence abstraite. Ces énergies s'amassent-elles quelque part dans le vide infini?

Anastara s'agita sur son lit. Repliées sous elle, ses jambes étaient engourdies.

— Certaines personnes que l'on appelle des médiums, des mages, des magiciens, que sais-je encore, ont la faculté de se brancher à ces immenses réservoirs d'énergie. Ils accèdent ainsi à plus de force parfois, à plus de sagesse ou d'intelligence. Tu es une de ces personnes, et Storine aussi. Voilà ce que je crois.

« Ainsi, se dit tristement Anastara, Sakkéré ne serait qu'une sorte d'énorme ballon d'énergie consacrée à la haine, à la peur et à la destruction. »

Elle imagina des nuages gris-noir, un très long fil la reliait à ce nuage dont elle utilisait la sombre énergie pour tuer. Réalisant qu'elle avait ainsi assassiné plusieurs personnes, dont le maître noir qui avait interrogé Storine dans la voûte des maîtres missionnaires, elle se recroquevilla sous ses couvertures.

Son père ne semblait savoir que faire. Le choc était-il trop grand pour elle?

Il l'entendit sangloter doucement, ouvrit la bouche, voulut encore parler, y renonça. S'il lui avait révélé cela, c'était pour qu'elle ne s'inquiète pas au sujet de son rêve. Le lion pouvait aller où il le voulait, il ne constituait plus une menace. Selon ses propres théories, Storine était branchée à ce qu'il appelait «l'égrégore» de Vinor et de Vina; c'est-à-dire le nuage des énergies consacrées au respect, à la force, à la foi, à la bonté et à la générosité émises par des milliers de générations et des centaines de milliards d'humains au cours des siècles. Cette énergie était puissante, surtout si on lui accolait l'image d'hommes et de femmes supérieurs – les supposés dieux.

À présent, la situation était claire. Storine mise hors d'état de nuire, Solarion formellement accusé de rébellion, l'impératrice et le prince impérial n'auraient d'autre choix que d'obéir. D'ailleurs, le prince était en ce moment même en route vers la station de Quouandéra.

Voyant sa fille bouleversée, il résolut de la laisser vivre pleinement son chagrin. «La peine doit se consumer entièrement avant que l'âme ne puisse se purifier et (il lui vint l'image amusante d'un ballon et d'un enfant qui joue) rebondir…»

Décidant de lui envoyer son plan par écrit, il éteignit la transmission holographique.

Les vapeurs bleutées s'étant dissipées dans la chambre, Anastara eut l'impression que la température venait de chuter de plusieurs degrés. Les joues humides de larmes, la jeune femme se mit en boule et se lova sous ses couvertures dans la position fœtale.

Elle se sentait l'âme vide, le cœur vide. Finalement, elle n'était la petite protégée de personne, et personne ne serait jamais l'Élue de personne… sauf dans sa folie ou son imagination.

«Des nuages, de simples nuages gris ou bleus, roses ou jaunes.»

— Solarion, murmura-t-elle en reniflant.

L'amour était-il lui aussi une autre de ces «énergies»?

«Non, c'est la seule chose qui compte réellement, la seule qui vaille la peine…»

Tremblante, elle prit ses oreillers de soie et les serra fort dans ses bras. Solarion serait bientôt à elle. Son père le lui avait promis. Et, cette promesse-là, il allait la tenir. Il le fallait.

Imaginant serrer Solarion dans ses bras, elle se rendormit.

Dans ce nouveau rêve, le grand lion blanc vint encore la hanter. Sa belle tête levée, ses yeux rouges brillant d'intelligence, il s'adressa à elle.

« Le paradis de Vina existe réellement, tu sais. »

« Tu te trompes, Griffo, lui répondit la grande duchesse. Les dieux ne sont qu'une invention des hommes. Mon père me l'a dit. »

Le grand lion ne rugit pas de colère. Il dodelina de la tête, puis il la contempla avec tristesse.

À bout de forces, la grande duchesse éclata en sanglots.

6

Les spectres

Un choc sur l'arrière du crâne réveilla Storine. De la matière visqueuse collait à son visage. Dégoûtée, elle se redressa et cracha la boue froide qui maculait ses lèvres. Une main se posa sur son épaule.

— Corvéus?

Le géant était accroupi à ses côtés. Le torse penché vers elle, il semblait effrayé. Réalisant que, pour la tirer de son évanouissement, il lui avait tapoté l'arrière de la tête, elle se leva sur un coude, glissa et retomba brutalement sur le sol.

Une odeur de soufre planait dans l'air. Écarquillant les yeux, elle découvrit une immense plaine grisâtre sur laquelle roulait un ciel dense obscurci par de gros nuages turgescents sur le point de crever. Secouant sa main tachée de glaise froide, elle réalisa que le sol était gorgé d'une eau fangeuse.

— Par les cornes du Grand Centaure, où sommes-nous ?

À l'expression ahurie du colosse, Storine sut qu'il n'y avait aucune explication à attendre de lui. Il humait l'air, fronçait le nez, cherchait désespérément ses deux grands coutelas. Par moments, il gémissait en désignant d'un air piteux les étuis vides entre-croisés sur sa poitrine encore imbibée de sang.

Storine se remit péniblement debout. Elle sentait encore sur sa cheville droite l'empreinte des doigts de Sakkéré. Son corps tout entier n'était qu'une immense plaie. Le simple fait de penser lui donnait l'impression que son crâne allait exploser. Corvéus scrutait les alentours : aucun arbre à l'horizon, aucune colline, pas un souffle de vent. Seuls les nuages semblaient dotés de vie. Roulant sur eux-mêmes, s'amalgamant à leurs voisins, ils changeaient constamment de forme. De temps en temps, des explosions internes les faisaient gronder comme des géants. Des éclairs rouges sanguinolents les transperçaient de part en part.

Storine se força à faire le point. Santus lui avait raconté que les prisonniers mentaux d'Ycarex erraient dans des sortes de cauche-mars permanents. Elle promena un regard morne sur cette plaine glaiseuse et humide.

« Est-ce mon cauchemar à moi ? »

Corvéus geignit. Elle lui sourit pauvre-ment. Oh ! Elle aurait préféré avoir Griffo, Solarion, Éridess ou même le commandor Sériac pour compagnon ! Mais la présence du colosse était néanmoins rassurante.

— Mon pauvre ami, dit-elle en rajustant les pans de sa longue cape sur sa nuque, je ne sais pas pourquoi Sakkéré nous a entraînés ici, mais il doit y avoir une raison.

Elle souffla sur ses mèches rebelles, serra les dents :

— Et je te jure bien que nous allons la découvrir !

L'emploi de la deuxième formule de Vina n'avait servi à rien.

« C'est parce que nous avons été déshuma-nisés, songea-t-elle. Nous sommes prison-niers dans le monde de Sakkéré. C'est pour cela, sans doute, que ça n'a pas fonctionné. »

Existait-il réellement un moyen de quitter ce monde obscur où ne semblaient régner que la peine et le désespoir ? Refusant de se laisser gagner par ces deux émotions négatives,

Storine encouragea son compagnon d'une tape sur l'épaule.

Elle redressa la tête et examina le sinistre paysage.

« Rien. »

Cette plaine ne semblait avoir ni début ni fin. Un puissant découragement la saisit au ventre. Comme atteinte par un coup de sabre invisible dans les entrailles, elle tomba à genoux dans la glaise.

« Cet endroit, c'est l'âme noire de Sakkéré ! »

Corvéus l'aida à se relever. Grâce à la candeur de son expression et au bleu lumineux de ses yeux – la seule couleur joyeuse en ce lieu –, Storine reprit courage. Le colosse souriait. Il avait peur, lui aussi, il se posait mille questions. Mais il souriait.

Soudain, les traits du géant se tendirent. Sentant qu'il venait de se produire un événement perturbateur, Storine se retourna.

Quelques instants auparavant, la lourde chape des nuages s'était mise à tourbillonner. D'aveuglants éclairs avaient zébré le ciel, arrachant d'affreux grondements de douleur aux masses ténébreuses. La plaine trembla sous la colère de Sakkéré. Storine et Corvéus clignèrent des yeux. Lorsqu'ils les rouvrirent, ils restèrent figés de stupeur.

Incapable de parler, la jeune fille dévisagea les spectres qui venaient d'apparaître. Elle en compta une dizaine, disposés en cercle autour d'eux. Corvéus étrangla un cri de terreur. Comme il faisait sombre, Storine ne distinguait que leurs silhouettes.

Vêtus de hardes déchirées, ils semblaient attendre un signal. Puis, s'ébranlant un à un, ils commencèrent à se rapprocher. Storine chercha instinctivement son sabre psychique dans la poche intérieure de sa cape. Ne le trouvant pas, elle pesta de colère.

Qui étaient ces morts ? Car, elle n'en doutait pas, les habitants de ce monde ne pouvaient être que d'anciens hommes ayant vécu dans l'Empire.

Dix pas les séparaient des spectres. Le cercle se rétrécissait inéluctablement. Storine se voyait prise au piège. À la lueur sanguinolente d'un nouvel éclair, elle se rendit compte que certains de ces spectres avaient encore forme humaine. Leur visage avait beau être en état avancé de décomposition, ils possédaient encore pour la plupart des cheveux et de la peau. Se retenant de vomir, la jeune fille détailla l'un d'entre eux.

La mâchoire rongée du démon laissait entrevoir une partie de son squelette. Des lambeaux de peau tombaient sur ses joues, une de ses orbites était vide, la partie centrale de son crâne était à vif. Le cœur cognant contre ses côtes, Storine fit un pas en arrière. Butant contre Corvéus qui reculait lui aussi, elle fut submergée par une infâme puanteur de chair en décomposition.

« Le glortex ! » se dit-elle.

Espérant sentir dans le bas de sa colonne vertébrale les picotements habituels, prémisses de cette mystérieuse force mentale qu'elle avait héritée des grands lions blancs d'Ectaïr, Storine se concentra.

L'énergie montait en elle. Inspirant profondément, elle l'appela :

« Je suis une lionne blanche… Je n'ai pas peur de vous… »

Soudain, elle crut reconnaître le spectre qui marchait péniblement dans sa direction.

— Ekal Doum ? s'exclama-t-elle, incrédule.

Prise d'un doute terrible, elle se rappela les paroles des maîtres missionnaires, présents dans la grande salle des catafalques, sur Ycarex.

« Les prisonniers expient leurs crimes, encore et encore… »

« Ils revoient les ombres de ceux qu'ils ont tués », se dit Storine, au bord de la crise de nerfs.

Le cercle s'amenuisait. Il ne restait, autour d'eux, que quelques mètres d'espace libre. Clouée sur place, elle reconnut tour à tour d'anciens adversaires ou ennemis : deux kribolzs de Vénédrah – ces terroristes qui prenaient les touristes en otage et qu'elle avait châtiés de sa lame ; Vorcom, l'ancien pirate qui avait trouvé refuge auprès de Caltéis le marchand, puis Caltéis lui-même !

Perdant toute concentration, Storine sentit l'émanation de son glortex se rétracter, se recroqueviller puis se dissoudre dans son corps comme du sable entre ses mains.

Anastara observait silencieusement la silhouette assise sur le simple tabouret de métal. Les poings serrés, elle ne pouvait pas y croire. Comment Thessala avait-il osé ? Elle se jura bien de tirer cette affaire au clair. Comme deux gardes noirs faisaient mine de la suivre, elle leur intima l'ordre de rester à l'extérieur.

La salle d'interrogatoire était une pièce étroite en forme de haut silo. Sans doute pour des raisons tenant à la bonne conduite des enquêtes, une lucarne unique, donnant sur l'espace, était percée à l'aplomb de la chaise sur laquelle était assis le prévenu. Pestant intérieurement de n'avoir pas eu le temps de choisir le lieu de la rencontre, la grande duchesse serra contre elle les pans de son long manteau de cuir mauve.

S'était-elle suffisamment préparée ? Elle portait une somptueuse robe de soie noire sertie d'éclats de diamants au niveau de la ceinture et de la poitrine. Le col de son manteau était en fourrure d'erbosause, ce qui relevait l'éclat de sa longue chevelure lustrée au gel, ornée, sur le front, d'un fin diadème en cristal. Les effluves de son eau de toilette à base de myrthaline l'enveloppaient de sensualité et de mystère, et c'était ainsi, précisément, qu'elle se sentait en cet instant.

Fâchée de constater que, depuis sa conversation avec son père, l'intérieur de ses poignets ne cessait de la piquer, elle se força à se concentrer sur le moment présent : celui de sa victoire totale et complète.

« À condition de jouer serré… »

Solarion ne bougea pas. Le rapport que l'amiral avait fourni à Anastara au sujet du prince n'était pas de bon augure. Depuis son arrestation, il ne parlait ni ne mangeait.

« Pas étonnant qu'il ait l'air si pitoyable ! »

Le dos voûté, le prince fixait le plancher d'un regard absent. Son bel uniforme, trop étroit aux épaules et sur les manches, était taché. Ses magnifiques cheveux blonds semblaient avoir perdu de leur lustre. Mal à l'aise devant le triste état du prince impérial, Anastara n'osa pas se baisser pour chercher son regard. Elle craignait trop d'y lire la colère ou, pire encore, le mépris.

Sa conduite, depuis son apparition holographique dans les ruines du château de lave, sur la planète Phobia, n'avait pas été glorieuse – elle le savait. Anastara avait été vile et sournoise, elle s'était parjurée.

Bien sûr, il avait été facile, par la suite, de réinterpréter chacun de ses actes à sa façon. Par exemple, elle n'avait pas menti : elle avait juste fait preuve de malice. Elle n'avait pas manqué à l'honneur, mais avait plutôt agi avec ruse et intelligence. Le résultat, elle l'avait sous les yeux.

Révoltée par sa propre nature, elle eut soudain envie de se laisser tomber à genoux devant Solarion. Mais pour lui dire quoi?

— Mon pauvre Soly…, commença-t-elle en se mordant aussitôt les lèvres.

Le jeune homme avait toujours détesté s'entendre appeler ainsi. Nerveuse, égarée dans le sombre labyrinthe de ses sentiments, Anastara se pencha et posa une main sur l'épaule du prince.

— Je suis désolée. Je ne m'attendais pas à ce que cela se passe ainsi.

Croyait-elle vraiment ce qu'elle disait?

Certes, elle en voulait à l'amiral Thessala d'avoir brisé la fierté de Solarion. Mais elle ne regrettait ni l'emprisonnement mental de Storine ni le piège dans lequel le prince était tombé. Les paroles de son père lui revinrent en mémoire.

« Pour bien circonvenir un homme, il faut briser son moral, l'atteindre dans son orgueil. »

Le résultat de cette opération était concluant. Complètement désorienté, privé de tout soutien, Solarion se trouvait enfin à sa merci.

« Prêt à m'écouter et, enfin, à m'obéir. »

Ce désir d'être obéie, qu'elle avait longtemps considéré comme un but en soi, lui apparut soudain vide de sens.

« Solarion n'a jamais obéi à Storine, se dit-elle. Il l'a suivie par amour. »

Ne serait-elle jamais capable d'inspirer la confiance et le respect d'un homme autrement qu'en le menaçant ?

Irritée de n'obtenir aucune réponse du prince malgré ses efforts pour se montrer aimable et compatissante, elle se raidit. Les enjeux étaient trop importants pour qu'elle se laisse influencer par l'amour qu'elle éprouvait pour le jeune homme. Elle devait lutter contre ses sentiments, les enfouir au plus profond d'elle-même, considérer Solarion comme un simple prisonnier.

D'ailleurs, il n'avait en ce moment rien d'impérial.

— Soly, je…

Elle maudit sa faiblesse.

« Sois la fille de ton père ! Sois la grande duchesse impériale ! » se morigéna-t-elle.

— Solarion, c'est fini ! déclara-t-elle avec hargne en marchant de long en large devant le prince, toujours immobile. Ta pseudo prise de pouvoir devant témoins fait de toi un rebelle. Storine n'est plus. Thoranus et l'impératrice sont en notre pouvoir. Que te reste-t-il ? Un lion blanc égaré sur une planète lointaine, un adolescent maladif, un ancien militaire sur le point de subir un procès pour meurtres et haute trahison !

Anastara rassembla ses idées. Surtout, ne rien oublier. Quel était l'angle exact sous lequel son père lui avait conseillé de présenter la situation ? « Ne va pas tout gâcher parce que Solarion fait semblant de t'ignorer. Car, ne te laisse pas abuser, il fait juste semblant. »

— La situation est la suivante, mon cher cousin. À l'instant où je te parle, les peuples sont en attente. La seule information qui a filtré après votre, disons-le poliment, « départ » de la salle du tribunal du palais impérial, est celle-ci : reconnue coupable d'usurpation d'identité et du meurtre, en employant des procédés démoniaques, du maître noir, Storine a été condamnée à la déportation sur Ycarex et à la « déshumanisation » à perpétuité. Les maîtres missionnaires rebelles composant la « confrérie des fidèles de Vina » ont été identifiés et mis aux arrêts. Malheureusement, par traîtrise, celle qui se présentait comme l'Élue des dieux a échappé à sa sentence. Pour couvrir sa fuite, il a été révélé aux médias qu'elle t'avait enlevé malgré toi. Depuis, vous êtes en cavale et toutes les forces armées de l'Empire et des États fédérés ont été lancées à votre poursuite.

Après cette longue tirade, Anastara reprit sa respiration et guetta une réaction du prince. Comme il n'en avait pas, d'agacement, elle fit claquer sa langue.

— Ne comprends-tu pas ce que je cherche à te dire, Solarion ? Alors, je vais être plus claire. Mon père et moi ne voulons pas la perte de ta famille. Si tu le penses, tu te trompes. Notre but est avant tout d'assurer le maintien de l'ordre, de l'unité et de l'harmonie entre les États qui composent notre empire.

La grande duchesse laissa le silence s'étirer, volontairement, jusqu'à ce qu'il devienne lourd et pénible à supporter – même pour elle. Lui faisant face, elle posa brusquement ses deux mains sur ses avant-bras et déclara, les yeux étincelants :

— Toute idée de rébellion est vaine, Solarion, mais rien n'est encore perdu ! Il y a une solution bien plus simple, et cela nous concerne, toi et moi.

Même s'il feignait l'indifférence, Solarion n'avait pas perdu une seule parole d'Anastara. Durant son humiliant transfert sur Quouandéra – Thessala l'avait exhibé devant les troupes silencieuses –, Sériac et lui avaient réussi à capter des bribes d'informations en suivant la conversation des gardes.

Solarion restait stupéfait, cependant, en constatant l'ampleur de la machination mise sur pied par Cyprian. À bord du croiseur, le jeune prince avait insisté pour qu'Éridess, retenu prisonnier dans la cellule voisine de la leur, soit examiné par un médecin. Sériac et lui avaient guetté les bruits de pas. Quelques heures plus tard, il y avait eu du mouvement dans la cellule d'Éridess. Avait-on emmené leur ami à l'infirmerie ?

Après le départ du jeune Phobien, des gardes noirs étaient venus chercher le commandor. Complètement séparé de ses amis depuis des jours, Solarion était maintenu dans un isolement total. Sans doute était-ce la technique habituelle employée par les autorités pour « faire craquer » un prévenu !

Les tempes douloureuses, Solarion fit un effort pour résumer la situation.

« Officiellement, Sto est toujours en fuite et je suis son prisonnier. Quelle brillante invention ! »

Malgré son état d'épuisement, il voyait clairement où sa cousine voulait en venir. Il connaissait ses intentions depuis des années, et elles n'avaient pas changé.

« Sa détermination est étonnante ! »

Depuis l'enfance, ils ne cessaient de se mesurer l'un à l'autre, tantôt avec arrogance, tantôt avec finesse et intelligence, mais toujours, s'était-il plu à le penser, avec une certaine complicité. Anastara aimait ces joutes verbales enflammées, ces exercices de l'esprit.

« Voilà pourquoi mon attitude passive la déroute et l'énerve. »

Conscient, en refusant de se défendre, de passer pour un melou aux yeux de sa cousine, Solarion rongeait son frein en attendant de prendre une décision.

« L'énervement et les éclats de voix ne conduisent à rien. Devant autant d'hypocrisie, mieux vaut rester calme et serein. Et, surtout, en dire le moins possible. Voilà la règle des sages dans toute négociation. »

Il songea un instant à la réaction de Storine en pareille circonstance. Elle se battrait. Elle ferait face. Mais lui n'était pas en position de force. Mieux valait écouter et temporiser. Sériac lui-même, homme d'action réputé brutal et cruel, ne l'avait-il pas enjoint à la prudence juste avant qu'ils ne soient séparés ?

— Solarion ! reprit Anastara en s'agenouillant devant lui pour que leurs visages soient à la même hauteur, mon père est tout-puissant à présent. Il détient tous les éléments pour faire voter une loi extraordinaire qui suspendra l'impératrice dans ses fonctions et le désignera comme régent. Il lui suffit, pour cela, de donner en pâture aux médias les preuves qu'il possède sur les liens intimes qui unissaient l'impératrice et Marsor. Mon père peut également vous faire supprimer, Sériac, Éridess et toi, ici, tout de suite. Nous pourrions aisément simuler une bataille spatiale au cours de laquelle l'Élue, ses amis ainsi que son otage impérial trouveraient la mort. C'est ce que l'on appelle des dommages collatéraux malheureux.

Effrayée par la gravité de ses propos, la grande duchesse s'interrompit un instant, puis elle poursuivit sur sa lancée, conformément au plan mis au point par son père :

— Les médias interspatiaux ne feront aucune différence entre une vraie et une fausse bataille. Crois-moi, cela ne sera pas la première fois !

Solarion se rappela combien facilement les peuples avaient gobé la version officielle de la tragédie de la mer d'Illophène, au cours de laquelle ses parents avaient supposément été assassinés par Marsor le pirate. Anastara, qui avait suivi la pensée de son cousin, déclara, triomphante :

— Je vois que tu me comprends.

Le jeune homme savait que le moment de la grande proposition approchait. Il sentit un goût de fiel dans sa bouche. Satisfaite, Anastara se redressa.

— Mais, comme je te l'ai dit, il existe une autre solution.

Luttant contre elle-même devant l'incongruité de la situation et fâchée que le prince ne lui facilite pas la vie en parlant le premier, elle se résolut à lâcher le morceau.

— Épouse-moi, Solarion. Épouse-moi et tout rentrera dans l'ordre !

Anastara sentit ses jambes fléchir. Mais il ne fallait pas céder à la peine alors qu'elle approchait du but. Humiliée par le mutisme de son orgueilleux cousin dont aucun mauvais traitement n'avait pu venir à bout, elle tapa du pied et s'écria :

— C'est la seule issue, Soly ! Toi et moi sur le trône. En échange…

Humiliée d'avoir dû conduire cet entretien en solitaire alors qu'elle s'était imaginé une joute verbale avec des cris, des paroles blessantes et, même, quelques larmes, la grande duchesse lança dans la pièce la dernière partie du plan.

— En échange, notre grand-mère pourra abdiquer en paix, les maîtres missionnaires me déclareront l'Élue et, surtout, tes amis auront la vie sauve.

Elle guetta une lueur d'intérêt dans les yeux bleus de son cousin.

— Tous tes amis, Solarion. Je te parle de Thoranus qui restera au sein du Conseil des maîtres, mais aussi de Dyvino, le directeur du cirque Tellarus qui s'est rendu coupable d'entrave à la justice en vous cachant. Je te parle d'Éridess, qui ne sera pas inquiété. Je te parle même de ce traître de Sériac – sauf si tu préfères qu'il périsse en tant que complice dans le meurtre de tes parents.

Anastara entendait presque son cousin penser : « Et Storine ! Et Storine ! » Elle sourit intérieurement. Avant de jouer sa dernière carte, elle inspira profondément, secoua sa longue crinière et laissa, pendant quelques instants, scintiller les éclats de diamants cousus sur sa robe. Elle exhiba une carte en cristal :

— Voici l'unique clé qui permettra à Storine de recouvrer son humanité. Marions-nous, Solarion, et je libère Storine de son emprisonnement mental !

Le jeune homme ne put s'empêcher de frémir. Thessala lui avait raconté des choses atroces concernant le processus de « déshumanisation ». Les mots « vidée de son sang », « crâne rasé », « implantée à plusieurs endroits du corps » le rendaient malade de rage.

« Elle revivra, encore et encore et pour l'éternité, chacun de ses crimes », s'était plu à lui dire l'amiral.

À bout de résistance, Solarion leva brusquement la tête et dévisagea sa cousine. Puis, d'une voix rendue sourde par la douleur, l'humiliation et la colère, il lui donna sa réponse.

7

L'envoyé des dieux

« Rien de tout cela n'est réel », se dit Storine en voyant se refermer sur sa gorge la main squelettique d'Ekal Doum.

Une nouvelle série d'éclairs secoua le ciel. Alors que le visage en décomposition de Doum se dressait devant elle tel un démon, Storine était encore abasourdie par l'apparition de ces âmes qu'elle avait, en les tuant ou en causant leur mort, exilées dans les sphères ténébreuses de Sakkéré.

Doum était borgne. L'orbite évidée de son œil droit n'était plus qu'un trou noir insondable, pourtant l'ancien homme d'affaires véreux la dévisageait de son œil gauche brun enflammé, à la pupille striée de nervures dorées. Incapable du moindre geste, Storine était à sa merci. Elle se laissa soulever de terre, tandis que d'autres mains se tendaient vers Corvéus.

Maintenue dans les airs par la poigne féroce du spectre d'Ekal Doum, la jeune fille se sentit suffoquer. Les spectres rassemblés autour d'elle s'agitèrent. Une lueur vive perça la sourde lumière rouge produite par les nuages.

Faisant volte-face, ils grognèrent de colère. Un événement venait de se produire, mais de quoi s'agissait-il ? À moitié étouffée, la vision troublée par le manque d'oxygène, Storine avait du mal à comprendre. Certains spectres semblaient effrayés ; d'autres avaient un air incrédule.

La jeune fille crut rêver en voyant le fantôme de Vorcom brusquement décapité par cette vive lueur. La tête de l'ancien pirate tournoya dans les airs puis disparut dans la masse des spectres qui s'attaquaient à Corvéus. L'instant d'après, les spectres de deux kribolzs furent transpercés par la lame luminescente de ce que Storine supposa être un sabre psychique.

Les longs spectres effilés de deux gardes noirs d'Anastara – elle se rappela vaguement en avoir tué quelques-uns lors d'un duel sur la planète Delax –, violemment jetés l'un contre l'autre, tombèrent sur le sol glaiseux comme une masse d'osselets.

La jeune fille entendit son nom. Qui maniait ainsi le sabre psychique ? Qui venait à son secours ?

— Arrière, démons ! s'écria une voix d'homme en coupant en deux Caltéis le marchand, qui faisait mine de l'attaquer.

L'homme parvint enfin jusqu'à Ekal Doum. Alors qu'il refermait sa main sur le bras du spectre au bout duquel Storine était toujours suspendue, le fantôme de Pharos, l'ancien pirate humilié, lui asséna un violent coup sur la tête.

Nullement affecté, l'homme se retourna et fixa le mort droit dans les yeux.

— Lâche tu étais, lâche tu es demeuré ! s'écria-t-il en plongeant la lame vive de son sabre dans le visage de l'apparition.

Puis, faisant tournoyer sa lame, il trancha net le membre qui retenait la jeune fille prisonnière. Storine tomba dans ses bras. Confiant son sabre à Corvéus, il lui dit :

— Ouvre-nous le passage, mon ami !

À moitié évanouie, toussant, crachant, Storine fixa le visage de son sauveur. L'homme sentait le cuir mouillé. Se recroquevillant entre ses bras puissants, elle sombra dans l'inconscience.

La frêle lueur tremblotante d'un feu de camp dansait devant ses yeux enfiévrés. Une grande main aux poils roux se posa sur son front.

— Tu es brûlante, Sto !

Encore sous l'effet de la terreur, Storine tenta de parler, mais les mots s'étranglèrent dans sa gorge. Peu à peu, sa vision devint plus claire. Était-elle morte une seconde fois ? Elle reconnut Corvéus, agenouillé devant le feu. Au-dessus de leur tête se profilaient des rochers aux arêtes aiguës desquels suintaient des coulées de terre et de sable. Ils ne se trouvaient pas dans une grotte, mais sous une sorte d'arche faite de rochers encastrés les uns dans les autres. Devant eux s'ouvrait la plaine triste et détrempée. L'orage avait enfin crevé. Le ciel n'était plus qu'une immense outre d'eau lourde et sale se déversant sur le monde.

Incrédule, Storine suivit des yeux les minuscules rigoles d'eau grise qui dessinaient des sillons sur le sol. Grelottant dans ses vêtements mouillés, elle éternua.

Les spectres, l'impression de mourir étranglée, l'empreinte sur ses épaules de grands bras chauds protecteurs, le feu, cet abri providentiel…

Storine se redressa sur un coude et considéra l'homme qui la dévisageait en entretenant la flamme vacillante.

— Père! s'écria-t-elle, ébranlée, en se jetant dans ses bras.

— Ne crains rien, Corvéus et moi avons nettoyé les environs, lui répondit Marsor le pirate.

Il se tenait là, devant elle, en chair et en os, semblable à celui dont elle conservait le souvenir. Tout semblait si réel, dans cet enfer, qu'ils auraient pu se trouver sur n'importe quelle planète: Ébora, Possidia ou dans le désert entourant la ville millénaire de Gésélomen. Éridess serait en train de cueillir des plantes. Griffo serait parti chasser. Marsor fumerait une de ses pipes bourrées d'herbes.

Storine se redressa pour mieux détailler les traits de son visage grave mais généreux. Ses yeux bleus pétillaient, son front haut était toujours aussi noble. Vêtu d'un magnifique pourpoint de cuir brun et d'un grand manteau en peau de gronovore, Marsor avait ses longs cheveux tressés sur sa nuque par des fils de cuivre. Il souriait comme jadis lorsqu'ils s'étaient retrouvés, père et fille, à bord du *Grand Centaure*.

— Père ! Est-ce bien vous ? interrogea-t-elle, incapable d'y croire vraiment.

En une fraction de seconde, elle revit la grande salle du tribunal, dans le palais impérial de Luminéa. Marsor s'était porté volontaire pour témoigner. Il avait révélé son identité cachée, puis subi la dangereuse épreuve du lecteur psytronique. Foudroyé par deux congestions cérébrales consécutives, il avait ensuite sombré dans un profond coma. Storine revécut l'humiliation du célèbre pirate, allongé comme un objet de dérision sur une civière lévitationnelle.

Ensuite, Storine avait défié la grande duchesse dans la salle du trône. Elle revit la traîtrise d'Anastara, se rappela sa propre colère, les tirs de laser entrecroisés, son combat contre les gardes noirs. Et, surtout, le corps de son père atteint par les rayons mortels. Le corps du pirate avait brûlé sous ses yeux. La douleur de Storine avait été si intense qu'elle en avait perdu la raison. La salle s'était mise à trembler…

— As-tu oublié que mourir ne signifie pas forcément disparaître ? répondit son père adoptif en lui tendant sa main.

Elle était rugueuse mais chaude. Storine la serra puis la porta à son visage. Marsor lui caressa longuement la joue. La jeune fille entendit Corvéus grogner de joie. Marsor était revenu d'outre-tombe pour la sauver, une fois encore !

Elle songeait que la vie et la mort étaient aussi liées que le ciel et la terre, l'eau et le feu, l'amour et la haine.

« C'est du pareil au même. Deux perceptions différentes pour une même réalité. »

Sans comprendre vraiment la portée de ces idées qui lui traversaient l'esprit, elle fut brutalement ramenée sur terre par le ton de son père.

— Sto, l'heure est grave ! Je suis mort, il n'y a aucun doute là-dessus. Après mon témoignage et mes congestions cérébrales, j'ai erré tel un fantôme autour de toi, de Chrissabelle, d'Éri, de Griffo. J'étais présent, mais incapable de vous rejoindre.

Il reprit son souffle. Les traits de son visage se crispèrent. Il devait organiser ses idées afin d'être le plus clair possible.

— L'état de «déshumanisation» ressemble à un profond coma. Ton âme a été artificiellement séparée de ton corps, et tu te trouves dans un monde que tu t'es créé toi-même.

Storine se rebiffa à cette idée. Comment aurait-elle pu s'enfermer dans cet univers de pluie, de glace et de tristesse, alors qu'en prononçant les paroles de la deuxième formule, elle avait souhaité regagner la planète Phobia ! Marsor, qui semblait lire dans ses pensées, répondit :

— Lors de ta «déshumanisation», les techniciens d'Ycarex ont programmé ton cerveau pour que ton âme erre dans un environnement propre à te faire vivre une série de cauchemars.

— Revoir tous ces gens dont j'ai causé la mort ? résuma Storine, perplexe.

L'ancien pirate sourit. La jeune fille comprenait vite. La voyant soudain baisser la tête, il ajouta :

— Tu crois que lorsque l'on meurt, on fait irrémédiablement face à tout ce que nous avons fait de mal durant notre vie. Tu penses que ces spectres sont réellement les âmes de ceux dont tu as causé la perte.

À son regard sombre, il n'y avait aucun doute. Il lui prit les mains et la força à le regarder bien en face.

— Sto ! Ce n'est pas comme cela que ça se passe. Ces spectres, qui vous ont attaqués, ne sont pas les âmes de Doum, de Pharos, d'Astrigua et des autres ! Leurs âmes sont parties vivre dans des sphères qui conviennent à leur niveau d'évolution.

La jeune fille le dévisageait, muette.

— Ces spectres-là n'étaient que des représentations de tes propres peurs.

Il jeta un coup d'œil à Corvéus qui ne comprenait pas davantage. Reprenant son souffle, Marsor poursuivit, plus simplement :

— Ce monde est une construction mentale, Sto. Tu imagines que c'est la Terre de Sakkéré, et voilà qu'elle prend vie autour de toi. Durant des années, tu as cru que ces gens étaient morts par ta faute. Tu t'es culpabilisée. Tu en as tué certains, c'est vrai. Mais toujours en état de légitime défense ou lors de combats loyaux. Sache que chaque être humain porte en lui la responsabilité de son sort.

Storine battit des cils. Consciente de l'importance de cette conversation, elle cherchait à saisir le sens exact de ce que lui disait son père.

— Je me sentais coupable, oui, alors c'est moi qui me serais imaginé ces fantômes !

Elle se rendit compte qu'à plusieurs reprises, au long de ses aventures, elle s'était dit que Doum, Astrigua, Caltéis et les autres, morts depuis longtemps, devaient forcément ressembler à des spectres. Leur cadavre devait être rongé par des vers. Leur squelette devait apparaître sous leurs lambeaux de chair en décomposition. Et, bien entendu, ils devaient sentir mauvais.

Marsor sourit, puis conclut :

— Maintenant, Sto, il est temps de vaincre tes peurs. Nous ne pourrons quitter ce monde qu'à cette condition.

— Nous ?

Les yeux de Marsor brillèrent de tendresse.

— Corvéus et moi restons à tes côtés.

Storine se remit péniblement sur ses jambes. Il lui semblait que la chaleur du feu, même faible, avait séché ses vêtements.

— Ton corps est prisonnier du catafalque de vitranium, Sto. Mais à présent, tout comme moi, tu vis en ton âme.

« Je vis dans mon âme… », se répéta la jeune fille.

Qu'est-ce que cela pouvait-il bien signifier ?

Marsor la prit par les épaules, épousseta sa longue cape vert émeraude, rajusta les cordons de cuir sur sa gorge. Puis il la poussa à l'extérieur de l'arche de pierre.

La pluie avait cessé. Storine, qui s'était habituée au battement monotone de l'eau sur l'arche de pierre, en fut un peu effrayée. La nuit était tombée, le brouillard se levait sur la plaine. Elle inspira profondément et fit un pas en avant. Le sol, qu'elle croyait imbibé d'eau et de boue, était ferme sous ses pieds.

Des petites flammes bleues s'allumèrent dans le brouillard. Peu à peu, Storine vit les spectres qui lui avaient fait si peur émerger de cette masse blanchâtre échevelée sous l'effet d'un vent invisible. Le cœur battant, la jeune fille repensa aux paroles de son père.

«Ils ne sont que des représentations de tes peurs…»

Battant des paupières, elle eut la surprise de voir que chacun portait dans ses mains un petit creuset de pierre à l'intérieur duquel brillait une flamme vive. Soudain, Storine entendit un son doux et cristallin. Devant elle, immobiles à une quinzaine de pas, les spectres semblaient hésiter.

Storine se retourna vers Corvéus et son père qui attendaient sous la grande arche de pierre. Marsor hocha la tête.

Un ancien souvenir émergea à la mémoire de la jeune fille. Elle ferma les yeux et se revit sur la planète Delax, au collège de Hauzarex.

« Le rituel de la cérémonie du Grand Pardon… »

Les paroles que lui avait dites son amie Lâane chantèrent à ses oreilles.

« Tu vas trouver les personnes avec lesquelles, pendant l'année scolaire, tu as eu des disputes, des problèmes, des rancœurs, et tu leur offres tes excuses ou ton pardon. Si le rituel est fait du fond du cœur, il efface les dettes qui unissent vos âmes. »

Lâane avait-elle vraiment présenté les choses de cette manière ? Storine était incapable de le dire. Elle fit un effort de visualisation et s'imagina dans la grande salle du collège. Le son grave et doux coulait dans son âme, telle une source murmurante. Elle se rappela avoir accordé son pardon à Sanax Doum. Depuis, le jeune journaliste interspatial était devenu son ami.

Elle souriait. Un objet lourd pesait dans ses mains. Elle fut étonnée de constater qu'elle portait, elle aussi, un petit creuset de pierre.

Elle pencha la tête et vit la flamme bleutée qui pétillait sur son lit d'huile sacrée. Si sa mémoire était exacte, les creusets utilisés au collège de Hauzarex étaient équipés d'une petite pyramide.

« Et la flamme avait la forme d'un cercle », se dit-elle.

Mais un symbole en valait un autre. L'important était l'état d'esprit dans lequel on se trouvait au moment du « grand pardon ».

« Je me sens bien, je suis en paix… »

Levant les yeux de son creuset de pierre, Storine s'aperçut que les spectres étaient maintenant rassemblés autour d'elle. Elle chercha des yeux l'arche de pierre, mais happée par la brume, celle-ci avait disparu. Sentant ses mains trembler, elle se força à se calmer. Le brouillard répandait partout ses banderoles diaphanes. Les démons étaient si proches qu'elle pouvait voir distinctement chaque détail de leur corps en décomposition, l'expression exacte de leur visage.

Déglutissant avec difficulté, elle se concentra sur ce que son père appelait « la magie du moment présent ». Même si les fantômes la dévisageaient gravement, même s'ils exhalaient une forte odeur de puanteur.

Le premier spectre qui se présenta à elle la fit grimacer. Mais il ne fallait pas. De pénibles souvenirs la reliaient à chacun d'entre eux. Une autre parole de son père résonna dans sa tête. « Ces spectres sont tes propres créations mentales et émotionnelles. Par contre, où qu'elles se trouvent réellement dans les sphères de lumière, les âmes de ces personnes peuvent, en cet instant, te voir et t'entendre. »

Mains tremblantes, Storine échangea son creuset de pierre avec Pharos, l'ancien lieutenant de son père. Leurs doigts se touchèrent. Pharos avait tenté de l'acheter, lors de la cérémonie de l'Ascoria. Ils avaient fui le *Grand Centaure* ensemble, puis l'homme était mort sur la planète Phobia, le corps rongé par le venin des typhrouns géants. Storine sentit les os froids et gluants de l'ancien pirate.

— Je te pardonne, lui murmura-t-elle d'une voix si ténue que le spectre dut pencher la tête de côté pour l'entendre.

Il sembla satisfait, car ses chairs rongées se détendirent dans une sorte de sourire carnassier.

« L'âme du véritable Pharos reçoit mon pardon », se dit Storine en imaginant ce « pardon » sous la forme d'une caresse de lumière sur le visage d'un petit enfant.

Cette image la fit sourire. Son cœur s'ouvrit. À cet instant, elle réalisa que, jusqu'à présent, elle n'avait jamais pardonné à l'ancien pirate de l'avoir arraché au *Grand Centaure* et à l'affection de Marsor.

— Je te pardonne, répéta-t-elle, en sentant que l'émotion attachée au pardon était bel et bien liée aux mots qu'elle venait de prononcer.

Soulagée d'un grand poids, elle fut envahie par une douce chaleur au niveau du cœur.

Inspirant avec plénitude, elle ne percevait plus l'odeur fétide des corps en décomposition. D'autres fantômes s'avançaient déjà.

« Si je n'avais pas quitté le *Grand Centaure*, se dit soudain la jeune fille, je n'aurais jamais rencontré Solarion sur Phobia… »

Ainsi, chaque événement dans la vie était intrinsèquement lié à d'autres. Tous ces événements composaient la trame de vie de chaque individu.

Tour à tour, elle échangea son creuset de pierre avec une dizaine d'autres spectres. Elle pardonnait à certains, demandait pardon à d'autres. Chaque fois, elle ressentait un bien-être tel qu'elle n'en avait jamais connu. Aucun de ces démons ne l'effrayait plus. Doum, les kribolzs, Vorcom, Urba, Astrigua, les gardes noirs, et d'autres, encore ! Ils défilaient, tendaient leur coupe puis se dissolvaient en silence dans la brume.

Quand le dernier d'entre eux eut disparu, Storine se sentit le cœur léger mais le corps lourd. Glissant dans l'inconscience, elle fut retenue par des bras solides.

— Père ?

Marsor souriait.

— Je suis fier de toi, ma fille !

D'une main, il sortit des plis de son manteau un petit objet carré en cuir de gronovore. Storine considéra l'armature de métal, elle sentit une odeur de vieux papier.

— Ceci te revient de droit ! lui dit encore Marsor en lui tendant *Le Livre de Vina*.

Les yeux de la jeune fille s'emplirent de larmes.

— La déesse…, commença-t-elle, la gorge nouée par un soudain trop-plein d'émotions.

— Elle m'a permis de te retrouver dans ce monde que tu t'étais inventé, poursuivit l'ancien pirate. Mon avis est qu'elle ne t'a jamais tourné le dos. Simplement, comme chaque homme et chaque femme, tu devais vivre plusieurs épreuves par toi-même.

La brume se dissipait, le ciel rosissait à l'horizon. Un soleil serein se levait sur la plaine. Storine se rembrunit soudain.

— Vous semblez inquiet, père !

Il la dévisagea.

— Comme je te l'ai dit plus tôt, l'heure est grave.

Sans savoir pourquoi, Storine pensa à Solarion. Marsor leva une main devant son visage.

— Il est vivant, rassure-toi. Mais il est temps, maintenant que tu t'es purifiée de tes doutes et de tes craintes, de quitter cet endroit.

Storine ne sut quoi répondre. À leurs côtés, Corvéus sautait d'un pied sur l'autre et battait des mains. Il saignait toujours de la poitrine, mais semblait heureux car il avait retrouvé ses deux grands coutelas.

La jeune fille hocha la tête.

— Oui, père, partons !

Il avait omis de lui indiquer l'endroit où ils devaient à présent se rendre, mais elle lui faisait entièrement confiance.

Cette fois, elle en était sûre, la deuxième formule de Vina fonctionnerait comme d'habitude.

8

La conférence de presse

— Veuillez répéter la question, s'il vous plaît !

La grande duchesse Anastara était nerveuse. Jusqu'à présent, les choses se déroulaient comme il avait été prévu. La journaliste interspatiale relut ses notes et précisa sa pensée.

— De quelle manière l'armée impériale a-t-elle intercepté l'appareil de l'Élue en fuite ?

— L'interception a eu lieu dans le secteur 3 B 44 de la zone Delta, à la périphérie du système de Soleya, répondit Anastara en se grattant discrètement le dos des mains.

La salle de presse de l'astéroïde militaire de Quouandéra était comble. Debout derrière le parterre de journalistes à l'écoute, l'amiral Thessala était tendu. Il n'était pas convaincu que cette conférence de presse soit, comme le prétendait la grande duchesse, une « stratégie gagnante ».

« Comment être bien sûrs de contrôler l'information qui sortira de cette salle ? » se demanda l'officier.

Plusieurs jours s'étaient écoulés depuis la capture du prince. L'opinion publique impériale était en ébullition. Anastara avait raison de craindre des émeutes si le gouvernement ne donnait pas rapidement sa version des faits. Seulement, était-ce la bonne méthode ?

— Nous n'avons pas le choix, amiral ! s'était exclamé la grande duchesse. Vos hommes ont tout arrangé ! Alors, il faut agir, et vite !

Thessala risquait sa tête. Ses agents avaient, certes, suivi les instructions du grand chancelier, mais serait-ce suffisant pour désamorcer les tensions qui cernaient le gouvernement depuis la fuite de l'Élue ? En homme d'action, il aimait les batailles franches, les victoires remportées à la force du poignet. Tous ces mensonges, ces expédients plus ou moins honnêtes et ces faux-semblants l'ennuyaient et le mettaient affreusement mal à l'aise.

Grâce à la demi-pénombre qui enveloppait les journalistes et l'estrade sur laquelle étaient assis quelques officiers, le ministre de la Guerre, la grande duchesse et le prince

Solarion, on distinguait mal les visages. Thessala ne doutait pas que ce décorum, soigneusement mis au point par la grande duchesse elle-même, puisse servir leurs intérêts. Aujourd'hui plus que jamais, la jeune femme triomphait au grand jour. Malgré tout, l'instinct de l'amiral restait en alerte. Si Storine avait été mise hors d'état de nuire, elle représentait toujours un symbole dangereux.

Anastara avait conscience de répondre «à côté» des questions posées. Elle sentait monter l'agacement des journalistes qui piaffaient d'impatience, et cela augmentait sa nervosité.

— L'appareil, poursuivit-elle après avoir mis de l'ordre dans ses pensées, a été pris en chasse, puis intercepté.

Elle se tourna vers le lieutenant ayant conduit l'opération. Celui-ci, un jeune coq, sanglé dans son uniforme de parade, expliqua avec emphase comment la navette à bord de laquelle l'Élue, ses complices, ainsi que le prince Solarion retenu prisonnier, avait été finalement arraisonnée par un détachement de la deuxième armée posté en bordure du système de Soleya.

Les journalistes prenaient des notes sur leurs écrans à cristaux liquides. Certains écoutaient, attentifs, alors que d'autres échangeaient des regards perplexes, voire franchement incrédules. Était-il possible que l'Élue, dont les pouvoirs étaient connus de tous, se soit bêtement laissé prendre au piège ? L'un d'entre eux, plus que ses collègues, en doutait… avec raison.

Sanax Doum était arrivé la veille sur Quouandéra en compagnie d'une centaine d'autres journalistes venus des quatre coins de l'Empire. Lorsque l'annonce de la capture de l'Élue était tombée sur les fils de presse, la nouvelle avait créé l'émoi.

Le jeune lieutenant racontait comment la navette, qui dérivait, avait été repérée sur les radars de la station militaire.

— Nous avons constaté que le flanc de l'appareil était gravement endommagé, sans doute par une pluie de météorites, ce qui avait gravement endommagé leur système de propulsion, balbutia le lieutenant, inconscient de ses maladresses et de ses répétitions de langage.

Sanax savait repérer la duplicité sous les affirmations et la nervosité derrière les belles manières.

« Son discours n'est qu'un tissu de mensonges, se dit-il en refusant de noter un traître mot. À l'entendre, Storine aurait stupidement laissé son appareil se fracasser contre des météorites alors qu'elle pilote comme une professionnelle. Puis, après une bataille de pacotille, elle se serait rendue à une poignée de jeunes soldats ! Ridicule ! »

— La navette des fugitifs se trouve en ce moment dans les hangars de Quouandéra, ajouta Anastara en serrant très fort ses mains l'une dans l'autre sous la table de marbre. Nous vous invitons à aller l'inspecter.

« D'après eux, résuma Sanax Doum, ni Storine, ni Griffo, ni le commandor Sériac, qui est un officier accompli, n'auraient tenté quoi que ce soit pour empêcher leur arrestation. »

— Nous déplorons, intervint un vieux journaliste endurci, ne pas pouvoir être à même d'interroger l'Élue ou un de ses compagnons sur les circonstances de leur capture…

Surpris, Sanax leva un sourcil. Un des journalistes présents allait-il avoir l'audace de mettre en doute l'authenticité de la version officielle ? Ce représentant des médias était un familier du pouvoir. Le jeune Doum eut plutôt l'intuition que cette question – comme toutes celles qui avaient été posées jusque-là – avait été soigneusement planifiée.

Anastara sembla d'ailleurs l'accueillir avec un certain soulagement.

— Nous le regrettons aussi, répondit-elle. Mais les événements sont survenus avec une telle précipitation qu'il nous a été impossible d'attendre. Storine Fendora d'Ectaïr a déjà été conduite sur Ycarex pour y subir sa sentence.

Un frisson d'horreur parcourut la salle. La perspective de la « déshumanisation » était une telle monstruosité aux yeux de tout citoyen libre de l'Empire, que sa seule évocation suffisait pour emplir quiconque de terreur. Sentant qu'elle venait de commettre une erreur, Anastara tenta de se reprendre :

— Elle est si dangereuse que nous n'avons pas eu le choix.

Poursuivant le récit de la capture de Storine, l'officier assis à gauche de la grande duchesse ajouta que l'Élue était sur le point de pactiser avec de hauts gradés de l'armée. Ces officiers renégats avaient d'ailleurs été identifiés et étaient, en ce moment même, interrogés.

« Rien de tout cela ne se tient, se dit Sanax Doum. Personne ne pose les vraies questions. Mes collègues ont trop peur de se faire assassiner par les agents du grand chancelier.

Ils vont sagement retransmettre ce tissu de mensonges à leurs stations émettrices, et tout le monde, dans l'Empire, va y croire... »

Sanax surprit le regard de défi que lui décocha Anastara. Afin que chacun reparte avec l'assurance d'avoir fait son travail, la grande duchesse demanda ensuite au lieutenant de projeter holographiquement, dans la salle de presse, le film de la poursuite et de l'abordage de la navette en fuite.

« Tout va bien », se répéta la jeune femme en assistant, comme les centaines de journalistes rassemblés, à la projection truquée, tournée dans l'urgence par les agents de l'amiral Thessala. « Cela devrait leur suffire pour le moment. »

« Ce sont les vainqueurs qui écrivent l'histoire », lui avait dit son père, la veille.

Malgré son soulagement, Anastara n'osait pas regarder son cousin, assis à sa droite, aussi raide qu'un morceau de bois. Solarion n'avait pas eu d'autre choix que d'être présent. Après tout, n'avait-il pas été « libéré » ?

« Il faut que tu te montres ! » l'avait enjoint sa cousine.

Le jeune homme n'avait pas besoin qu'on lui explique pourquoi sa seule présence donnerait toute sa crédibilité à la version officielle du gouvernement.

« À la condition, lui avait-il répondu, que personne ne m'interroge. Et, avait-il ajouté en la contemplant avec dégoût et retenant un fin sourire, que les dieux sauvent ton âme ! »

La mâchoire crispée sur des mots qu'elle contenait à grand-peine, Anastara avait rétorqué en haussant les épaules avec dédain :

« Personne ne te viendra en aide, Solarion. Ni Storine ni les dieux. »

Elle n'avait pas eu le cœur de lui lancer également que les dieux n'existaient pas.

« Crois-moi, avait-elle ajouté, cet arrangement est le seul qui puisse à la fois sauver tes amis, l'honneur de l'impératrice et le trône... »

La question fusa dans la salle de presse tel un boulet de canon. Stupéfaite, la grande duchesse resta silencieuse. Autour d'elle, les officiels étaient saisis d'effroi.

— Expliquez-moi comment, si l'Élue est tellement dangereuse qu'il ait fallu la « déshumaniser » en secret, elle a pu se laisser capturer sans utiliser aucun de ses pouvoirs ! venait de s'écrier Sanax Doum en se levant brusquement.

Le lieutenant ouvrit la bouche pour répondre. Doum l'interrompit d'un geste.

— Ce n'est pas à vous que s'adresse ma question, lieutenant, mais au prince Solarion ! ajouta férocement le jeune journaliste.

Un silence de mort tomba sur l'assistance. Les mains de Sanax se mirent à trembler d'indignation. L'asymétrie de ses deux profils – la moitié de son crâne était rasée tandis que l'autre ruisselait de longs cheveux noirs lustrés – lui donnait un certain charisme et un courage qu'il était loin d'éprouver.

« Cet imbécile vient de signer son arrêt de mort ! » songea Anastara, les yeux mi-clos.

« Réponds, Solarion ! implora silencieusement Sanax. Je te connais depuis le collège de Hauzarex. Tu aimes Storine. Tu ne peux pas l'abandonner en t'associant à cette sinistre comédie ! »

— Comment prétendre à la face du monde avoir été enlevé et retenu prisonnier par la jeune fille que tu voulais épouser ? lança encore Doum sans se rendre compte qu'il tutoyait le prince impérial.

Tous se souvenaient en effet que, deux ans auparavant, les médias avaient annoncé que le prince Solarion avait voulu officiellement se fiancer à celle qui n'était encore que Storine Fendora d'Ectaïr, élève au collège de Hauzarex, sur la planète Delax.

Thessala foudroya du regard le superviseur de la conférence de presse. Cette question n'était pas prévue. Dans les travées, de nombreux journalistes dévisageaient le jeune Doum avec fierté. Un des leurs osait enfin se dresser contre les menteurs qui les gouvernaient ! D'autres, de mèche avec le parti de Védros Cyprian, gardaient la tête basse.

Sur un signe du superviseur – un homme fidèle au grand chancelier –, un autre journaliste se leva et posa une question banale à laquelle Anastara se fit un plaisir de répondre. Cette première question en entraîna d'autres dans la même veine. Bientôt, il y eut une avalanche de questions superficielles, et plus personne ne fit attention à Sanax qui était demeuré debout, immobile, silencieux.

« Je n'ai pas pu me retenir », songea-t-il avec amertume.

Il revécut en pensée l'entrevue que lui avait accordée Storine, sur la planète Possidia. Ils avaient parlé de ses missions, de la déesse Vina…

Sentant la rage l'envahir, il bouscula ses voisins et sortit de cette salle qui puait le mensonge, l'hypocrisie et la lâcheté. Il chercha à capter le regard de Solarion qui n'avait rien fait pour l'aider – en vain. Le prince gardait la tête baissée dans son col d'uniforme de général des armées.

Marchant dans les longs corridors de la station militaire, Sanax inspira profondément pour se calmer. Par delà l'étroite baie vitrée qui courait le long de la paroi, il voyait se découper les falaises sombres de l'astéroïde géant et les énormes miradors de métal. Dans le ciel s'entrecroisaient des dizaines d'appareils de toutes dimensions. Découragé, il serra les poings.

« L'opérateur holographique n'aura aucun mal à supprimer mon intervention. Il fera un autre montage et il l'enverra aux stations émettrices. J'ai été stupide ! »

Avait-il agi par fidélité à Storine ? Son courage, sa droiture, sa passion de vivre et sa force de caractère l'avaient, il est vrai, toujours impressionné.

« Depuis le premier jour, sur Yrex, dans l'appartement de mon père… »

Il songea à son frère Natral qui œuvrait dans l'ombre, comme lui, à la cause de l'Élue : voyageant de planète en planète, rencontrant des milliers de gens pour leur parler de Storine et de Griffo; réinterprétant les prophéties d'Étyss Nostruss ainsi que les vers du *Sakem* en faveur de cette jeune fille aux cheveux orange qui, désormais, errait, séparée de son corps, dans d'horribles cauchemars.

Soudain vidé de ses forces, le jeune homme s'appuya sur le chambranle en métal courant sous la baie.

«Que va-t-il se passer, maintenant?»

L'impératrice Chrissabelle mit sa main en visière sur son front et considéra l'immense lac doré dans lequel se baignait l'étoile rouge Attriana. Ses jambes la faisaient souffrir. Elle détailla les hautes falaises de granit couleur d'ambre qui la dominaient, et se demanda comment elle avait bien pu atteindre les rives du Lac Sacré des anciens sages d'Éphronia. Le souffle court, elle chercha des yeux le grand lion blanc.

S'agenouillant au sol pour reprendre des forces, elle effleura quelques cailloux multicolores qui jonchaient la grève. Ils étaient tièdes et doux. En tendant l'oreille, la souveraine crut même les entendre chanter.

« Ou alors, ils rient… », se dit-elle, perplexe, en réalisant soudain qu'elle était en train de rêver.

Elle se rappela tout à coup la raison qui, dans son aventure onirique, l'avait poussée à traverser le rideau de brumes.

« J'ai suivi Griffo… »

Bien décidée à retrouver le fauve, elle se remit debout. Plissant les yeux, elle crut deviner, affleurant la surface miroitante du lac, des reliefs plus foncés que l'or scintillant des eaux tranquilles.

« Les sept îles du pouvoir… »

Par bribes, les souvenirs lui revinrent à la mémoire. Il y a quelques jours, elle s'était sentie mal. Affolés, ses médecins personnels lui avaient recommandé nombre de médications, qu'elle avait refusé d'ingurgiter. Elle connaissait bien les raisons de son mal. Persuadée que les événements, qui se bousculaient depuis la venue de Storine sur Ésotéria, étaient le signe annonciateur de ce que les exégètes du *Sakem* appelaient « le Fléau de Vinor », l'impératrice se sentait au bord de la panique.

«Voilà pourquoi j'ai prié la déesse de m'envoyer un songe!»

Décidant de garder dans sa main un des cailloux multicolores de la plage sacrée, elle scruta le rivage à la recherche du lion blanc. Une masse sombre s'élevait à une cinquantaine de mètres. Comme il n'y avait aucun rocher sur la grève, elle pressa le pas.

Depuis l'annonce de la capture de Storine par une unité de l'armée impériale, aucune information n'avait filtré au sujet de Griffo. Avait-il été tué au cours de l'abordage de leur navette? Ou bien emprisonné?

Arrivée près de ce qu'elle avait pris pour un rocher solitaire, elle découvrit le grand lion étendu, les yeux clos, sans doute épuisé par sa longue course. Inquiète, l'impératrice s'agenouilla auprès de lui.

Sa noble tête reposait à même la grève caillouteuse. Heureusement, il respirait toujours. Son flanc se soulevait à un rythme régulier. De temps en temps, le fauve étirait ses lourdes pattes; ses griffes sortaient puis rentraient dans leurs coussinets de chair. Il grondait doucement.

«Ma parole, mais il dort!» se dit la vieille dame en se sentant elle-même envahie par le sommeil.

Elle pensait s'allonger auprès du lion comme elle avait rêvé de le faire depuis qu'elle l'avait vu arriver en compagnie de Storine, quand une voix forte et grave s'éleva dans son dos.

— Je vous salue, Votre Majesté !

Interloquée, la souveraine fit volte-face et faillit perdre l'équilibre en découvrant le fauve qui la dévisageait, assis bien droit, aussi imposant qu'une montagne blanche.

— Griffo ?

Le lion dodelina de la tête. Ses yeux rouges brillèrent de malice et de tendresse.

L'impératrice avança. Un pas, deux pas. L'instant suivant, elle osait nouer ses bras autour du cou puissant. Enfin, elle enfouit son visage dans la crinière chaude. Comblé par tant d'abandon, Griffo gronda gentiment. Cette vieille dame avait « du lion » dans les veines, comme Storine, comme Marsor – et il l'en aimait davantage.

Après quelques secondes, émus, ils se contemplèrent. Griffo tendit l'échine en direction de son double de chair, qui dormait paisiblement sur la plage.

— La seule façon d'avancer encore était de m'arrêter et de m'endormir, déclara-t-il, aussi mystérieux qu'un maître missionnaire en transe.

L'impératrice sursauta.

— Tu rêves donc, toi aussi ? lui demanda-t-elle comme s'ils partageaient le même secret.

Griffo hocha la tête.

— C'est pour cela que je te vois et que je t'entends, poursuivit la vieille dame.

— L'heure est grave, lui répondit Griffo en s'ébrouant. La déesse m'a guidée jusqu'ici. Elle m'a demandé d'attendre…

Au son de sa voix, à la façon dont il tournait en rond sur lui-même, queue dressée, Chrissabelle réalisa que le fauve était à bout de patience.

— Storine…, commença-t-il.

Mais sa voix si grave, si noble, se brisa. Il émit une sorte de râle sinistre qui roula entre les falaises silencieuses.

— Je sais ! déclara l'impératrice.

Elle lui expliqua ensuite que Vina souhaitait discuter avec elle de son propre avenir. Griffo hocha sa lourde tête en fixant de ses yeux rouges la plus grosse des sept îles du pouvoir ; celle dévolue à la sagesse.

Sentant que le lion était aussi triste qu'en colère, Chrissabelle s'approcha et lui caressa la crinière.

En se réveillant dans son lit, elle avait encore sur la main l'empreinte douce et tiède des longs poils blancs du lion.

— Grand-mère ?

La vieille dame battit des paupières et fit une mise au point sur le visage blond de son petit-fils penché sur elle.

Sa vaste chambre, au palais impérial, pesa soudain sur ses épaules comme les mornes parois d'une prison. Les statues de marbre, la dorure du mobilier n'étaient qu'un leurre. L'air empestait les médicaments. Par crainte qu'elle attrape froid (idée ridicule selon elle !), les domestiques avaient fermé les grandes fenêtres et tiré les rideaux de soie.

Ne sentant plus dans sa main le corps rond et chaud du caillou qu'elle avait tenu dans son rêve, elle détourna la tête.

Elle ne voulait voir personne. Ce palais était devenu lugubre depuis quelque temps. Des gardes noirs en surveillaient les issues, contrôlaient le flux des visiteurs, interrogeaient à outrance les personnes dévolues à son service, décourageaient les nobles ou les amis qui lui étaient encore fidèles.

Depuis le retour de Solarion, elle se refusait à lui confier sa peine, son désespoir. Elle ouvrit la bouche, mais la referma aussitôt.

Pouvait-elle lui jeter en pleine face les mots qui brûlaient sa gorge ?

« Pourquoi as-tu capitulé aussi facilement devant Anastara et son père ? Pourquoi as-tu pris part à cette grotesque conférence de presse montée à la hâte de toutes pièces, et qui clame à la face de l'Empire que l'Élue était une usurpatrice ? Pourquoi as-tu trahi notre cause ? »

Solarion se rembrunit.

— Je reviendrai demain, annonça-t-il aux nouveaux domestiques qui prenaient soin de l'impératrice.

La souveraine n'eut aucun geste pour le retenir. Encadré par deux gardes noirs, le prince sortit des appartements impériaux. La vieille dame entendit se refermer les lourdes portes. Elle se retrouvait à nouveau seule. Dans son rêve, après son étrange entretien avec Griffo, elle avait rencontré la déesse. L'image de Vina restait floue dans sa mémoire. De quoi avaient-elles parlé, au juste ? De l'avenir. D'une espèce de renouveau glorieux. Et, aussi, de son amour manqué avec Marsor le pirate. Mais quel avenir existait-il pour l'Empire, si Védros Cyprian s'emparait du pouvoir ?

Sentant les larmes lui monter aux yeux à l'idée d'avoir, une fois de plus, repoussé les tentatives de justifications de son petit-fils, elle enfouit son visage dans ses oreillers.

L'antichambre des appartements impériaux était noire de monde. Le personnel régulier avait, certes, été remplacé par des gens entièrement dévoués au grand chancelier, mais il subsistait encore, çà et là, quelques ministres fidèles à l'impératrice.

Mal à l'aise, ceux-là se faufilaient discrètement entre les nouveaux courtisans venus aux nouvelles. La souveraine s'était-elle encore affaiblie ? Le grand chancelier allait-il, comme ils s'y attendaient tous, se faire nommer régent par les membres du Sénat impérial ?

Présents dans la salle, Éridess et le commandor Sériac guettaient le prince Solarion. Quelques jours après leur capture, ils avaient été transférés à bord de la base astéroïde de Quouandéra. Sériac et Solarion avaient été séparés et, depuis, l'ancien garde du corps n'avait plus eu aucun contact avec son pupille.

Éridess et lui avaient été relâchés peu de temps après la diffusion de cette conférence de presse désormais célèbre qui passait, encore et encore, sur toutes les chaînes d'information interspatiales. Les peuples réalisaient, ahuris, que le prince avait bel et bien été retenu prisonnier, et que celle qui se prétendait l'Élue des dieux n'était qu'une mystificatrice arrêtée, incarcérée puis «déshumanisée» à la prison mentale d'Ycarex.

«Quel bel exemple de désinformation et de manipulation des masses! Et ils seront des milliards d'imbéciles à y croire!» se dit le commandor, dégoûté, en posant une main sur l'épaule du jeune Phobien.

Les doubles portes dorées s'ouvrirent. La foule reflua vers l'arrière. Sériac se dressa sur la pointe des pieds et reconnut la silhouette du prince Solarion, qui sortait des appartements de l'impératrice.

«Qu'est-ce qui a pu se passer dans sa tête?» se demanda Sériac, qui ne comprenait pas pourquoi le jeune homme avait aussi facilement baissé les bras.

À ses côtés, Éridess, à qui on avait rendu son mnénotron, gardait les épaules voûtées. Depuis leur retour sur Ésotéria, il mangeait à peine, dormait difficilement et passait successivement par des phases d'intense activité puis de désespoir profond. Toujours sans aucune nouvelle de Corvéus, son second, Sériac avait décidé de s'occuper d'Éridess.

«Mais comment raisonner un adolescent qui a choisi de s'enfermer dans sa bulle?»

S'il se souvenait bien, Sériac avait été lui-même autrefois un jeune adulte sombre, ombrageux, orgueilleux, révolté… et effrayé par le monde dur et froid des adultes ! Mais en parler à Éridess n'était sans doute pas la meilleure idée.

— Ce que tu fais ne sert strictement à rien ! finit-il par dire à Éridess qui ressemblait plus que jamais à une taupe, avec son appareil sur le front.

L'ex-officier tenta de capter le regard du prince, mais sans y parvenir. Encadré par deux solides gaillards, Solarion était escorté à l'extérieur des appartements.

Complètement découragé, Sériac se demandait pourquoi Éridess et lui pouvaient circuler dans le palais alors que maître Santus lui-même était, apparemment, retenu en garde à vue dans une aile du palais interdite au public.

« Il doit exister un lien entre notre état de semi-liberté (il jeta un coup d'œil aux agents secrets qui ne les quittaient pas d'une semelle) et l'attitude de Solarion. Il peut sembler faible et influençable, mais je le connais trop bien. Il ne peut pas nous avoir trahis ! »

Agacé par l'obstination du jeune Phobien qui croyait sans doute trouver toutes ses réponses dans son mnénotron, Sériac le lui arracha des yeux.

— Je te répète que tu perds ton temps !

L'adolescent tenta de lui reprendre son appareil. Sériac considéra son visage blême, ses yeux hagards. Depuis sa capture dans les bois ininflammables de Phobia, Éridess avait maigri. Victime de crises de tremblements, il grelottait la nuit et brûlait de fièvre le matin. Le commandor veillait à son chevet, mouillant son front de serviettes froides ou chaudes selon les circonstances. Il avait demandé que l'on prévienne un médecin, mais personne, encore, n'était venu.

« Cyprian serait bien content de nous voir tous périr de maladie ! » se dit-il en serrant les dents.

Lui-même se sentait anormalement épuisé et à bout de nerfs.

Comme Éridess persistait toujours à vouloir récupérer son mnénotron, le commandor se fâcha :

— Ils te l'ont rendu, Éri, mais auparavant, ils l'ont brisé contre un mur !

Malgré la précarité de la situation, il sentait au fond de son âme que soutenir la cause de Storine était ce qu'il avait fait de meilleur de toute sa vie.

« Il doit bien exister un moyen de savoir pourquoi Solarion semble avoir perdu toute envie de se battre… », pensa le commandor.

9

Les sages
de l'île sacrée

Après avoir pardonné, s'être excusée
auprès des spectres de son passé et quitté le
bas monde de Sakkéré, Storine fut brutalement
séparée de ses deux compagnons. La transi-
tion fut brève, mais durant quelques secondes,
la jeune fille eut l'impression que l'on tentait
de lui faire réintégrer son corps de chair.

Elle ressentit une violente nausée.

« C'est comme si l'on cherchait à me
ramener à la vie... »

Elle grimaça, ouvrit péniblement les yeux.

— Elle revient à elle ! s'exclama une voix
grave, quelque part au-dessus de sa tête.

Son corps se trouvait-il toujours enfermé
dans le catafalque ? Elle tremblait de froid et
se sentait affreusement vulnérable. Juste avant

de s'évanouir à nouveau, elle vit un visage se pencher sur le sien. Storine reconnut le jeune laborantin qui officiait à la prison d'Ycarex. Elle nota qu'il avait les traits tirés et que des larmes perlaient à ses yeux. Puis, elle se laissa emporter hors de son corps par un tintement sourd et régulier qui ressemblait à un battement de cœur.

— Tout doux, mon garçon !

Storine reconnut les inflexions familières de la voix de son père. Mais à qui s'adressait-il ainsi ? Une langue râpeuse, sur son visage, répondit à sa question. Instinctivement, elle se redressa et ouvrit les bras. Ce contact chaud et doux, cette odeur de fauve était semblable à une véritable renaissance.

— Griffo ! s'exclama-t-elle, le visage enfoui dans la crinière blanche.

Le lion se remit sur ses pattes et grogna de bonheur sans cesser d'appuyer son front contre la poitrine de sa jeune maîtresse. La joie des retrouvailles dissipée, elle faillit tomber à la renverse quand il lui adressa la parole :

— J'étais si inquiet pour toi !

Storine sourit bêtement puis se rappela que, dans un de ses rêves, sur la sphère fantôme d'Ébraïs, ils s'étaient déjà parlés de vive voix.

— N'est-ce pas fantastique ? ajouta-t-il en suivant le fil de sa pensée.

Trop émue pour lui répondre, la jeune fille l'enlaça par le cou et frotta son front contre le nez froid du fauve. Après la pénombre du bas monde de Sakkéré, une lumière chaude baignait le ciel et la terre d'une aura couleur d'or et de bronze.

Griffo s'assit et lui expliqua :

— Le Lac Sacré, sur Phobia, tu t'en souviens ?

Projetée plus de cinq années en arrière dans le temps, Storine revécut son périple dans les montagnes obscures.

— Nous cherchions le Marécage de l'Âme…

Elle considéra la plage faite de sable fin, puis l'énorme temple de cristal aux reflets de bronze qui s'élevait majestueusement au-dessus de l'horizon. Au loin, par delà le miroir à peine troublé des eaux, se découpaient les hautes falaises surplombant le Lac Sacré des anciens Éphroniens.

— Mais… que font-ils ? demanda-t-elle en découvrant Corvéus et Marsor qui leur tournaient le dos.

— Storine ! appela son père, sans se retourner.

Elle gravit trois marches en cristal et rejoignit l'ancien pirate qui se tenait sur une vaste esplanade en forme d'hémicycle. En découvrant ceux à qui il parlait, elle faillit s'étouffer de surprise.

Un groupe de sages vêtus de longues toges luminescentes rouges, oranges ou jaunes étaient agenouillés en cercle devant eux et flottaient, en apesanteur, à quelques centimètres du sol.

« Je me rappelle la profonde mélopée des prêtres de Vinor », se dit Storine en courbant la nuque devant la solennité de cette assemblée de prêtres.

Leurs têtes étaient rasées : sur leurs visages, ni barbe, ni cils, ni sourcils... Cela faisait ressortir le magnétisme de leurs yeux qui pulsaient comme des gemmes sur une sombre étoffe de soie. Incapable de différencier les hommes des femmes, Storine compta vingt-deux sages.

La jeune fille décocha un rapide coup d'œil à son père. De quoi parlaient-ils, juste avant qu'elle ne les rejoigne ?

— Écoute, lui conseilla Griffo.

Elle tendit l'oreille et ne perçut tout d'abord que la puissante mélopée qui sem-

178

blait émaner autant du groupe de sages que des profondeurs insondables du lac.

— Tu es proche de l'objet de ta quête…

Cette voix unique était tissée de dizaines de voix différentes. Storine remarqua qu'aucun des vénérables, dont les crânes étincelaient sous les feux de l'énorme masse de l'étoile rouge Attriana, n'avait ouvert la bouche. Corvéus et Marsor semblaient subjugués par l'énergie bienveillante qui baignait les lieux.

«Sans doute sommes-nous sur une des îles du pouvoir.»

À la fois impatiente d'en apprendre davantage sur sa mission et pénétrée par les ondes d'amour, elle franchit le cercle, posa *Le Livre de Vina* sur les dalles de cristal, et s'agenouilla au milieu d'eux.

Comme d'habitude, elle avait agi d'instinct. Elle vit Marsor hausser un sourcil. Mais ses craintes s'évanouirent dès que les voix multiples s'élevèrent de nouveau :

— Le temps de la grande tribulation est venu. Aveuglés par leur égoïsme, leur appétit de lucre et de grandeur, les hommes de l'Empire d'Ésotéria sont à présent au bord du gouffre.

Storine laissa ces paroles résonner dans son esprit. Puis, inspirant profondément, elle posa la question qui lui brûlait les lèvres :

— Êtes-vous… les dieux ?

Il y eut un silence. Marsor et Griffo crurent que certains d'entre eux souriaient. Mais sans doute était-ce l'effet de leur imagination. La projection holographique diffusée au-dessus du cercle constitué par les vingt-deux sages agenouillés en apesanteur répondit à toutes leurs questions.

Véritablement interpénétrée par les images en suspension dans l'air, Storine vécut, comme si elle y avait été, les tragiques événements qui avaient mis fin à l'ancienne et toute-puissante civilisation d'Éphronia. La jeune fille trembla de tous ses membres quand la croûte terrestre de la planète Phobia, ébranlée par une série d'explosions d'une violence inimaginable, vola en éclats. Les villes, les monuments, des millions de gens périrent et disparurent à jamais, en quelques secondes.

Les images montrèrent des hommes et des femmes échappant aux cataclysmes. Ils ne fuyaient pas à bord de vaisseaux de l'espace, mais s'évanouissaient, corps et âmes, dans des replis de l'espace-temps jamais explorés auparavant.

Storine compta une demi-douzaine d'individus, sans doute les plus vénérables membres de cette antique confrérie : les ancêtres des prêtres au milieu desquels elle se tenait aujourd'hui.

Tandis que les ruines de l'ancienne civilisation d'Éphronia et le nom de ses rois et grands prêtres sombraient dans l'oubli, Storine assista à l'éclosion de nouvelles races humaines. La projection holographique lui montra ces vénérables personnages à l'œuvre. Sur le petit satellite de Thyrsa, Storine vit s'élever en quelques secondes le temple cyclopéen qui jouxtait la ville pirate de Paradius. Puis, satisfaits des conditions de vie qu'ils avaient créées sur Thyrsa, ces sages éphroniens s'étaient transportés sur la planète Yrex, puis sur Vénédrah où ils avaient érigé les célèbres Géants de pierre. De Vénédrah, ils avaient migré ensuite sur la planète Delax.

« Voilà tout mon parcours », se dit Storine, les larmes aux yeux.

D'autres lunes ou planètes avaient reçu la visite de ces prêtres créateurs de vie : Soleya, Zoltaderks, le météorite Étanos, Possidia, Ébora et d'autres encore.

« Sur chacune d'elles, ils ont mis au monde des races d'hommes et de femmes : les ancêtres de ceux qui y vivent aujourd'hui. »

Storine comprenait que ces anciens grands-prêtres, rescapés des destructions de jadis, étaient sans doute ces «dieux», appelés Vinor, Vina, Sakkéré, qui composaient le panthéon impérial. Depuis des millénaires, ces êtres hautement spirituels guidaient les nouvelles races qu'ils avaient mises au monde, envoyant de temps en temps soit des Élus, soit des prophètes.

«Et des écrits comme le *Sakem* et *Le Livre de Vina*», se dit Storine, le cœur battant à tout rompre tant l'intensité des images évoquées résonnait en elle.

Le flot de la projection holographique diminuant peu à peu, la jeune fille crut bon de poser une nouvelle question :

— Qu'est-ce que «le Fléau de Vinor» dont parle mon livre ?

À l'énoncé de cette question, Storine vit que *Le Livre de Vina* se mettait à pulser et à luire anormalement. La voix multiple répondit :

— Tous les deux mille ans arrive le temps de la grande purification céleste.

Complètement dépassée par cette réponse pour le moins surprenante, Storine jeta un coup d'œil à son père. Malgré sa grande érudition, Marsor, hélas, semblait aussi perplexe qu'elle. Griffo s'ébroua comme si cette explication n'était pour lui qu'un autre concept abstrait incompréhensible.

Se levant brusquement, Storine avala sa salive, pesa chacun de ses mots et posa une troisième question :

— Quel est mon rôle dans cette… purification céleste ?

Tout aussi brusquement, la projection holographique prit fin. Les derniers lambeaux d'images lui montrèrent une mosaïque de ciels superbes ainsi qu'une cité lumineuse construite sur une immense montagne enveloppée de nuages multicolores.

Un des sages interrompit sa propre transe, ouvrit les yeux et se leva. En silence, il invita Storine et ses amis à entrer dans le temple de la sagesse.

L'intérieur de l'édifice fait de pierres translucides, d'arcades finement ciselées et de colonnades serties de fresques narrant l'épopée des dieux au fil des millénaires était d'une beauté à couper le souffle. Leur guide, un homme aux traits sibyllins, les conduisit jusqu'à un large bassin de cristal intégré à une terrasse donnant sur l'ineffable tranquillité du lac.

En s'approchant, Storine eut l'intuition qu'elle se trouvait devant le véritable Marécage de l'Âme. Incertaine, la jeune fille croyait saisir les intentions du sage. Devait-elle, pour obtenir la réponse à sa question, se baigner dans ce bassin comme elle l'avait fait, jadis, en compagnie de Solarion?

« Ce n'était pas le même bassin, mais la déesse m'avait pris huit mois de ma vie en échange de son oracle », se rappela-t-elle.

Qu'exigerait Vina, cette fois?

Un regard échangé avec Marsor la convainquit de la nécessité du sacrifice. Ce « fléau » concernait tous les peuples de l'Empire. Si elle devait le combattre, il fallait qu'elle en connaisse la nature. Griffo lui adressa un signe de sa lourde tête. Parler et négocier était inutile. Storine réalisa toutefois que la situation actuelle était très différente de celle qu'elle avait vécue lorsqu'elle était encore une enfant.

« Nous sommes, Corvéus, Marsor, Griffo et moi, présents en ce lieu en rêve… »

Cela aurait-il une incidence sur ce qui allait suivre?

Hésitante, elle détacha un à un les cordons de sa longue cape émeraude. Comme elle s'apprêtait à remettre le vêtement à son père, le vieux sage sourit, puis il fit un large signe de la main. Perplexe, Storine s'enquit:

— Vous voulez que l'on s'y trempe tous les quatre ?

Avait-elle mal interprété le signe ?

Le sage les désigna, Corvéus, Marsor et elle.

— Pas Griffo ? s'étonna-t-elle, de plus en plus méfiante.

Le grand lion blanc s'approcha et lui toucha l'épaule de sa gueule.

— Vina m'a confié ma propre mission, lui dit-il.

Un froid de glace pénétra dans les veines de la jeune fille. Agacée par tous ces mystères alors qu'il se passait sans doute des choses graves dans l'Empire, elle se retourna. Griffo lui souriait. Corvéus semblait très gêné de voir que des gouttes de sang, s'écoulant toujours de sa poitrine, se répandaient en minces traînées rougeâtres sur les dalles de cristal. Tenté de prendre les choses en main, Marsor faillit intervenir. Mais comme le sage s'adressait directement à Storine, le pirate déglutit et décida de s'abstenir.

— D'accord ! décida Storine en répondant au salut que lui adressait le prêtre.

Elle rattacha les pans de sa longue cape. Ils entrèrent ensuite à tour de rôle dans le bassin jusqu'à la taille. Surprise de ne pas se sentir mouillée par l'eau aux reflets d'ambre, Storine eut l'impression de pénétrer dans un bain de vapeur. Que se passerait-il lorsqu'elle s'immergerait complètement ?

Le regard du sage était indéchiffrable. Cependant, quelque chose, dans sa physionomie, lui indiquait qu'elle agissait bel et bien dans le sens de sa destinée. Quelle était cette cité de lumière dont elle avait vu le reflet dans les derniers lambeaux de la projection holographique ?

« Sans doute la cité où vivent les dieux. »

— Allons-y ! encouragea la voix grave de Marsor qui s'immergea jusqu'aux épaules.

Griffo ne les quittait pas des yeux. Un instant, ses yeux rouges étincelèrent. Immergés dans le bassin, Storine et ses amis ne pouvaient pas voir que, en dessous de la surface, ils n'existaient déjà plus. La jeune fille vit le sage poser sa main sur l'encolure du lion. Ce geste, qui impliquait une sorte de complicité nouvelle entre le fauve et le prêtre de Vina, l'inquiéta. Au dernier moment, celui-ci s'inclina devant Storine et, ouvrant la bouche pour la première fois, lui dit d'une voix infiniment douce et bienveillante :

— Nous prierons pour vous.

L'instant d'après, tentant le tout pour le tout, la jeune Élue se laissait couler au fond du bassin.

10

Chantage indécent

Après avoir vérifié que le couloir était désert, ils se glissèrent dans le passage secret découvert par Éridess. Ils échangèrent un rapide coup d'œil. D'humeur sombre, Sériac vérifia la jauge énergétique de son sabre électrique, puis il referma sans un bruit le panneau amovible.

Le commandor comprenait à présent pourquoi le jeune Phobien ne cessait de jouer avec son mnénotron !

« Non seulement il a réparé son appareil, mais il nous a trouvé un itinéraire direct jusqu'à l'aile où ils ont enfermé Santus ! »

Sériac était à la fois irrité et épaté. Le profond désespoir du jeune homme s'était mué en une détermination qui lui donnait froid dans le dos. L'étroit corridor longeait l'axe de la longue galerie dans laquelle, même à cette heure tardive, circulaient des courtisans, mais aussi des gardes noirs.

— Cette aile est représentée en blanc dans les plans officiels du palais, murmura Éridess, le souffle court.

Qu'est-ce que cela signifiait? La température était insupportable. Sériac frissonna de plus belle. Il repassa mentalement les derniers événements et trouva de nouvelles raisons de se tenir sur ses gardes. La conférence, leur étrange état de semi-liberté, leur retour au palais où ils résidaient dans des chambres sous haute surveillance, tout cela était fort suspect.

Les gardes affectés auprès d'eux en permanence avaient fait leur ronde habituelle. Sériac était certain que, de leur unité de contrôle située dans le corridor attenant à leurs chambres, ils pouvaient surveiller leur sommeil par le biais d'un système de caméras infrarouges.

« Heureusement, nous avons pu sortir de nos chambres et nous introduire dans le passage secret », se dit le commandor en suivant pas à pas l'adolescent dans l'obscurité.

Devant l'impatience et l'angoisse d'Éridess, Sériac avait conclu que l'attitude de Solarion était suspecte.

— Il faut parler seul à seul avec le prince. Savoir s'il nous a trahis.

Le Phobien était très affecté par la cruelle «déshumanisation» de Storine. Ils s'arrêtèrent brusquement et tendirent l'oreille.

Derrière la fine paroi, ils entendirent le pas cadencé des soldats, le cliquetis des stylets laser battant leur ceinture. L'instinct du commandor se réveilla. Ils suivirent un long couloir en ligne droite qui allait se rétrécissant. Sentant qu'il touchait la paroi de ses épaules, Sériac se mit à haleter. Faisait-il un début de crise de panique, comme cela lui arrivait lorsqu'il était enfant?

Éridess se retourna. Greffé sur ses yeux, le mnénotron semblait faire partie intégrante de son visage. Le jeune Phobien n'avait qu'une idée en tête: résumer la situation avec maître Santus. Mais, incidemment, une autre pensée se glissa en lui tandis qu'il se trouvait face au commandor. Il se revit, des années auparavant à bord du *Mirlira II* en train de suivre Storine dans un passage secret semblable à celui-ci… pour fuir Sériac qui les pourchassait! À ce souvenir cocasse, il sourit, puis étouffa un éclat de rire.

— Qu'y a-t-il de si drôle? demanda le commandor en tendant l'oreille.

« La vie est vraiment étrange », se dit Éridess en lui répondant que la pièce dans laquelle, d'après son mnénotron, maître Santus était retenu prisonnier se trouvait tout près.

— Combien de gardes ?

Éridess mit quelques instants avant de répondre.

— Je ne comprends pas…

— Aucun ! présuma Sériac en serrant le manche éteint de son sabre électrique.

Ils se dévisagèrent.

— Vous pensez que…

Soudain, un grand bruit se fit entendre, suivi d'un grondement sourd. La paroi contre laquelle ils s'appuyaient vibra comme si l'on venait de la frapper à coups de masse.

— Cours ! ordonna Sériac en poussant le jeune homme dans l'étroit passage.

Cinq secondes plus tard, le mur se disloqua en plusieurs endroits. Aveuglés par de puissants rayons lumineux, étouffant à moitié à cause de la poussière soulevée par le maniement des lourds marteaux d'acier, ils tombèrent aux mains des gardes noirs.

Arrêtés et menottés, ils furent violemment jetés au sol. L'homme ayant conduit l'opération s'avança, le sourire aux lèvres.

— Amiral Thessala ! s'écria Sériac, abasourdi.

L'officier se carra puis croisa les bras sur
son ample manteau de tribun impérial.

— Vous laisser entraîner dans le jeu de
cette gamine ne suffisait pas, déclara l'amiral
en s'agenouillant au-dessus des prisonniers.
Vous avez poussé la bêtise jusqu'à sombrer
dans le ridicule !

S'il s'en doutait déjà, Sériac réalisa en cet
instant combien Thessala, qui était son supérieur lorsqu'il opérait comme agent spécial
pour le compte du grand chancelier, le haïssait.
La bonhomie de son attitude disait clairement
qu'il n'était resté au palais impérial que pour
lui tendre un piège.

Thessala s'approcha encore.

— Ce soir, commandor, vous avez com-
mis votre dernière erreur…

Sur un signe de l'amiral, un soldat se
pencha vers Éridess et lui arracha son mnénotron. Puis, le posant au sol, il le mit en
pièces à coups de masses.

— Sachez, ajouta Thessala, que le prince
Thoranus ne s'est jamais trouvé dans cette
partie du palais !

Comprenant qu'ils avaient été bernés et,
en quelque sorte, poussés à commettre cet

impair, Sériac et Éridess se laissèrent entraîner sans opposer la moindre résistance.

Anastara était à bout de nerfs. Le maître d'hôtel se présenta à sa table, s'inclina respectueusement, puis il commenta les mets servis par deux domestiques en livrée.

— Rognons de gronovores apprêtés à la mode phobienne, sur un lit de kiora, accompagnés d'algues et de tomaros bruns.

Les fines moustaches verdâtres de l'homme – était-ce devenu une mode, dans le palais, de se les teindre en vert ? – menacèrent de plonger dans le plat, tant le maître d'hôtel était penché. La grande duchesse n'aimait pas son style par trop obséquieux. Agacée, elle se jura de noter son nom et de le faire remplacer à la première occasion.

Au mouvement sec avec lequel elle le congédia, l'homme dut se rendre compte de sa disgrâce, car il adressa une mimique navrée au prince impérial, assis en face de sa cousine. Anastara eut un sourire de dédain. Solarion se moquait de cet homme ridicule comme de tout le reste, d'ailleurs !

Dans la petite salle à manger ruisselante de marbres et de dorures, les conversations allaient bon train. Pour célébrer le début des préparatifs de son mariage avec le prince, Anastara avait invité les personnalités les plus en vue de la société haurexoise. Soigneusement triés sur le volet, une douzaine de couples avaient ainsi l'insigne honneur de partager le repas presque intime de la future impératrice d'Ésotéria, Anastara I.

Picorant dans son assiette, la grande duchesse fit une grimace. Ces algues de Phobia étaient trop salées à son goût et le kiora, cette céréale riche en protéines, n'était cuite qu'à moitié. Pourquoi, aussi, avait-elle tenu à ce que les algues figurent au menu ? À la tête que faisait Solarion depuis leur arrivée en grande pompe, bras dessus, bras dessous, elle convint que les algues, qui devaient sûrement lui rappeler ses aventures avec Storine sur Phobia, n'étaient vraiment pas de circonstance.

Ne faisait-il pas très chaud, subitement, dans la salle à manger ? Elle fustigea les lourds lustres de cristal.

« J'espère que la lumière n'altérera pas mon maquillage », se dit-elle en découpant soigneusement ses rognons en petits morceaux.

Par les grandes portes ouvertes sur la vaste terrasse, on voyait monter à l'horizon les disques pâles et luminescents de quatre des sept lunes gravitant autour d'Ésotéria. Pour se calmer les nerfs, Anastara se récita mentalement leurs noms comme elle le faisait, enfant, avant de s'endormir. Systis, Crinos, Vertoban, Konir. Quelles étaient les légendes rattachées à chacun de ces satellites?

En vérité, elle étouffait de rage. Solarion avait perdu sur toute la ligne et, excepté pour quelques petites revendications ridicules, il s'était jusqu'à présent soumis à toutes ses exigences. Les médias impériaux avaient annoncé leur mariage. Les officiers ayant supposément participé à son coup d'État avorté avaient été démis de leur fonction. Anastara pensa que ces quelques hommes, qui s'opposaient depuis longtemps à la politique de son père sans avoir pour autant jamais trempé dans aucun complot, étaient bien punis de leur arrogance.

Oui, Solarion, l'impératrice, ainsi que leur oncle, Thoranus, ce traître, avaient perdu.

«Et je suis là, en train de souper avec mon fiancé, devant un parterre rempli de gens qui se moquent de moi…»

Humiliée par la réserve glaciale du prince, la grande duchesse se sentait comme nue, malgré ses efforts de coquetterie. Ses bagues en diamant avaient beau accrocher avec délicatesse la lumière des lustres, elles scintillaient dans le vide. Les fines soieries montées en bouquets dans sa longue chevelure lui donnaient des airs empruntés. Et, par-dessus tout, la robe de taffetas couleur parme, échancrée dans le dos et sur la poitrine, ne montrait qu'une pauvre fille qui avait tout mais qui, en réalité, n'avait rien.

« Tout cela à cause de la tête d'enterrement de Solarion ! »

Elle se forçait à manger, mais, dans le fond, elle avait envie de vomir, de hurler, de pleurer. Lorsque le troisième plat principal arriva, un mets venu tout droit des îles vierges de la planète Aurollanne, la grande duchesse crut qu'elle exploserait de rage.

Solarion était satisfait de lui-même. Oh, bien sûr, tout le monde ou presque le prenait pour un lâche, dans l'Empire ! La tête baissée dans son assiette, il se concentra sur le tomaros brun et se laissa emporter par ses souvenirs.

« Les tomaros étaient délicieux, à bord du *Mirlira II* lorsque je m'y étais introduit afin de rechercher Storine. » Paradoxalement, il se dit que malgré l'infâme conduite de celle qui prétendait devenir sa femme, il était libre, dans sa tête.

« Elle et son père veulent un prince docile ? Ils l'ont ! »

Il souriait en lui-même. Pourtant, comme Anastara, il avait envie de hurler, de se débattre, de sauter sur un garde, n'importe lequel, de lui arracher son sabre, de…

Que ferait-il, ensuite ? Clamerait-il : « Qui m'aime me suive » ? Sériac et ce pauvre Éridess, qu'il devait avoir profondément déçus, le suivraient. Mais où ?

« Dans une cellule capitonnée pour les fous. »

Voilà pourquoi Solarion avait choisi le parti de l'indifférence. Alors, il mangeait du bout des dents, il ne souriait à personne et ne répondait à sa cousine que par mono-syllabes.

« Ce n'est pas une attitude bien noble, c'est vrai. Mais… »

Il n'osa pas achever sa pensée de peur de ne plus être capable d'endiguer le flot d'images héroïques qui lui venaient dans la tête. Lui, brandissant le sabre psychique de Storine ; lui, dictant sa volonté à Cyprian et à sa fille – et, par la même occasion, à tous ces riches et ces courtisans prétentieux qui faisaient partie de leur clique de traîtres. Lui, allant délivrer Storine de sa prison mentale.

En songeant à sa belle et courageuse compagne, immolée dans du vitranium, il était, plus que jamais, sur le bord de bondir sur sa cousine et de l'étrangler. Comment avaient-ils osé « déshumaniser » une fille comme Storine ? Des envies de meurtres montaient en lui. Son corps devenait brûlant. Il serrait les poings, crispait la mâchoire. Effrayé par de telles envies, il respirait ensuite profondément, imaginait une douce musique dans sa tête. Puis, il essayait de penser à autre chose.

Tôt ce matin, il s'était glissé hors du palais. Tandis qu'Anastara picotait nerveusement ses rognons et ses céréales de kiora, il se replongea dans ce doux moment d'apparente liberté.

Vêtu d'une ample pelisse couleur taupe, il avait emprunté les passages secrets du palais et s'était perdu dans la métropole bruissante de monde. Il voulait voir des visages anonymes ; des visages qui ne le jugeraient pas. Mais, surtout, il voulait se rendre à une certaine adresse…

En se retournant, il aperçut les cinq gardes noirs. Ces misérables étaient partout. Comme des rats ou des drognards. Qui pourrait l'en débarrasser? Bien décidé à conserver son calme, il continua du même pas. Les larges artères envahies par une foule pressée, par des scouteurs terrestres mais aussi par des mininavettes biplaces, ne manquaient pas d'animation.

Une dizaine de robots-boules annonceurs de nouvelles, en sustentation magnétique à un mètre du sol, zigzaguaient entre les passants. Certains riaient de ce ballet incessant. D'autres, d'humeur plus revêche, feignaient d'ignorer leur présence.

Pris d'une soudaine impulsion, Solarion s'arrêta devant l'un de ces robots. Il paya le montant exigé puis visionna, grâce à une paire de lunettes fournie par le distributeur en forme de ballon, les nouvelles interspatiales les plus récentes. Un coup d'œil à ses gardes du corps le fit frissonner d'une joie sauvage. Allaient-ils se permettre de lui interdire ces «lunettes d'informations»?

Solarion se cala contre un mur. La durée de visionnement de ces lunettes ne dépassait pas cinq à dix minutes, mais le besoin d'obtenir de l'information – même fausse – le démangeait trop depuis quelques jours.

Il vit plusieurs reportages holographiques et serra les dents de rage et de désespoir. À entendre les journalistes, l'impératrice, gravement diminuée depuis la fuite puis la déshumanisation de celle qui prétendait être l'Élue, luttait entre la vie et la mort. Le grand chancelier Cyprian avait, quant à lui, annoncé le mariage prochain entre le prince impérial et sa fille, promue nouvelle Élue par le Conseil des maîtres missionnaires. Védros avait déposé au Sénat une motion visant à le faire nommer consul en attendant le couronnement des deux jeunes gens. À en croire les médias, le prince lui-même n'était pas en bonne forme depuis sa libération, en bordure des États de Soleya. Par ailleurs, les soldats ayant participé à cette grande victoire avaient été longuement interrogés par les médias et étaient traités comme de véritables héros.

D'autres nouvelles étaient tout aussi accablantes. Un groupe de financiers tentait d'obtenir du Sénat l'autorisation d'organiser des convois touristiques à la prison d'Ycarex pour que les gens puissent prendre des photos de la pseudo Élue des dieux. De plus, monsieur Dyvino, le célèbre directeur du cirque Tellarus, avait été interpellé par une cour de justice de Soleya. Il était, en effet, accusé de mauvais traitements envers les animaux et risquait de se faire interdire de séjour dans cet État stellaire.

« Ainsi, même s'ils ne l'accusent pas de nous avoir hébergés après notre fuite du palais, ils s'arrangent pour lui causer des ennuis ! » se dit Solarion.

Toujours adossé à son mur, le jeune prince ne prêtait aucune attention au va-et-vient de la foule indifférente. Lorsqu'il visionna la dernière nouvelle dans ses lunettes holographiques, il sentit des larmes lui monter aux yeux. Les véritables parents de l'ex-Élue, qui avaient accepté de témoigner en sa faveur lors de son procès, avaient une nouvelle fois disparu.

Solarion froissa leur adresse, qu'un agent ami lui avait fournie la veille.

« Ainsi, Cyprian a remis la main sur la famille de Storine ! »

Son expédition n'ayant plus aucune raison d'être – il aurait tant aimé aller apporter un peu de réconfort à ces gens qui avaient risqué la prison ou même la mort pour leur fille aînée ! –, il prit les lunettes dans sa main et les écrasa de dépit.

— Votre Altesse !

Un des gardes noirs surgit sans bruit.

Dépité, le jeune homme s'était laissé ramener au palais sans dire un mot.

— Solarion !

202

La voix aigre d'Anastara interrompit brusquement le fil de ses pensées.

Le prince promena un regard morne autour de lui. Le repas n'avait pas été desservi. Certains mets fumaient toujours dans les assiettes. Des verres d'alcool encore pleins brillaient discrètement sous les lustres. Pourtant, les tables étaient vides.

« Où sont passés les dîneurs ? » se demanda Solarion.

— En voilà assez ! geignit la grande duchesse en se levant.

Quelques domestiques paressaient autour des tables. Elle les foudroya du regard.

— Dehors ! Tout le monde dehors !

Avait-elle aussi chassé de la sorte les riches invités du souper ? À la voir fulminant de rage, tel semblait bien être le cas. Nullement impressionné, Solarion prit son verre et trempa ses lèvres dans un alcool sec et fruité en provenance d'Argola.

Lorsqu'ils se retrouvèrent seuls, les yeux étincelants de colère, Anastara alla refermer les portes donnant sur la grande terrasse. Puis, elle revint à leur table.

À vrai dire, Solarion l'avait toujours trouvée belle. Il émanait de sa personne une force, une violence qui faisaient songer à un volcan sur le point d'entrer en irruption. Ses yeux violets en amande, sa longue chevelure noire luminescente, le grain satiné de sa peau, son front haut et droit, ses traits bien dessinés, sa bouche sensuelle, tout appelait la passion.

« Mais une passion brutale qui peut tuer », se dit Solarion, assis, les jambes étendues, dégustant son alcool à petites gorgées. « Pauvre Anastara ! »

Les mains sur les hanches, sa cousine lui faisait face de toute son arrogance. À cet instant, le jeune homme se rendit compte qu'il n'avait pas peur d'elle. Pour se le prouver, il laissa venir à lui une bien étrange pensée.

« Anastara ne ressemble pas le moindrement à son père. Physiquement, c'est le jour et la nuit. Par contre, leurs âmes sortent du même moule. »

La grande duchesse semblait encore sur le point de cracher des flammes. Solarion voyait sa poitrine se soulever, les veines de son cou gonfler sa peau délicate.

Contre toute attente, elle se calma et lui sourit finement. Le jeune prince leva les yeux sur elle. Ils se dévisagèrent sans qu'aucun ait l'intention de détourner son regard.

« Tu t'es arrangée pour causer des ennuis à tous les amis de Storine. Pourtant, tu m'avais promis de les laisser en paix », se dit Solarion, les mâchoires serrées.

Allait-elle le défier en duel ? À l'épée ? À mains nues ? Il songea qu'il aimerait nouer ses mains autour de son cou. Faire jaillir ses yeux de vipère de leur orbite serait un spectacle très plaisant.

« Tu as même fait en sorte qu'Éri et Sériac commettent l'erreur de tenter de délivrer Thoranus… »

Oui, l'envie d'étrangler sa glaciale cousine le démangeait. Qu'il aurait aimé sentir le glortex des lions blancs courir le long de sa colonne vertébrale !

« Je ne rêve plus de Storine depuis qu'elle est partie de Phobia. Est-ce normal ? » se demanda-t-il soudain, le cœur traversé par une épine géante.

Sans cesser de le dévisager, Anastara se pencha vers lui avec une lenteur calculée. Lorsque sa bouche arriva à la hauteur de son oreille, elle lui murmura :

— N'oublie pas, Storine et tous vos amis ne seront libres… que lorsque je serai enceinte de toi !

Elle délaça les cordons qui retenaient sa robe et la laissa tomber sur le sol. Une main invisible et complaisante diminua la luminosité des grands lustres jusqu'à ce qu'une apaisante pénombre s'installe entre les tables. De fortes effluves de myrthaline, le parfum favori de la grande duchesse, émanaient de son corps dévêtu.

Solarion se leva avec autant de calcul et de lenteur. Puis, sans avoir prononcé un seul mot, il sortit de la salle…

11

Les fresques
du bord du monde

En ressortant la tête du bassin, Storine crut tout d'abord que sa plongée avait été inutile. Le temple dans lequel elle réapparaissait ressemblait en effet à celui qu'elle venait de quitter. De hauts plafonds à voûtes ruisselaient d'une lumière douce et chaude au-dessus de sa tête ; une petite margelle de pierre encadrait le bassin. Déçue par l'expérience – elle n'avait absolument rien vécu d'extraordinaire durant son immersion –, elle se tourna vers Marsor et Corvéus qui émergeaient à leur tour.

— C'est une blague ou quoi ?

Elle chercha des yeux le sage qui les avait conduits au cœur du temple sacré.

— Le crois-tu vraiment ? rétorqua
Marsor en examinant la texture particulière
de la pierre composant les parois du bassin.

Il sortit du réceptacle de pierre et considéra ses compagnons. Corvéus n'arrêtait pas
de tousser ; à croire qu'il avait bu la tasse !
Storine avait l'air découragé. À sa mine pincée,
il était certain qu'elle pensait à quelque chose
du genre : « Avoir vécu tant d'aventures depuis
Ycarex, et se retrouver une fois de plus dans
un temple sombre et désert ! »

— Les dieux se moquent de moi ! déclara-
t-elle en soufflant sur ses mèches rebelles.

Marsor sourit. Toute purifiée qu'elle soit,
Storine avait encore l'impression d'être
manipulée. Comme le géant avait du mal à
reprendre son souffle, elle lui donna de
grandes tapes dans le dos. À ce spectacle
incongru, l'ancien pirate éclata de rire.

Ce rire se répercuta dans le vaste temple
en mille serpentins de cristal. L'écho qui
s'ensuivit rappela à Storine d'anciens souvenirs. Ses yeux pétillèrent, son visage
s'adoucit. Elle aida Corvéus à s'extraire du
bassin, puis rejoignit son père sur la margelle.

— Vous avez raison, lui dit-elle, cet
endroit est différent du temple de l'île sacrée.

Allumant son sabre psychique, elle promena l'éclat écarlate de sa lame sur les vastes colonnes incurvées et granuleuses qui composaient, à l'orée de la margelle, une véritable forêt de piliers. Puis, souriant toujours, elle posa sa main sur le métal froid. À l'extérieur de l'espace délimité par la margelle, la pénombre, loin de vibrer avec la même intensité que les reflets cristallins qui baignaient le temple de l'île éphronienne, était dense et inquiétante.

— Tu connais cet endroit, Sto ? demanda Marsor en posant à son tour sa main sur une des colonnes.

— La cité de lumière construite sur la montagne, lui répondit Storine en comprenant enfin la signification de l'image entraperçue dans les derniers lambeaux de la projection holographique. Tout cela se tient !

Le grognement apeuré de Corvéus les fit se retourner.

— Là ! On a bougé ! s'écria Marsor en fronçant les sourcils.

Storine songea que son père se serait sûrement senti plus à l'aise une arme à la main. Ils échangèrent un regard. Non, elle se trompait. L'ancien pirate avait foi en la bienveillance des sages et la toute-puissance des dieux.

Effrayé par un mouvement dans leur dos, Corvéus se remit à geindre. Dégainant ses deux coutelas, il se prépara à se lancer à l'assaut. Lorsque, elle-même effrayée, la créature réapparut entre les colonnes, Storine éteignit son sabre et posa une main rassurante sur l'épaule du géant.

— Nous ne sommes pas menacés, Corvéus, lui dit-elle en souriant.

Perplexe, le géant écarquilla ses gros yeux ronds. La « chose » ressemblait à un tronc d'arbre qui, ancré au sol, pouvait néanmoins se déplacer à sa guise. On ne distinguait ni bras ni épaules. La substance de son corps ressemblait à celle du cristal de quartz : à la fois translucide et parsemée d'impuretés. L'extrémité de la créature – sa tête, en quelque sorte – se composait d'une excroissance tirée du même matériau sur laquelle se dessinaient des lèvres fines, un nez à l'incurvation délicate, ainsi que deux orbites vides qui n'en contenaient pas moins une âme lumineuse.

— Il s'agit d'un Cristalote, expliqua Storine en reconnaissant un des membres de la fraternité du Cœur de Cristalia.

Comme une ride de perplexité barrait le front de sa fille adoptive, Marsor devina qu'un détail l'intriguait.

— Je me demande bien, poursuivit-elle sur le ton du secret, ce que peut fabriquer un Cristalote dans un temple totonite !

Un peu déstabilisé par ces noms aux étranges consonances, l'ancien pirate imita Corvéus : il sourit à la créature, et celle-ci agit de même envers eux. Soudain, alors que ce « Cristalote » ne représentait pas un danger, il décela d'autres présences dans le temple.

— Nous ne sommes pas seuls ! déclara-t-il en fouillant l'obscurité des yeux.

— Storine ! s'écria alors une voix juvénile aux résonances métalliques.

Deux hautes silhouettes drapées dans des toges ornées de diagrammes complexes s'avancèrent à leur tour. Impressionné par l'assurance de leur démarche, Corvéus recula de deux pas et se cogna contre la créature de cristal. Il s'ensuivit, entre le géant et le Cristalote, un échange de gargouillements et de gémissements plutôt comiques.

— Ce sont deux Totonites, dit la jeune fille.

Lorsque les deux nouveaux arrivants sortirent de l'ombre des hautes colonnes, Storine reconnut le premier d'entre eux et s'avança à leur rencontre.

— Var Korum ! s'exclama-t-elle en prenant les longues mains souples et tièdes du robot dans les siennes.

— Storine ! répondit avec chaleur le sage totonite qu'elle avait rencontré lors de son séjour sur la sphère fantôme d'Ébraïs.

— Sto ! répéta le premier robot.

Comprenant qu'elle ne l'avait pas reconnu, il s'avança à son tour.

Le visage rond, les cheveux plantés en désordre sur son crâne lisse, il avait les membres déliés et était d'apparence plus jeune que son compagnon. En détaillant ses traits encore « en formation », Storine ouvrit la bouche.

— Biouk ? s'étonna-t-elle, incrédule.

Combien de temps s'était-il écoulé, sur Ébraïs, depuis son départ ? Lisant dans sa pensée, le jeune robot répondit :

— Plusieurs années, Sto ! Je me suis transmosé !

Elle se rappela ce mot étrange qui désignait, chez les Totonites, le rite de passage entre l'état d'enfant à celui d'adulte. Des bras et des jambes lui avaient poussé. Son visage également s'était transformé. Heureuse de les revoir tous deux, elle s'empressa de donner l'accolade à ce jeune robot qu'elle avait conduit autrefois dans la montagne sans fin, et guidé dans l'accomplissement de sa propre destinée.

Sentant que Marsor perdait pied, elle lui expliqua brièvement :

— Biouk était l'enfant des prophéties chargé de ramener la paix et l'harmonie sur Ébraïs entre les Cristalotes et les Totonites.

Elle se tourna vers le sage cristalote qui semblait dialoguer avec Corvéus, puis ajouta :

— Si j'en juge par la présence de ce Cristalote dans le temple, c'est chose faite !

Var Korum, dont le visage lisse et allongé couleur de bronze pâle reflétait une joie intense, expliqua :

— Égor est devenu membre du grand conseil. Il parle au nom du Cœur de Cristalia.

— Égor ? s'étonna la jeune fille.

— Égor Korum, mon nom d'adulte, précisa fièrement le jeune robot.

Storine sourit de nouveau puis déclara à son tour, en leur présentant l'ancien pirate :

— Marsor, mon père…

Le jeune Égor reprit la parole.

— Nous t'attendions, Sto. Le Cœur nous a prévenus. Vina nous a demandé de t'accueillir.

Il ajouta, avec un sourire qui étira ses traits encore juvéniles :

— Nous savons tous que, dans ton univers, l'heure est grave…

Laissant Corvéus grommeler des paroles incompréhensibles au Cristalote qui l'écoutait avec attention, Var Korum entraîna Storine et son père au-delà de la margelle de pierre vers une très haute paroi incurvée dont, même en levant la tête, on ne distinguait pas la fin.

Biouk semblait avoir pris beaucoup de maturité depuis que Storine l'avait en quelque sorte abandonné aux mains des nobles cristalotes de la montagne sans fin. Le jeune Totonite poursuivit :

— Le Cœur (il prononçait ce nom avec tant de douceur que Storine ne douta pas qu'une très belle relation s'était développée entre elle et lui) nous a avertis. Malgré la différence vibratoire qui les sépare, nos deux mondes sont étroitement liés.

Ces mots s'imprimèrent dans l'esprit de la jeune fille.

« Le niveau vibratoire », se répéta-t-elle en songeant que cette particularité, qui existait également autour du Lac Sacré, ne devait pas être étrangère au fait que même « vivant dans son âme » elle pouvait voir, toucher, sentir, exister et être vue par ses amis.

Constatant que la jeune fille était perdue dans ses propres pensées, Égor Korum fit une pause, puis reprit :

— Ma mission d'unification et la tienne sont étroitement liées, Sto ! Tu vas d'ailleurs comprendre pourquoi…

Marsor était fier de sa fille. Comme lui, elle avait vécu intensément chaque jour de sa vie, se faisant des amis, se cultivant et élargissant sans cesse ses horizons.

« L'existence n'est qu'une suite d'ascensions et de découvertes ! » songea-t-il en surprenant une même lueur de fierté dans les yeux de Var Korum.

« Celui-là aussi est fier de son fils ! »

Se rendant soudain compte que Storine sollicitait son avis, il s'exclama, confus :

— Pardon ?

La jeune fille lui montra l'impressionnante paroi devant laquelle ils s'étaient arrêtés.

— Voici le Mur du bord du monde, déclara-t-elle.

Comme l'ancien pirate se reprochait sa distraction, Var Korum résuma la situation :

— Le périple que Storine a entrepris depuis sa « déshumanisation » n'est ni une simple errance ni un châtiment aux yeux des dieux, mais la suite logique de son initiation. En fait, il s'agit de la clé de voûte de son long voyage dans l'espace.

«Devrais-je donc remercier Anastara et son père?» se demanda Storine sans oser s'exclamer à voix haute.

Marsor vit son air contrarié et lui prit la main.

— Je dois décrypter les fresques inscrites par les dieux de l'autre côté de cette paroi, confia la jeune fille après une brève hésitation.

Stupéfié par cette déclaration pour le moins étonnante, l'ancien pirate demeura sans voix.

— La cinquième et dernière formule de Vina se trouve inscrite dans la pierre, à l'extérieur de ce temple, expliqua le jeune Égor. Storine doit pénétrer dans le Mur et se rendre de l'autre côté.

— Le problème, termina la jeune fille, c'est que derrière cette paroi, c'est le vide : un gouffre vertigineux.

— Totonia est construite à flanc de montagne, expliqua Var Korum. Nous sommes ici à des milliers de mètres d'altitude.

— Ce qui explique les images de nuages multicolores que nous avons vues dans la projection holographique des sages, continua Marsor, songeur.

Le silence, de nouveau, pesa sur leurs épaules. À dix pas, penché sur le sol devant le sage cristalote, Corvéus lui montrait les traînées de sang qui s'écoulaient toujours de son thorax.

Contrariée par cette nouvelle épreuve que lui imposait la déesse, Storine mordilla son petit grain de beauté.

— Où est le problème? s'exclama soudain Marsor en mettant un genou à terre devant sa fille adoptive.

Ses yeux bleus brillaient comme jamais. Aussi fébrile qu'un adolescent, il semblait avoir compris des choses qui échappaient encore à la jeune fille. Plutôt amusé par son air ahuri, Marsor fit claquer sa langue :

— Sto! Si tu crains de tomber dans le vide, rappelle-toi une chose: tu es ici en rêve…

Peu à peu, ces mots firent leur chemin dans le cerveau de la jeune fille.

— Nul Totonite n'a jamais été autorisé à explorer ce flanc de la montagne, poursuivit Égor.

— Comment savez-vous, alors, que la cinquième formule y est gravée? s'étonna Storine.

Var Korum leur montra le symbole tracé dans ce « Mur du bord du monde ».

— Le symbole de la Ténédrah, la pyramide des dieux dans le cercle de l'éternité, commenta la jeune fille, dubitative, en considérant la pyramide peinte en rouge.

— Nos livres sacrés prétendent que la cinquième formule a été gravée de la main même du dieu Vinor, voilà des milliers d'années… à l'extérieur de la paroi, vis-à-vis ce symbole.

La cinquième formule… Machinalement, Storine porta la main à la poche intérieure de sa cape et en sortit *Le Livre de Vina*. Stupéfaite de le revoir pulser, elle se sentit comme prise au piège. Quel pouvoir effrayant ou inquiétant cette dernière formule allait-elle lui conférer ? Consciente de se rapprocher du but, elle ouvrit le livre au hasard, comme elle l'avait fait tant de fois, et tomba sur une image qu'elle n'avait jamais vue auparavant et qui représentait une sorte de tourbillon aux bords sanguinolents.

— Le Fléau de Vinor…, laissa-t-elle tomber d'une voix blanche.

Elle sentit une décharge électrique traverser sa main, cria de douleur, laissa tomber le livre sur le sol. Se reprochant sa maladresse, elle se pencha pour le ramasser.

Quelle ne fut pas sa surprise en constatant que sa main « entrait » dans le sol de pierre comme dans du beurre !

— Nous sommes des fantômes, lui répéta Marsor en la guidant devant la haute paroi inclinée et le symbole luminescent de la Ténédrah.

Storine inspira profondément. La dernière pièce du gigantesque puzzle dont elle avait entrepris la construction des années auparavant se trouvait à quelques mètres d'elle. Alors qu'Égor Korum s'était remis à discourir sur les similitudes existant entre leurs deux missions, Storine tendit son bras gauche – celui du cœur. Elle effleura le centre de la pyramide de la Ténédrah gravée en rouge sombre dans la pierre du temple. Lentement, l'extrémité de son majeur pénétra le mur. La sensation n'était pas désagréable. « Comme de la gélatine tiède », se dit la jeune fille.

— En unissant les Cristalotes et les Totonites, disait Égor Korum, nous disposons de forces mentales et spirituelles décuplées. Les prêtres des deux peuples uniront leurs prières. Ce Fléau de Vinor, dont tu as vu la représentation dans le livre de la déesse, nous menace tous. L'avenir de nos deux univers dépend de toi, Sto !

Écoutant à moitié, la jeune fille introduisit sa main, son avant-bras, puis son bras au complet. Engagée dans la pierre jusqu'à l'épaule, elle sentit enfin sur ses mains l'air vif et froid qui soufflait de l'autre côté de la paroi.

Var Korum ajouta :

— Lorsque tu affronteras ce fléau universel, sache que toutes nos pensées et nos forces mentales et spirituelles te soutiendront. C'est pour t'apporter ce surcroît de pouvoir dont tu auras bientôt besoin que la déesse t'a guidée jusqu'à nous, hier comme aujourd'hui.

— Ainsi, termina Égor Korum, ta mission est un prolongement naturel de la mienne. Ou (il sourit) vice versa. Tout est lié dans les univers.

Mais Storine n'entendit pas cette dernière phrase. Fascinée par son expérience, elle venait de passer de l'autre côté de la paroi…

Transpercée par les vents violents et glacés, elle regarda ses pieds et le vide en dessous. Le souffle court, elle dut faire un effort titanesque pour redresser le menton, puis explorer la paroi extérieure du temple. Égor avait raison.

Les bâtiments de la cité, étroitement imbriqués dans le flanc de la montagne, ne semblaient former qu'un corps granitique suspendu entre ciel et terre au milieu des chapes de nuages étincelants de lumière.

«Je ne suis ici qu'en rêve», se dit-elle en évitant de trop penser aux kilomètres de vide sous elle. «Je n'ai plus besoin de ma couronne de lévitation pour planer dans le ciel.»

Elle avala difficilement sa salive et chercha des yeux les idéogrammes de cette fameuse cinquième formule qui n'attendait qu'elle depuis des milliers d'années.

Les écharpes de brume composant les nuages jouaient devant ses yeux. Comme si elle faisait de l'air au-dessus d'un plat sorti du four, elle les chassa du revers de la main. Puis elle se rapprocha davantage de la paroi.

Il y avait bien des idéogrammes et, elle le constata avec bonheur, ils lui étaient vaguement familiers. Certains d'entre eux étaient peints en rouge, d'autres en jaune, mais dans une proportion inégale. Lentement, le cœur battant à tout rompre et tremblant de froid sous les pans de sa cape dans lesquels s'amusaient les vents, elle les lut à haute voix.

Elle récita la première ligne, puis la deuxième. Cette cinquième formule était bien plus longue que les précédentes. Quand elle parvint à la quatrième ligne, elle fronça les sourcils. Quelque chose n'allait pas.

Elle réalisa que ces quatre lignes ne faisaient que reprendre les idéogrammes… des quatre formules qu'elle connaissait déjà ! L'adjarah, le dredjarah, le ridjah et l'objah.

Dépitée par une telle découverte, elle serra les poings et hurla de rage dans les vents et le froid.

— Menteurs ! Voleurs ! Il n'y a là aucune cinquième formule !

Pourquoi les dieux s'étaient-ils moqués d'elle et des Totonites ?

Puis, ayant l'effrayante impression de « manquer une marche », elle tomba comme une pierre dans le vide…

12

La mystérieuse évasion

Depuis la conférence de presse, sur Quouandéra, Anastara ne cessait de se gratter le dos des mains. Assise devant la psyché de sa chambre, elle se faisait coiffer et habiller par ses cméristes.

« Je me déteste ! » songea-t-elle en se laissant maquiller les joues.

Un coup d'œil à sa maquilleuse la fit gémir de douleur. Non seulement ses mains, mais à présent son visage et ses paupières se gonflaient d'horribles plaques rouges purulentes.

Ces attaques de spurimaz, une allergie considérée comme bénigne par la médecine officielle car elle se manifestait habituellement chez les enfants, menaçaient de la défigurer.

« Mes joues ont commencé à me piquer quand… », songea-t-elle en revivant la fin de cet humiliant souper, au palais. Qu'elle avait été bête de s'offrir ainsi à Solarion ! Après des années passées à l'aimer en silence, à comploter pour s'imposer comme sa fiancée et sa promise légitime, elle s'était comportée comme une imbécile.

Une des diamantaires attitrées de la couronne ouvrit sur sa commode le magnifique coffret de cristal contenant les pierres devant orner sa coiffe. Anastara jeta un regard froid à ces merveilles qui valaient des fortunes.

« Des milliards de personnes auront les yeux fixés sur moi, ce soir… »

Elle contempla le pot de crème, un savant mélange médicamenteux qui, on le lui avait assuré, ferait disparaître – du moins provisoirement – les dégâts causés par l'attaque de spurimaz.

« Solarion m'a rejetée comme un fruit pourri ! »

Le souvenir de son humiliation lui causait d'affreuses brûlures d'estomac.

« Et pourtant, il m'appartient ! » se dit-elle, les traits crispés.

— Votre Grâce, supplia la femme chargée de lui enduire le visage de crème, détendez-vous !

Dès demain, toutes ces femmes devraient l'appeler « Votre Altesse Impériale », et bientôt « Votre Majesté ». Mais Anastara s'en moquait.

« S'il veut que Storine soit libérée, il n'aura pas d'autre choix que de… », poursuivit-elle.

Ne pouvant en supporter davantage, elle arracha les diamants de sa coiffe, les lança dans la pièce, puis ordonna d'une voix caverneuse :

— Sortez ! Toutes ! Dehors !

Puis, déchaînée, elle se jeta en travers de son lit et déchira ses draps de soie.

— Sakkéré n'existe pas. Nous avons gagné mais Solarion me méprise !

Elle croyait pourtant en avoir terminé avec ces crises de désespoir. Son père, qui était venu à son chevet le soir même de ce funeste souper avec le prince, lui avait affirmé que Solarion céderait.

« Il n'a pas le choix », se répéta la grande duchesse.

— Tu porteras bientôt un fils, ma fille, lui avait affirmé Védros, les yeux humides de larmes.

Puis il lui avait expliqué que plusieurs maîtres missionnaires avaient eu une même vision. De Solarion allait naître un prince fort, juste et bon, qui deviendrait un empereur puissant.

— Ton fils, Anastara ! avait clamé le grand chancelier en s'inclinant devant elle.

La grande duchesse, aigrie par la sauvage attitude de Solarion, s'était exclamée :

— Les… dieux ont envoyé cette vision aux maîtres missionnaires, père ?

Védros avait souri sous son affreuse moustache verte.

– Les dieux n'existent pas, mais le don de prescience, lui, guide les États depuis l'aube des temps, ma fille.

Le grand chancelier semblait amaigri depuis quelques semaines. Souvent, il toussait. Son teint devenait blafard. Après une conversation, il éprouvait des difficultés à reprendre son souffle. Mais Anastara était bien trop prise par ses angoisses pour s'en apercevoir.

— Solarion viendra à toi et il te fera un fils ! avait-il dit.

Puis il l'avait laissée seule avec ses angoisses secrètes.

Aujourd'hui, alors que des milliers de nobles de par l'Empire s'apprêtaient à gagner l'immense plate-forme spatiale érigée spécialement pour y célébrer son mariage avec

Solarion, la grande duchesse arrivait à cette accablante et irrévocable constatation : Solarion ne l'aimait pas.

En cet instant plus qu'à tout autre, elle détesta Storine.

« Même déshumanisée, elle demeure un obstacle… »

Paradoxalement, alors que tous, dans l'Empire, prenaient le prince impérial pour un couard, Solarion remontait dans son estime.

Une femme pouvait-elle aimer un homme qui n'éprouvait que mépris pour elle ?

Une autre question pointait à son esprit. Elle l'avait repoussée de toutes ses forces, et voilà que les derniers événements la lui renvoyaient en plein visage.

« Qu'est-ce qui importe le plus pour moi ? Le pouvoir ou l'amour ? »

Incapable de choisir, la grande duchesse pleura sur son triste sort. Puis, tandis que son père la sommait de se préparer, elle se composa un air digne, serra les dents et accepta de se laisser maquiller comme une artiste de foire.

La porte de l'obscure cellule s'ouvrit dans un grincement épouvantable. Sériac, qui n'avait pas vu la lumière du jour depuis sa capture dans l'aile interdite du palais, cligna des paupières.

Éridess et lui avaient été enfermés sans égard et tenus au secret comme de vulgaires criminels. Allongés sur le sol froid et humide, respirant un air lourd de poussière et de moisissure, ils étaient blêmes et affreusement amaigris.

Le jeune Phobien s'était mis à délirer au bout de trois jours. De temps en temps, un gardien leur apportait, au moyen d'un loquet percé dans un angle du mur, un petit plateau chargé d'une bouillie froide, de fruits rancis et d'un peu d'eau.

Le commandor ne comprenait pas pourquoi ils étaient traités de la sorte. Les premiers jours, il avait fait manger Éridess de force, baignant son front brûlant avec l'eau nauséeuse qu'ils ne buvaient que du bout des lèvres.

Ayant perdu le compte des jours, Sériac s'obligea à repasser, dans sa mémoire, le fil de ses aventures. Étrangement il se revit, jeune officier, plein de morgue et de rêves, lorsqu'il avait décroché sa première mission secrète pour le compte de l'amiral Thessala. Corvéus et lui avaient fait du bon boulot. Sa pensée s'arrêta sur son compagnon. Un moment, il rit tout seul dans la cellule. La vérité était que Corvéus lui manquait. Sa gestuelle, ses mimiques nerveuses qu'il avait apprises par cœur au fil des années lui manquaient.

Le géant l'accompagnait depuis leur adolescence. À vrai dire, depuis l'époque où le père de Sériac, un homme d'affaires véreux, lui avait ramené à la maison comme cadeau un jeune esclave mentalement attardé. Avait-il cherché à humilier son fils ? Comptait-il lui faire oublier sa mère, morte de chagrin ? Toujours est-il que le jeune Sériac avait commencé par traiter son nouveau jouet en souffre-douleur.

À l'âge de treize ans, l'adolescent avait été battu par son père – pour quelle obscure bêtise, il l'avait oublié ! À ce pénible souvenir, le commandor crut étouffer de nouveau. Projeté quelque trente années en arrière, il se revit, luttant pour sa survie alors que son père tentait de l'étrangler. Qui était venu à son secours ? Qui l'avait aidé à dénouer les mains autour de son cou ?

Ce jour-là, Corvéus lui avait sauvé la vie. Il était devenu son garde du corps, son ami et son confident.

Qu'était-il advenu de lui, depuis ? Sériac avait le sombre pressentiment qu'Anastara, dont il avait autrefois repoussé les avances, s'était vengée de cet affront sur Corvéus.

Puis, refusant de s'apitoyer davantage sur lui-même, il préféra écouter les délires d'Éridess. Le jeune homme parlait tout bas. Tendant l'oreille, Sériac découvrit qu'il s'adressait à Storine comme si elle eût été gardée prisonnière en leur compagnie.

Sériac retint son souffle et l'écouta évoquer leurs aventures, depuis leur rencontre sur la planète Phobia jusqu'à tout récemment, sur les planètes Ébora et Possidia. Sériac comprit qu'ils avaient, sur ces deux planètes, formé une sorte de famille avec Marsor et Griffo. Le commandor avala difficilement sa salive : le pirate avait eu de la chance d'être aimé par Storine !

Au bout de quelques heures, Sériac crut presque sentir la présence de la jeune fille à leurs côtés. Une bouffée d'espoir l'envahit.

« Lorsqu'on atteint les abîmes de la défaite et du désespoir, quand nous lâchons enfin prise et que nous faisons le deuil de nos rêves et de nos vanités, renaissent l'espoir et la lumière. »

Étrangement, cette pensée avait à peine quitté le seuil de son esprit que la porte de leur cellule s'était brusquement ouverte.

Deux soldats impériaux les aidèrent à se remettre debout. Encore faibles sur leurs jambes, ils s'accrochèrent à ces hommes qui les emmenaient loin de ce bloc pénitencier secret. La vision encore trouble, Sériac aperçut d'autres soldats, debout derrière des unités de contrôle. Ceux qui les soutenaient exhibèrent des laissez-passer.

Ensuite, Sériac eut du mal à comprendre. Il y eut une série d'explosions. Les murs ne tremblèrent pas. Pourtant, les surveillants tombèrent soudain comme des mouches.

— Vite ! Vite !

Lequel des deux soldats avait parlé ? Et avec une voix si étrange ?

Éridess était à moitié évanoui. Il sembla à Sériac que le soldat qui prenait soin du jeune homme peinait à le soutenir. Comme ils portaient tous deux des casques à visière, Sériac ne pouvait distinguer leur visage.

« Particulier », ne put-il s'empêcher de penser en se traînant les pieds.

Leurs geôliers traversèrent un long corridor obscur. Sériac buta brusquement sur une jambe. Y avait-il des hommes, allongés, inconscients sur le sol ? Arrivé au bout du corridor, l'ex-officier distingua le profil d'un bâtiment serti de hautes colonnes. « Sans doute une aile du palais », se dit-il avant de remonter, toujours remorqué par le soldat, la passerelle d'embarquement d'une petite navette de transport non balisée.

Épuisé, le soldat qui l'avait tiré de sa cellule le confia à deux solides paires de bras. Éridess n'eut pas droit à ce privilège et tomba à moitié sur son propre sauveur qui, à bout de forces, s'écroulait sur le sol de la navette.

Peu après, Sériac sentit les blindages de l'appareil tressaillir. Au-dessus de sa tête, une voix d'homme confirma qu'ils étaient en train de décoller.

La lumière était d'un bleu sombre dans la petite soute. Une odeur de transpiration mélangée à des parfums délicats composait autour d'eux une étrange substance qui leur levait le cœur. Luttant contre les étourdissements dus au manque d'exercice et de nourriture, Sériac n'était pas certain de reconnaître l'homme debout devant lui.

— Commandor, quel plaisir de vous revoir !

Cette voix fine et distinguée ne lui était pas inconnue.

— Dyvino ! balbutia Sériac, stupéfait.

Les deux soldats qui les avaient tirés de leur cellule enlevèrent leurs casques. En découvrant deux ravissantes jeunes femmes, le commandor crut rêver. Il fronça ses épais sourcils ; des images de son séjour au cirque Tellarus en compagnie de Storine, de Griffo et de Solarion surgirent de sa mémoire.

— Selmina…, ajouta-t-il en sentant ses forces lui revenir.

— Un peu d'eau fraîche pour le commandor, demanda Dyvino en souriant.

Que s'était-il passé ? L'ex-officier hésitait à poser la question. Après tout, cette évasion était peut-être un autre de ses délires !

Avec son visage rondouillard, l'expression pétillante des yeux du vieil homme ne souffrait pourtant aucun doute. Le directeur du cirque Tellarus se pencha et lui fit une confidence qui termina de le confondre :

— Commandor, nous partons en mission secrète…

13

L'égrégore de Sakkéré

La plongée de Storine le long de la paroi rocheuse ne fut pas éternelle. Bientôt, l'air vif disparut, comme la brume froide, et même la lumière du jour. Elle ne sentit aucun choc. Simplement, elle passa d'un monde à un autre en un battement de paupières. L'instant suivant le début de sa chute, elle se retrouva allongée sur un sol dur et métallique qui frissonnait sous ses mains.

Elle pensa aussitôt aux blindages d'un appareil sidéral. Lorsque ses yeux se furent habitués à la pénombre rougeoyante dont les reflets léchaient les cloisons noires incurvées – signes d'ingénierie caractérisant d'habitude les coursives d'un vaisseau –, elle se dit que ce nouvel environnement serait le lieu, sans doute, d'une autre initiation.

En se levant, elle cria de douleur. Un spasme au niveau du ventre lui coupa le souffle. Étourdie, elle prit appui contre le mur. Devant elle, deux hommes lui tournaient le dos.

— Père ! s'écria-t-elle, vraiment heureuse que la déesse ne les ait pas séparés.

Corvéus, également présent, caressait le métal frissonnant de la paroi comme s'il avait été revêtu d'une matière précieuse.

— Père, quel est cet endroit ? interrogea-t-elle en le rejoignant.

Marsor le pirate était comme pétrifié. Devant cette étrange attitude, Storine pesta intérieurement parce que Corvéus ne cessait d'émettre des petits grognements agaçants. Le géant connaissait-il cet endroit ?

— Père, répéta Storine, inquiète, en posant une main sur son avant-bras.

Avait-il mal supporté ce nouveau transfert interdimensionnel ? Était-il victime d'une nouvelle congestion cérébrale ?

« Pas dans un rêve, tout de même ! »

Soudain, elle se rapprocha de la paroi, souleva la grosse main de Corvéus posée sur le métal sombre à l'endroit où était incrusté un symbole.

— Ce signe…

— Nous sommes de retour, balbutia Marsor.

Ses paupières clignaient à un rythme effrayant. La jeune fille comprit qu'il réfléchissait intensément.

— De retour ? répéta-t-elle.

Corvéus approuva en gémissant et en opinant du chef. Marsor sourit.

— La déesse, Sto ! Ceci… (il embrassa l'ensemble de la coursive d'un vaste geste de la main), ceci est chez nous !

Il se dirigea d'un pas ferme vers un turbo-ascenseur encastré dans la paroi. L'ovale noir de ses panneaux, les délicates frisures peintes sur ses extrémités étaient familiers à Storine. L'odeur, un subtil mélange de cuir, de transpiration et de métal chauffé, lui rappela des souvenirs. Luttant contre l'image qui lui venait, elle murmura en lui emboîtant le pas :

— Mais, je rêve…

Il rit.

— Les rêves sont quelquefois plus réels que ce que nous appelons la réalité, Sto ! lui répondit son père.

Les portes glissèrent sur leurs rails magnétiques.

— Direction, la timonerie, déclara l'ancien pirate en ne se tenant plus de joie.

En sortant du turbo-ascenseur, Storine eut un choc. Par delà un hublot de forme pyramidale, elle aperçut l'espace infini. Quelle était la source de cette lumière presque aveuglante qui découpait l'épais velours du cosmos ? Tendant l'oreille, elle crut percevoir au loin le fracas d'une bataille. Elle interrogea son père du regard. Corvéus répondit à sa question par un grognement plus sourd.

— Une attaque ? s'enquit la jeune fille, incrédule.

Les doubles portes de la timonerie s'ouvrirent.

— Entrons ! décida Marsor, le cœur léger.

L'allure des unités de commandes placées en demi-cercle sur le pourtour de la salle en forme de conque, la haute silhouette des vitres blindées qui donnaient sur l'espace, la lueur bleutée enveloppant les consoles de métal, la forme des sièges vides, le tracé sanglant de la fresque guerrière peinte sur le plancher, tout, jusqu'au moindre petit détail, avait été soigneusement recréé.

Devant tant de soin, tant de perfection dans la mise en scène, Marsor sentit des larmes lui monter aux yeux. Son cœur était gorgé comme une éponge. Il réalisa que jamais, malgré ses efforts de volonté, il n'avait fait le deuil de…

— Mais, c'est le *Grand Centaure* ! s'exclama Storine, éberluée.

Son père la dévisagea. Comme il avait l'air jeune, soudain ! Et heureux ! Emporté par son euphorie, il la souleva de terre et la tint quelques instants dans ses bras.

— Nous sommes à bord, oui !

Comment Marsor avait-il pu croire, ne serait-ce qu'un instant, qu'il avait accepté la perte de son célèbre navire de l'espace !

— Il n'y a personne, déclara soudain Storine en marchant entre les consoles de navigation.

Corvéus grogna puis dégaina ses deux énormes coutelas. Derrière les portes de la timonerie s'élevaient ces mêmes bruits de bataille, ces cliquetis d'armes, ces ahanements d'hommes en colère, qu'ils avaient entendus en arrivant.

— Les impériaux ! s'exclama Storine en repensant à ce jour funeste où le *Grand Centaure* avait été abordé par les troupes d'élites de l'amiral Thessala, au large de la planète Delax.

Marsor s'arrêta devant l'unité de navigation. Le vide, autour du vaisseau, ne ressemblait en rien à l'espace habituel. Nulle nébuleuse ne scintillait au loin ; aucune poussière d'étoile, pas la moindre planète à l'horizon.

— J'ai compris ! déclara l'ancien pirate d'une voix lasse.

Les assaillants commençaient à entamer les blindages de la porte avec leur fusil laser. Corvéus s'approcha du battant et se planta sur ses jambes musclées.

Il était prêt à en découdre. De son côté, Storine ne sentait pas monter dans son corps l'adrénaline si familière. Elle était anxieuse, mais uniquement à cause de ce que venait de dire son père.

— Ce *Grand Centaure* est une création mentale, Sto, lui expliqua-t-il en souriant à demi.

La jeune fille fronça ses sourcils de feu. Comment la timonerie du grand vaisseau, si réelle, si palpitante de vie, pouvait-elle n'être qu'une création de l'esprit ?

— *Ma* création, précisa Marsor.

Puis, alors que les portes cédaient sous la pression et que Corvéus entamait le combat, l'ex-pirate frappa ses grandes mains l'une dans l'autre.

— Mais bien sûr ! Dans les mondes de l'esprit situés au-delà de notre univers, ce que l'on imagine devient notre réalité. La pensée crée.

Storine le regardait comme s'il perdait la raison.

— Je me comprends! murmura-t-il en souriant, les yeux fermés.

Puis il ajouta en fixant l'espace alentour dont l'apparence était celle d'un gigantesque maelström de couleurs sombres veinées d'éclairs de sang :

— Et voici ce qui, conformément aux prophéties, fera bientôt trembler les étoiles elles-mêmes…

La jeune fille fit volte-face. Corvéus peinant à contenir l'intrusion des soldats impériaux, elle réfléchirait mieux aux étranges paroles de son père, le sabre à la main.

Quelle ne fut pas sa surprise en découvrant que leurs assiégeants n'étaient ni des gardes noirs ni des soldats, mais de simples civils issus de toutes les races et de toutes les planètes connues de l'Empire ! Armés de haches, de fourches et de couteaux, ils avaient les yeux rouges et les traits déformés par la rage.

— Je vais tenter de nous dégager ! s'écria Marsor.

Storine en déduisit qu'il parlait de l'oppressant magma sombre qui entravait la mobilité du vaisseau. Dégainant son sabre psychique, elle en alluma la lame. Presque complètement submergé par les assaillants déchaînés, Corvéus commençait à perdre pied. Choisissant de ne pas utiliser la force de son glortex par peur d'atteindre également Corvéus et son père, Storine projeta sur les assaillants, par le biais de sa lame luminescente, une décharge de sa propre énergie mentale.

— Qui sont tous ces gens ? s'écria-t-elle en marchant entre les corps ensanglantés qui roulaient à ses pieds.

Trop occupé à se défendre, Corvéus était bien incapable de lui répondre.

L'odeur âcre et salée des chairs et du sang, la douleur fusant dans les muscles de ses bras quand elle frappait, les filets de sueur sur son front, tout cela était bien trop tangible pour n'être qu'un songe.

Soudain, le flot des assaillants se tarit. Les corps cessèrent de gémir sous le tranchant de son sabre. Leur masse grouillante se désagrégea comme des oripeaux. Bientôt, ils furent aussi évanescents que des nuages de brume découpés par le tracé de sa lame.

— Des fantômes, Sto ! lui cria son père, debout devant la console de direction.

Ses mains pianotaient sur le clavier holographique. Un sillon de rides sombres barrait son front.

— Un problème ? s'enquit-elle tandis que Corvéus s'étonnait de voir ses adversaires s'évanouir sous ses yeux.

Incapable de comprendre, il grommelait en se palpant le torse. Ses blessures à lui étaient très réelles !

Storine jeta un coup d'œil par delà les baies vitrées. À bien y regarder, elle discernait, dans la chair bouillonnante du sombre magma, la forme de spectres géants et grimaçants.

— Drôle d'espace ! laissa-t-elle tomber en rétractant la lame de son sabre.

Elle frissonna. L'envie presque incontrôlable de se blottir contre le poitrail chaud de Griffo la tenaillait. Que faisait donc son lion blanc ? Sur la grève de l'île sacrée, il lui avait dit qu'il devait accomplir… sa propre mission !

Perplexe, elle vint se tenir debout derrière son père et souffla sur ses mèches rebelles.

— Si nous profitions de cette accalmie pour faire le point !

Mais Marsor restait immobile, la bouche entrouverte. Storine suivit son regard.

— Nous ne sommes pas seuls, lui murmura l'ex-pirate, les yeux braqués sur un coin sombre de la timonerie.

L'homme assis dans le fauteuil de commandement de Marsor n'en était pas vraiment un. Son crâne rasé de près était orné de trois cornes qui ressemblaient à celles qu'arborait le *Grand Centaure*. Ses yeux étirés sur les tempes en forme d'amande avaient la couleur du bronze ; sa bouche épaisse et ses traits graves lui conféraient une force à fleur de peau d'une violence à peine contenue. Son torse puissamment bâti était recouvert par une toge faite d'un tissu sombre sur lequel miroitait une myriade d'étincelles mordorées.

Un long moment, comme hypnotisés, Marsor et Storine contemplèrent la danse lascive de ces filaments doués de vie. L'homme ne bougeait toujours pas. Au bout d'une ou deux minutes, jugeant peut-être que cette immobilité mettait ses invités mal à l'aise, il leva ses avant-bras et fit glisser ses larges manches sur ses coudes. Storine émit un petit cri de surprise en découvrant les sabots qui lui tenaient lieu de mains.

Haussant ses lourdes épaules, l'Être se leva brusquement. Il sembla à Storine qu'un puissant reflux, dans l'énergie de la pièce, l'accompagnait dans son mouvement. Il exhiba ses deux sabots luisants, puis il se tourna résolument vers la baie vitrée et le brassage incessant de nuages et d'éclairs qui illuminaient puis assombrissaient l'espace.

Décidée à savoir à qui ils avaient affaire, Storine alluma son sabre psychique et fit un pas en avant. Marsor esquissa un geste pour la retenir, qu'il ne termina pas.

— Qui êtes-vous ? s'enquit-elle d'une voix ferme.

L'être de bronze lui renvoya un regard encore plus tranchant que sa lame. Un froid de glace s'engouffra dans les veines de la jeune fille, et elle ravala son audace.

— Sakkéré, souffla la voix de son père dans son dos.

Storine voulut hurler, mais aucun son ne sortit de ses lèvres.

— Le vrai Sakkéré, poursuivit Marsor en rejoignant sa fille adoptive. (Sentant qu'elle tremblait, il enveloppa ses épaules de ses bras.) Pas celui, démoniaque, haineux et sans pitié imaginé par des milliers de générations de prêtres ignorants ou mal intentionnés, mais l'Être originel, le compagnon des autres…

Attentive aux paroles de l'ex-pirate, Storine ferma les yeux et fit les liens nécessaires. Marsor évoquait ces prêtres éphroniens ayant échappé aux destructions massives ; ceux qui avaient ensuite migré sur les autres planètes, semant l'amour, la vie et la lumière dans leur sillage.

Lorsqu'elle battit des paupières, le visage du dieu flottait, impassible, devant elle. Écrasée par sa présence, elle se sentit soudain faible et misérable. Pourtant, elle ne détourna pas le regard. Au bout d'un moment, une lueur de malice vint auréoler les ardentes pupilles de bronze.

— Tu ne manques pas de courage, Storine Fendora d'Ectaïr. Cela m'a toujours beaucoup plu, ajouta-t-il en lui souriant franchement.

Ainsi, Marsor avait raison ! Ce dieu, dans lequel on sentait encore pourtant une trace d'humanité, intervenait enfin !

« À visage découvert », se dit Storine, fascinée.

Sakkéré fit un ample geste de la main. La jeune fille mémorisait chaque détail de cette figure aux traits fortement marqués. Son visage massif, buriné par des milliers d'années de vie, d'épreuves, de créations et d'explorations. Nulle ride ne venait briser l'éclat mat de sa peau. À bien y regarder, d'ailleurs, Storine se rendit compte que cette peau n'était qu'un masque de plus. Elle eut même la certitude que ce maître prêtre, cet Être déifié par les hommes ignorants, n'était présent en ce lieu qu'en esprit.

« Cette substance lumineuse, tout autour de lui, doit être l'émanation de son âme ! »

Elle réalisa de la même façon qu'il s'était mis des cornes et des sabots pour correspondre, au moins un peu, à l'image que les humains d'Ésotéria s'étaient forgée de lui.

— Voilà qui est le véritable Sakkéré ! déclara-t-il en désignant la masse fangeuse, bouillonnante et menaçante, au dehors.

Se sentant un peu stupide de monter la garde, seul, sur le seuil de la timonerie, Corvéus se rapprocha. Sakkéré poursuivit :

— Voici le magma assourdissant et ignoble des plus basses pensées humaines depuis près de deux mille de vos années.

Storine écoutait de tout son être.

— Chaque pensée, si elle est noble, est un filament de lumière vive ; pour les pensées inférieures, il est vil et se tortille tel un misérable ver aspirant à plus de lumière.

— Les nuages de couleur émanant des Totonites et des Cristalotes ! ne put s'empêcher de commenter Storine, les yeux brillants.

Sakkéré opina.

— Après avoir créé le corps des hommes, nous avons compris notre erreur, répondit le dieu. Sur Ébraïs, nous nous sommes distanciés de l'homme. Nous voulions réellement une race meilleure.

À l'entendre, le fait que les hommes pouvaient cacher leurs pensées à leurs semblables n'avait pas aidé à leur évolution. Debout près de lui, Storine se sentait plus vivante, plus vive d'esprit et plus intelligente que jamais.

— Ces pensées de haine, de meurtre, d'envie, de rouerie, d'orgueil, et j'en passe, s'accumulent dans les chairs subtiles de chaque planète, mais aussi du cosmos.

Il dévisagea intensément la jeune fille, jusqu'à percer son cœur et son âme. Comme elle restait droite et aussi translucide qu'un cristal, il étira ses lèvres épaisses dans un fin sourire.

— Voilà pourquoi, le temps venu, il faut faire un grand ménage.

— Voilà pourquoi, déclara rêveusement Storine, je suis venue.

Marsor écoutait en silence l'étrange dialogue entre sa fille adoptive, cette enfant apeurée et sauvage qu'il avait jadis recueillie, et cet être d'essence divine – « c'est là une différence de taille ! » se dit-il –, le maître éphronien Sakkéré, frère ou ami d'un autre être que la tradition séculaire avait fini par appeler Vinor.

Le dieu approuva du chef.

— Tu as accepté de t'incarner, en effet, pour servir, comme d'autres ont servi autrefois. Après chaque grande purification céleste, les hommes brouillent la vérité en s'inventant mille traditions. Les noms de ces Élus se fondent les uns aux autres, se déforment, s'amalgament, puis disparaissent. Seule reste la nécessité, pour les milliards d'âmes immortelles, de revenir, encore et encore, et de progresser. Car telle est leur raison d'être et d'exister.

Storine comprenait que ces Éphroniens étaient eux aussi passés par la longue et pénible chaîne de l'évolution et qu'ils avaient, à présent, atteint ces hauteurs où l'âme s'efface devant l'esprit. Elle comprenait, comme

Marsor d'ailleurs, que ce groupe d'êtres existait réellement, sur d'autres niveaux de conscience, et que, de là-haut, ils surveillaient et guidaient l'évolution des âmes dans leur lente ascension.

« Pour cela, il faut des planètes où ces âmes peuvent vivre, se reproduire et apprendre », se dit Storine en laissant venir en elle ces concepts hautement philosophiques qui, en cet instant, lui apparaissaient facilement compréhensibles. « Il faut des États, des rois, des riches, des pauvres... »

— En se frottant les uns contre les autres, les cailloux du ruisseau perdent leur rugosité originelle et y gagnent leur forme définitive, poursuivit Sakkéré en lisant dans son esprit.

— Il faut des philosophies, des histoires d'amour qui nous arrachent le cœur. Et des injustices, aussi, car elles façonnent l'âme...

— Des religions, continua Sakkéré en lui adressant un clin d'œil.

Ils se lancèrent ainsi d'autres exemples, sous les regards tour à tour attentifs ou ahuris de Marsor et de Corvéus qui faisaient de drôles de mines.

Sakkéré répondit à une autre de leurs questions muettes :

— Les spectres qui vous ont attaqués tout à l'heure vous attaqueront encore. Ils appartiennent à l'égrégore.

Il désigna de nouveau les énormes masses en mouvement à l'extérieur du vaisseau.

Storine en déduisit que ces pensées, issues de milliards de cerveaux et de cœurs meurtris durant des milliers d'années, prenaient vie dans ces zones éthérées du cosmos. « Elles ont conscience de leur existence et – l'idée la traversa comme un éclair – elles inspirent les hommes d'aujourd'hui quand ceux-ci pensent à… » (Elle voulut dire, simplement, « faire le mal », mais la chose était plus subtile encore…)

Elle se reprit et déclara :

— … quand ils pensent accomplir des actes qui sont en résonance avec ces énergies.

Sakkéré sourit de nouveau. Storine se surprit à éprouver un élan de tendresse véritable pour cet être sans doute envoyé par Vinor et Vina.

« Les hommes pensent que les dieux se battent entre eux pour les sauver du mal parce que cela flatte leur orgueil et leur vanité », songea-t-elle.

Storine éprouvait un grand bonheur. Elle souhaitait que cette conversation avec Sakkéré ne se termine jamais. Mais elle sentait bien que le dieu n'était pas simplement venu pour lui faire un brin de causette.

— Regardez ! tonna-t-il soudain en pointant une masse nuageuse plus turgescente et plus menaçante que les autres. Le Grand Frémissement attendu.

Storine fronça les sourcils.

— L'effondrement des énergies, précisa Sakkéré.

— Le Fléau de Vinor ? s'enquit Storine, la gorge sèche.

Le dieu la prit par les épaules. Ce simple contact l'électrisa mille fois plus que le touché thérapeutique de son ami Éridess.

— C'est cela, Storine. Rappelle-toi que, de toutes les formules, la cinquième est la plus importante. Elle est l'élixir qui purifiera les chairs subtiles du cosmos pour les millénaires à venir. Sans cette purification, nulle évolution ne sera plus possible.

— La cinquième ? balbutia la jeune fille. Mais…

— Rappelle-toi aussi que lorsque tu sentiras le moment arrivé, tu ne pourras prononcer la phrase à voix haute qu'une seule fois. Car les mots qui la façonnent sont trop puissants pour être énoncés à la légère.

— Oui, mais…

— *Le Livre de Vina* t'aidera, poursuivit Sakkéré. Et tu bénéficieras de l'aide d'une personne qui te surprendra.

Storine se mordit les lèvres.

— Regarde, Sto !

Marsor montrait un point, dans l'espace, près de ce que le dieu venait de nommer «l'effondrement des énergies». La jeune fille tenait absolument à dire au dieu ce qu'elle avait vécu de décevant devant la paroi du temple millénaire des Totonites. Ouvrant la bouche, elle ne put formuler sa pensée.

Griffo se tenait au milieu de ce qu'à défaut d'autre mot, Storine convint d'appeler «l'égrégore du mal». Le grand lion blanc était debout, crinière échevelée, noble et puissant comme jamais auparavant. Une nuée de filaments dorés l'enveloppait, comme pour le soustraire aux influences négatives contenues dans les nuages tourbillonnants qui grondaient de rage.

Mais Griffo grondait et rugissait, lui aussi. Et ce rugissement dominait celui des spectres géants qui se tordaient de douleur.

Storine sentit des doigts chauds sur son épaule gauche ; ceux de Sakkéré débarrassés de ses ridicules sabots.

— Ton fidèle compagnon accomplit sa mission, dit le dieu.

— Sa mission ? s'enquit Storine qui, cette fois, ne comprenait pas.

Elle se retourna et contempla Griffo. Que n'aurait-elle pas donné pour le chevaucher, crier, elle aussi, et brandir son sabre psychique !

L'image était séduisante.

L'instant d'après, le dieu ne se trouvait plus à ses côtés, mais proche du seuil de la timonerie. Comme il s'adressait à Corvéus et à son père, elle sentit ses frissons lui revenir. Corvéus se dandina jusqu'à elle. Le pauvre avait la poitrine encore barbouillée de sang.

Ils se regardèrent avec tendresse. Corvéus était devenu, lui aussi, un de ses amis. Le chemin parcouru ensemble avait commencé par de la haine et de l'incompréhension. Avec les années et les rebondissements incessants de leur vie aventureuse, ils avaient fini par se rejoindre. Storine songea qu'elle n'avait pas eu besoin, avec lui ni avec le commandor, d'échanger les creusets du Grand Pardon.

« Les choses se sont faites d'elles-mêmes. »

Le géant s'approcha et la serra contre lui. Storine se laissa aller à cette accolade tendre et fraternelle. Corvéus avait le cœur gros. Le bleu de ses yeux semblait délavé. Il hoqueta plusieurs fois, ses épaules se soulevèrent. Quand il lui grommela quelques paroles indistinctes, elle comprit et se crispa. Le dieu repartait, mais il ne repartait pas seul.

— Corvéus, je…, commença-t-elle.

Incapable de poursuivre (pouvait-elle vraiment lui dire qu'elle l'aimait ?), elle prit sa grosse main tailladée et couturée de cicatrices et la porta à ses joues. Le regard que lui adressa alors le géant n'était ni niais ni égaré, mais clair, pur et empreint de reconnaissance.

Sentant que des larmes lui montaient aux yeux, Storine tenta de le retenir. Mais, finalement, à quoi bon ?

Marsor se tenait à présent devant elle.

— Père ! s'écria-t-elle.

Elle s'accrocha à lui, le serra de toutes ses forces. À dix pas, Sakkéré souriait toujours mais, pour la première fois, son attitude agaça la jeune fille.

— Reste ! sanglota-t-elle.

Marsor la serra à son tour.

— Quand bien même le voudrais-je, Sto ! Il est des voies pour chacun de nous. La tienne est là !

Il tendit son bras vers Griffo qui, au loin, rugissait toujours en direction de ce qui ressemblait de plus en plus à une immense explosion en devenir.

— Ne me laisse pas !

Mais, déjà, sa voix était moins suppliante.

Marsor pointa d'un doigt le ventre de la jeune fille, et lui fit une promesse solennelle.

— Je pars, mais je ne te quitte pas. Nous sommes liés, toi et moi. Au-delà de la vie, de la mort. Je l'ai compris dès que j'ai posé les yeux sur toi, à bord du *Grand Centaure*. Je ne te quitte pas. Crois-moi, tu ne te débarrasseras pas aussi facilement de moi !

Il rit. Storine vit sa barbe blanche étinceler. Qu'il avait l'air jeune !

Elle avait à peine eu le temps d'encaisser le coup et de faire ce raisonnement, qu'une vive douleur la plia en deux.

— Mon ventre !

La mâchoire serrée, elle vit le dieu, suivi par son père et par Corvéus qui disparaissaient dans une grande et belle lumière dorée.

— Père ! s'écria-t-elle, le corps traversé par un éclair qui lui tirait les larmes.

Tandis que Griffo rugissait, encore et encore, et que l'égrégore de Sakkéré lui répondait par des torrents d'injures et de sinistres grondements, Storine s'effondra au sol. Juste avant de sombrer dans l'inconscience, elle maudit Sakkéré qui, quoique bon et grand, n'en était pas moins un menteur.

— Je ne connais aucune cinquième formule, sanglota-t-elle en se recroquevillant sur le sol de la timonerie. Il n'y avait pas de cinquième formule sur le mur du temple!

14

Le défilé impérial

La couche de maquillage qui recouvrait les joues de la grande duchesse était si épaisse que la jeune femme avait toutes les peines du monde à remuer les lèvres. Accrochée au bras du prince impérial, elle remontait l'allée, semée de pétales de fleurs odorantes, conduisant à la passerelle du grand vaisseau.

— Tout cela est grotesque ! murmura Solarion sous son casque d'or.

Ne pouvant rétorquer sans offusquer ceux à qui elle était obligée de sourire, Anastara lui rentra les ongles dans la chair. Le jeune prince ne se gêna pas pour grimacer de douleur.

Une foule en liesse s'agglutinait derrière le champ énergétique de protection couleur bronze de forme cylindrique. Afin de donner à ce départ aux allures de défilé tout le faste nécessaire, Védros Cyprian avait fait les choses en grand. Les sons de longs cors maniés par des géants emplissaient l'air d'une puissante tonalité propice à frapper les esprits. Une garde d'honneur d'un millier de soldats accompagnait les futurs mariés. Allongée sur une litière en apesanteur sous un manteau de plumes de jondrilles blanches, l'impératrice Chrissabelle menait le cortège. Derrière elle venaient les maîtres missionnaires vêtus de leurs plus belles toges de cérémonie, les membres du Sénat, les ministres, puis une rivière chatoyante de soieries et de costumes étincelants dans lesquels paradait la noblesse de l'Empire.

En tout, plusieurs milliers d'individus suivis de près, grâce aux myriades de journalistes présents, par la quasi-totalité de la population impériale : c'est-à-dire vingt-cinq systèmes planétaires et près de cent quarante-trois planètes et complexes orbitaux pour un total de plus de cent trente milliards d'âmes répartis sur plusieurs dizaines d'années-lumière.

La mesure donnait le vertige.

Marchant derrière l'impératrice en compagnie des ministres, Védros Cyprian souriait. L'Empire d'Ésotéria n'avait jamais connu, au long de son histoire, événement plus glorieux que ce départ des futurs souverains vers la plate-forme nuptiale de Daghloda. Cet ancien complexe minier gigantesque appartenant à la compagnie Roc Imperex avait en effet été reconverti à coup de milliards d'orex spécialement pour célébrer, en plein espace sidéral, les noces du prince Solarion et de la grande duchesse Anastara, récemment promue Élue de Vina par le Conseil des maîtres missionnaires.

Malgré la solennité du moment, Védros se sentait las et vieux. Toute la nuit, il avait entendu les battements sourds de son cœur cognant dans sa poitrine. Fiévreux, il ne s'était endormi que peu avant l'aube, après avoir repassé dans sa tête chaque détail de la cérémonie à venir. À présent, des douleurs aiguës au bras gauche rendaient ses gestes malhabiles.

L'éclat vif des doubles étoiles l'aveuglait. Dans le ciel, l'empreinte de quatre des sept lunes de la planète s'estompait lentement, comme si elles eussent rampé dans leurs tanières secrètes. Le grand chancelier sourit à la pensée de cet ancien conte pour enfants, appelé « Les lunes rampantes », qu'il récitait autrefois à sa fille lorsqu'elle était malade.

Pourquoi les jours de triomphe, qui étaient au total si rares au cours d'une vie humaine, commençaient-ils souvent sous d'inquiétants hospices ? Ayant déjà assez parlé, négocié, menacé, Védros se refusait, alors qu'il restait encore une centaine de pas à franchir avant de fouler la large passerelle, d'accorder la moindre attention à quiconque. Ce triomphe, il y travaillait d'arrache-pied depuis des années. Nul ne le savait, mais la presque totalité de sa fortune avait été investie dans ce qu'il était le seul à oser appeler « un génial coup d'État déguisé ».

Ignorant Sigma For-Doz, le grand maître missionnaire dont il avait acheté la collaboration à prix d'or, Védros ne voulait voir que sa fille, accompagnée par huit de ses demoiselles d'honneur, toutes des jeunes nobles d'États indépendants, héritières de gouverneurs, vices-rois ou princes de lointains protectorats.

Enfin, on la traitait – et lui à travers elle – selon son rang ! Enfin, ils existaient au grand jour alors que Chrissabelle se contentait de suivre la procession, la mine pâle, muselée, diminuée par la maladie, à sa merci.

« Elle suit et elle n'est rien. Même son insignifiant petit-fils n'est rien. »

Le choix de l'emplacement de la cérémonie avait été une épineuse question. Depuis l'aube des temps, les souverains de l'Empire d'Ésotéria étaient sacrés dans la voûte sombre et humide des maîtres missionnaires, un site volontairement simple et fruste pour rappeler aux souverains que la vraie puissance vient des dieux.

« Mais qui peut les voir dans un aussi sordide endroit ? »

L'heure était à la technologie, au progrès. Il fallait trouver un lieu libre de tout attachement religieux, culturel ou politique. Un lieu à la fois grandiose et serein qui n'offusquerait aucun peuple, qui ne priverait aucun citoyen.

« Tout le monde assistera à notre triomphe ! »

Alors que le futur couple impérial prenait place sur la passerelle, un immense vivat monta de la foule. Solarion et Anastara se retournèrent et saluèrent les peuples. Autour d'eux, par delà le champ énergétique de protection — Védros avait pris toutes les précautions — gravitaient de nombreux robots-boules équipés de caméras holographiques.

« Chaque citoyen peut ainsi avoir l'impression de se tenir dans l'ombre du couple », se dit Védros en s'épongeant le front avec son mouchoir de soie.

Son majordome, un eunuque silencieux qui le suivait partout, lui coula un regard inquiet. Responsable de la santé de son maître, il fronçait ses sourcils peints en vert. Son petit moniteur digital lui donnait en permanence les signes vitaux du grand chancelier : vitesse du pouls, tension artérielle, différents taux indicateurs des substances sanguines. Son maître pensait à trop de choses en même temps, et ce n'était pas bon pour son cœur.

Védros cligna des paupières à trois reprises, signe que, somme toute, il se sentait capable d'aller au bout de cette journée éprouvante. Cette dépendance « médicale » vis-à-vis d'un inférieur agaçait prodigieusement le grand chancelier. Pour éviter ce genre de situation, il changeait régulièrement de majordome. C'était un poste bien payé mais qui comportait de nombreux risques. Le grand chancelier évita de penser aux seize majordomes qui l'avaient suivi tout au long de sa vie, et à ce qui était advenu d'eux le jour où il avait décidé de s'en séparer.

L'énorme vaisseau, dont les blindages avaient été, pour l'occasion, recouverts de cristalium teinté – cela était plus économique qu'un revêtement d'or mais tout de même du plus bel effet –, déployait toute l'envergure de ses ailes. Son fuselage effilé et son ventre arrondi dans lequel pénétraient les nobles, étaient à l'image d'un épernoor, cet oiseau ésotérien aussi redoutable qu'un lion blanc et qui figurait sur les armoiries de la famille impériale.

Les symboles étaient de mise. Le but étant de glorifier les épousailles d'Anastara, il fallait que tout soit parfait. De la coiffe des reines d'honneur aux immenses effigies de pierre et de bronze qui personnifiaient chacun des dieux et qui accompagnaient les bienheureux fiancés jusqu'à l'autel, tout avait été soigneusement pensé.

Védros sourit en songeant que de nombreuses autres surprises attendaient les nobles et les populations à l'intérieur de la station rénovée de Daghloda. Un seul détail assombrissait son humeur, mais il était de taille.

Peu avant l'aube, alors qu'il se débattait dans un songe effrayant, Védros avait vu Griffo, le lion blanc de Storine. Debout sur un tertre d'argent, le fauve lui faisait face. Son regard était froid et perçant, sa crinière volait au vent. Soudain, il s'était mis à rugir. Atteint au cœur par la force de ce rugissement, Védros s'était recroquevillé, tandis qu'autour d'eux des milliers, voire des millions de gens se levaient pour l'acclamer comme s'ils se trouvaient au centre d'un immense théâtre à ciel ouvert. Védros s'était réveillé le cœur battant, mouillé de sueur, la bave au bord des lèvres.

Ni Anastara ni Solarion n'avaient desserré les dents autrement que pour se parler par monosyllabes. En ce qui les concernait, l'allée de trois cents mètres sur les bords de laquelle se tenaient les habitants de Hauzarex représentait un insupportable chemin de croix. Pour une fois, Anastara, quoique vêtue d'une longue robe faite de plumes de jondrilles, ne s'était pas sentie glorifiée par les cris de la foule.

« C'est à cause de Solarion ! Comment peut-il être aussi froid, aussi distant ? »

Elle connaissait pourtant la réponse. Dégoûtée de voir que le jour de son mariage avec le prince serait aussi celui de son humiliation totale, elle ne tirait aucun plaisir à l'apparente soumission de son fiancé.

Pour ne pas faire une crise de nerfs – ses gouvernantes la dévisageaient en tremblant de terreur –, elle décida de passer en revue, dans sa tête, la suite d'incidents étranges qui avaient ponctué leur vie au palais depuis quelques jours.

En premier lieu, la disparition de la carte de cristalium – cette clé moléculaire qui, seule, commandait la libération de Storine.

«Je ne peux pas l'avoir égarée!»

Elle en avait parlé à Solarion peu après leur départ du palais.

— Je n'ai pris aucune carte, lui jura-t-il.

La jeune femme crut voir briller ses yeux de malice.

«Bien sûr, qu'il ne me l'a pas volée! se dit Anastara. Des dizaines d'espions ont pu le faire à sa place.»

Elle regrettait amèrement de lui avoir montré cette carte, dans la chambre interrogatoire de Quouandéra. Mais ce n'était pas le seul incident troublant.

— Le commandor Sériac et Éridess se sont échappés, lui dit-elle du bout des lèvres.

Anastara pesta intérieurement en songeant que le prince et l'impératrice n'avaient pas, malgré les nombreux efforts de son père, perdu toute influence au palais.

Contrairement à ce qu'elle pensait, Solarion ne se défila pas. Il lui adressa un regard courroucé sous son casque. Au dernier instant, toutefois, il haussa les épaules comme s'il s'était moqué.

— Je ne suis pas allé leur ouvrir les portes, si c'est ce à quoi tu penses. J'ai rêvé de Griffo, cette nuit, ajouta-t-il alors qu'ils arrivaient tous deux à l'aplomb de l'Épernoor rutilant.

La jeune femme mordit ses lèvres fardées et s'en voulut aussitôt, car les caméras holographiques ne manqueraient sans doute pas de noter sa nervosité. En ce moment même, avant qu'elle n'ait pu répondre au prince, des milliards de gens savaient déjà qu'elle était contrariée. «Père n'aimerait pas cela!»

Solarion, qui n'avait pas les mêmes scrupules, poursuivit sur un ton de triomphe.

— Je me trouvais sur son dos et nous galopions à grandes foulées dans l'espace. Griffo rugissait. Des milliards de gens répondaient à son appel.

Une longue ride noire barra son front. Il avait fallu des heures de travail, à ses cámeristes, pour masquer les dégâts causés à sa peau par l'éruption de spurimaz, et voilà qu'elle était prise d'une impérieuse envie de se gratter les joues!

«Surtout, reste calme. Dans une heure, nous serons arrivés sur la plate-forme de Daghloda. Ce soir, je serai devenue la future impératrice d'Ésotéria et Solarion sera obligé de faire de moi sa femme.»

Elle pensa « sa femme », mais se dit surtout qu'il devrait *aussi* en faire « une » femme. Finalement. Après toutes ces années d'attente et de renoncement. Les peuples croyaient qu'elle avait connu de nombreux amants, mais ils se trompaient. Elle n'en avait attendu qu'un seul et, en ce moment même, elle lui tenait le bras !

Lorsque la passerelle se rétracta et qu'une apaisante demi-obscurité tomba sur l'énorme hangar, Anastara put enfin souffler. Nul journaliste n'avait été autorisé à embarquer à bord de l'appareil nuptial.

« Et surtout pas cet infâme Sanax Doum ! »

Anastara haïssait le jeune Yrexien.

« Dire que j'ai pensé, au collège de Hauzarex, faire de lui mon premier amant ! »

Sanax était devenu un ennemi de taille lorsqu'il avait choisi le camp de Storine.

« L'imbécile ! »

Depuis, ses apparitions holographiques soulevaient la polémique et le scandale. Ses reportages, publiés par des compagnies d'holocommunication qui se soustrayaient avec arrogance au contrôle exercé par son père, ne cessaient de baver contre eux. Clamant que Storine avait été jugée, condamnée et emprisonnée parce qu'elle faisait peur aux

« renégats » qui cherchaient à s'emparer du pouvoir suprême, la prolifération des opinions du jeune journaliste faisaient de lui un être dangereux.

Anastara avait promis à Solarion, s'il acceptait de l'épouser, de ne toucher à aucun de ses amis – incluant Sanax Doum et son frère Natral. Mais qui, d'elle ou de lui, avait brisé leur pacte ?

Dyvino avait certes eu des problèmes, mais elle n'en était pas directement responsable. La disparition des véritables parents de Storine ? Oui. Le piège dans lequel étaient tombés Sériac et Éridess ? D'accord.

« Mais qui a organisé le vol de ma carte ainsi que l'évasion de mes deux prisonniers ? »

Une dernière mauvaise nouvelle l'avait frappée de plein fouet, le matin même, dans le bureau de son père où ils avaient fait tous deux le tour de la situation. Un autre de leurs ennemis s'était échappé.

« Le plus farouche d'entre eux… », songea la grande duchesse en acceptant une boisson fraîche juste avant que l'Épernoor ne s'élance dans le ciel matinal de Hauzarex.

15

Règlements
de comptes

Le lieutenant Idriss Fador n'avait pas aimé se faire réveiller en pleine nuit. L'ordre était venu de son supérieur direct, mais Fador aurait juré qu'il émanait en réalité de bien plus haut, de ce qu'il appelait un peu mystérieusement «les sommets». Son visage lisse et pâle s'était éclairé lorsqu'il lut les noms inscrits en lettres bleues, striées d'éclairs mauves, sur son vieux lecteur holographique.

Pourquoi le chargeait-on d'une pareille mission? Il jeta un bref, rapide coup d'œil sur la silhouette emmitouflée sous les couvertures. La fille ne comptait pas. En fait, seule sa longue chevelure noire aux reflets lustrés l'avait attiré.

Grâce aux précisions contenues dans l'ordre de mission, il n'aurait besoin que de trois hommes sûrs et d'une heure ; deux, au plus. Guettant le souffle paisible de la dormeuse, il caressa sa chevelure d'un geste lent et se prit à rêver à une autre femme.

« Elle ne s'apercevra même pas de mon absence… »

À présent, deux heures plus tard, il haletait, l'arme au poing, et sifflait des ordres brefs aux deux hommes qui lui restaient.

Tout s'était pourtant déroulé comme prévu. Les deux suspects avaient été repérés à l'endroit et à l'heure convenus. Tant de précision était le signe que ses supérieurs avaient décidé d'en finir avec ces hommes. Une fois encore, Fador vit apparaître devant ses yeux le beau minois de la femme aux longs cheveux soyeux qui hantait ses nuits.

Placés en embuscade derrière les entrepôts à l'intérieur desquels s'était tenue la réunion secrète, Fador et ses soldats avaient rongé leur frein. Les ordres étaient clairs. Ne pas intervenir. Ne pas s'occuper du menu fretin. Leurs cibles ne sortiraient qu'en dernier, vêtues de grands manteaux noirs surmontés de capuchons qui cacheraient leurs visages.

Idriss avait scrupuleusement obéi aux ordres. Au bout d'une heure et demie, une demi-douzaine de personnes étaient effectivement sorties du bâtiment. La ville de Luminem, essentiellement industrielle, était un monde impersonnel et froid. Les habitants n'y vivaient pas réellement et des milliers d'entrepôts comme celui-ci s'étalaient à perte de vue.

Même s'ils ne le savaient pas encore, ces deux hommes étaient déjà morts. Ils étaient sortis les derniers et – Idriss déplora leur imprudence – ensemble, l'air aussi insouciant que s'ils s'en étaient allés danser.

C'est à cet instant que les choses avaient mal tourné. Un des hommes d'Idris, sans doute trop fatigué d'attendre, avait fait un faux mouvement. Dans le silence de la nuit, les bruits portent loin. Les deux suspects s'étaient retranchés derrière un mur de conteneurs, un pistolaser dans chaque main.

— À couvert ! À couvert ! s'écria de nouveau Idriss tandis qu'un de ses hommes, atteint à l'aine par un trait rougeoyant, se tordait de douleur.

Fador voulait en finir avec cette mission. Il désirait rentrer chez lui et sentir sous ses doigts le corps tiède de la fille aux longs cheveux noirs bleutés. Dynamisé par cet espoir, il mima avec ses mains, à l'intention des hommes qui l'observaient dans la pénombre, une des techniques d'encerclement qu'on lui avait enseignées lorsqu'il faisait encore partie des phalanges noires du grand chancelier.

Aussitôt, ses deux derniers soldats rampèrent de part et d'autre de la haie de conteneurs métalliques. Simultanément, Idriss fit pleuvoir un feu roulant de tirs de laser sur le rempart de caisses.

Ce déchaînement de traits bleus et rouges lui rappela le temps glorieux de ses missions, menées aux quatre coins de l'Empire. L'audace, la précision, la rigueur, le courage, l'obéissance, la fidélité envers ses chefs, mais aussi envers ses compagnons d'armes. Tout cela manquait à la routine actuelle d'Idriss, qui occupait à présent le poste peu reluisant de gardien de sécurité.

Aussi était-il heureux de rendre service à ceux qui lui avaient permis de connaître une vie à la mesure de ses espérances.

Tendant l'oreille, Fador reconnut le chuintement caractéristique des fusils laser XG35, qu'il avait remis à chacun des trois hommes de main recrutés en catastrophe pour mener cette mission à bien.

« Maintenant ! » se dit-il.

Il leva prudemment la tête. Puis, comme tout danger semblait écarté, il contourna le monticule de caisses et rejoignit ses hommes.

Deux corps étaient couchés au sol.

— Morts ? interrogea-t-il, les sourcils froncés.

Il vit que les deux suspects, légèrement blessés, bougeaient encore.

— Parfait ! Allez voir comment se porte votre ami !

Les hommes de main se regardèrent, étonnés.

— Obéissez !

Pourquoi Fador tenait-il à rester seul auprès des deux cibles ? Soupçonnaient-ils un règlement de compte ? Ils avaient été grassement payés, certes : le reste ne les regardait donc pas. Comme ils s'évanouissaient entre les caisses, Fador songea qu'ils étaient dans l'erreur.

Afin de stimuler les deux « cibles », il leur donna un léger coup de pied dans les côtes.

« Heureusement que mes hommes leur ont retiré leurs armes ! » se dit Idriss en s'agenouillant avec précaution.

Il dénuda le visage du premier suspect. L'homme portait de longs cheveux sur la moitié du crâne, tandis que l'autre moitié était aussi nue et luisante qu'une coquille d'œuf. Ce détail l'étonna mais ne l'impressionna guère. Il avait vu tant d'ethnies différentes, au long de ses missions !

Alors que l'expression du premier homme était farouche, le visage du second reflétait une totale béatitude.

« Est-ce un simple d'esprit ? » se demanda Idriss.

Leurs joues portaient des traces de sang, signe que ses hommes de main les avaient surpris par derrière et à moitié assommés à coups de crosse.

— Sais-tu qui je suis ? lui demanda l'homme au visage farouche.

Qui croyait-il être, en effet, pour oser arborer pareille expression en un moment aussi sombre ? Fador haussa les épaules.

— Vous ne pourrez pas toujours empêcher les peuples de connaître la vérité ! clama le blessé.

Du sang coulait de ses lèvres. Idriss songea que le coup de crosse que lui avait donné son homme de main n'avait, hélas, pas réussi à briser la mâchoire de ce prétentieux.

— La prophétie du grand lion blanc s'est accomplie, bredouilla encore l'homme à l'étrange coiffure. Des milliards de gens y ont assisté.

De quoi parlait-il? Fador fut tenté de lui écraser la bouche sous sa botte. Pourtant, cette histoire de lion blanc lui rappelait quelque chose.

— Un rêve! laissa-t-il tomber, songeur.

Une lueur pétilla dans les yeux sombres du blessé. Son compagnon hocha la tête.

— J'ai rêvé d'un lion blanc, avoua Fador, perplexe. J'étais devant lui, il rugissait, je…

Il n'osa pas en révéler davantage, car la force du rugissement du fauve l'avait propulsé à vingt pas et il s'était réveillé, en sueur, ressentant une douleur aiguë dans sa poitrine.

— Tel que l'annonçait la prophétie, ce lion est apparu à des milliards de gens, poursuivit le blessé, toujours immobilisé au sol. Demain, grâce à mes articles, chaque rêveur saura qu'il n'a pas été le seul à vivre ce songe phophétique. Tous sauront que ce rêve annonce (il hoqueta de douleur à cause de la plaie qui s'ouvrait dans son flanc gauche)… le Fléau de Vinor.

Idriss ne s'était jamais intéressé aux prophéties ni aux religions. Toute sa vie, il avait été un mercenaire et avait obéi aux ordres. Posant un pied sur la gorge de ce beau parleur, il arma son fusil laser.

— Personne n'apprendra rien, répliqua-t-il, et tu sais pourquoi ?

La nuit était noire et épaisse. Pourtant, leur embuscade avait sans doute alerté les autorités. Idriss songea qu'il ne lui restait que deux ou trois minutes avant d'entrer dans ce que ses compagnons de la phalange noire appelaient avec tact le RSO : le repli straté-gique obligatoire !

— Les articles sont déjà sous presse, ricana le blessé en vomissant des caillots de sang.

Puis, soudain, ses yeux se mirent à flam-boyer. Il essaya de cracher sur Idriss.

— Vous ne gagnerez pas !

Idriss pointa le canon de son arme sur le front de celui qui avait l'air un peu fou. Il fit feu à deux reprises. Le crâne explosa et tacha de sang les panneaux métalliques des alentours.

Au moment d'installer le canon de son fusil dans la bouche du blessé, Fador se rap-pela leurs noms.

— Messieurs Doum. Sanax et Natral Doum, journalistes indépendants.

Voilà où menait l'indépendance ! Il haussa les épaules et fit exploser la tête de cet arrogant personnage.

« Anastara sera fière de moi », songea-t-il.

Idriss n'avait vu la fille du grand chancelier qu'une seule fois.

« Mais un simple regard suffit avec une femme pareille ! »

Ses bottes étaient tachées de sang. Il les essuya négligemment l'une contre l'autre. Le jour était encore loin. Il avait le temps de rentrer chez lui, de se glisser sous les couvertures aux côtés de sa maîtresse, et d'imaginer qu'il serrait la grande duchesse dans ses bras…

Le commandor Sériac considéra celui qui, longtemps, avait été son pire adversaire.

— Griffo, où es-tu, mon ami ? clama cet adversaire à voix haute.

« Que la vie est étrange, songea l'ex-officier. On croit dur comme fer à une cause, on se fait des amis et des ennemis. Et puis survient un élément perturbateur. Tout se trouble dans notre tête, on tourne le dos à ses anciens amis, on embrasse ceux que l'on a pourchassés, détestés et, même, tenté d'assassiner ! »

Pour Sériac, « l'élément perturbateur » en question avait des yeux verts, de longs cheveux orange et un joli grain de beauté sous la lèvre inférieure.

Le commandor avait été très surpris quand monsieur Dyvino, qui parlait de leur mission secrète avec un mysticisme digne du grand homme de spectacle qu'il était, lui avait avoué l'identité de cet autre individu qu'il avait également libéré.

— Santus, déclara Sériac en s'agenouillant auprès du maître missionnaire.

Celui-ci, vêtu de sa longue toge brune et ocre cousue de pièces de cuir noir, était tête nue. Son vêtement était déchiré par endroits, ses traits étaient tirés ; sa peau, tachetée de rousseur, sèche et craquelée autour des yeux et de chaque côté de la bouche. Ses cheveux couleur de paille étaient cassants comme du verre. Des cernes mauves donnaient à son regard clair une luminescence sourde et inquiétante.

— Il est en transe, expliqua monsieur Dyvino.

Sériac considéra Santus, qui avait à peine trente ans mais qui en paraissait presque quarante. «Le port du masque, sans doute. Le visage, lui aussi, a besoin de lumière!»

Mais ce n'était pas la seule cause. Les inquiétudes, la peur, l'angoisse, le besoin de forger l'avenir des peuples selon ses propres vues n'étaient pas étrangers à son état de décrépitude. Même s'il gardait à présent les yeux clos et qu'il tentait d'établir un contact télépathique avec Griffo, Santus semblait épuisé.

Partie en catimini d'Ésotéria, la navette de transport avait emprunté la porte de Napta, installée au large de Goïa, la plus éloignée des sept lunes, et la toute nouvelle autoroute de l'espace. Sériac avait été surpris de la facilité avec laquelle ils avaient pu franchir tous les contrôles.

«La famille impériale conserve, malgré les apparences, de nombreux appuis», lui avait expliqué monsieur Dyvino.

Cet homme plaisait beaucoup au commandor. Sérieux, dévoué, secret, généreux, il avait à maintes reprises déjà prouvé sa fidélité à la cause de l'Élue.

De systèmes solaires en barrages de l'espace, de planètes en relais orbitaux, ils approchaient maintenant des États de Phobia. En se penchant au hublot, Sériac cligna des yeux sous les feux écarlates de l'immense étoile Attriana. Cette luminosité toute particulière lui rappela que, des années auparavant, il s'était retrouvé, aussi seul et désemparé qu'en ce moment même, à bord d'une navette spatiale.

« C'était après avoir enlevé Storine et Griffo. Nous avions été abordés par les pirates de Marsor, alors en pleine mutinerie. »

Allongé sur une couchette basse, Éridess se reposait dans une cabine voisine. Le commandor jeta un coup d'œil dans la petite soute. Monsieur Dyvino donnait ses instructions au pilote, deux ingénieurs du cirque étaient assis à l'avant et surveillaient les écrans radars. Selmina feignait de ne pas faire attention à lui, mais ses œillades indiscrètes la trahissaient. Somira, sa jeune sœur, devait toujours se tenir auprès du Phobien.

Soudain, Santus se mit à gémir. Monsieur Dyvino se pencha sur le maître missionnaire, puis il sourit au commandor.

— Il a pris contact, je crois. Un peu d'eau ?

— Oui, merci.

Sériac considérait le léger oscillement des d'épaules et, surtout, le tic nerveux qui faisait tressauter la paupière droite du maître.

« Storine a laissé son empreinte sur chacun de nous », songea-t-il en buvant à petites gorgées.

Ne sachant trop comment s'y prendre avec la belle et sauvage Selmina, il hésitait à entamer une conversation. Certes, il la trouvait à son goût. Lorsqu'il avait été recueilli par monsieur Dyvino et qu'il avait dû se rendre utile, Sériac l'avait déjà remarqué. Selmina et sa sœur étaient de célèbres artistes. Pourquoi et de quelle manière Dyvino avait-il été amené à les recruter pour participer à cette dangereuse mission de sauvetage ?

Sériac ne le saurait sans doute jamais et il sentait que ce mystère le hanterait jusqu'à la fin de ses jours.

« Je dois savoir ! » se dit-il en se tournant vers la jeune femme, toujours assise en tailleur sur une couchette basse dans la pénombre de la soute, ses longues jambes repliées sous elle.

Pourtant, au dernier moment, la peur de l'effrayer (il se faisait peut-être simplement des idées, à son âge !) le fit renoncer.

Santus bredouillait toujours des incantations, Dyvino guettait chacune de ses réactions. Le frémissement familier des blindages et le bourdonnement des consoles tissaient autour d'eux une sorte de toile apaisante dans laquelle, il devait se l'avouer, il se sentait bien.

Dans l'autre cabine, Somira prenait soin d'Éridess. Sériac était trop loin pour entendre autre chose que des murmures échangés, mais il se dit que le jeune Phobien était décidément plus débrouillard que lui avec les femmes.

Pour enfouir son malaise au fond de son cœur, il se remémora divers souvenirs. La fois où, dans la mer d'Illophène, il avait failli assassiner ce même Santus, encore adolescent. « Et qui s'appelait alors Son Altesse Impériale, le prince Thoranus ! » Son arrivée sur la planète Ectaïr, sa prise de contact avec les grands-parents adoptifs de Storine, leur mort tragique.

Oui, Sériac avait bien des regrets.

« Mais il ne faut pas. Je suis ce que la vie a fait de moi. Malgré toutes les apparences, je conserve le pouvoir de changer de route à chaque instant. »

Son regard croisa celui de Selmina. Elle esquissa un sourire dans la pénombre. Après une seconde d'hésitation, il lui rendit son sourire. Puis il retomba dans l'évocation de son passé aventureux. L'abordage de l'*Érauliane*, ce vaisseau aux voiles d'or à bord duquel Storine avait voyagé après la destruction de Phobianapolis. Dans une étrange serre géante, il lui avait fait don de son précieux sabre psychique. Aujourd'hui encore, il ignorait la véritable raison de son geste.

« Sto a dû se poser la même question ! »

Soudain, craignant de ne plus avoir l'occasion de revoir la jeune fille, il espéra ardemment lui reparler longuement en tête-à-tête. Pour tout lui expliquer. Mais quoi, au juste ?

Un nouveau regard échangé avec Selmina lui fit chaud au cœur.

« Est-il possible de s'approcher d'un être humain au point de se fondre en lui. Au point même de pouvoir tout lui dire, tout partager ? »

Il n'avait jamais songé sérieusement à l'amour. Des femmes, il en avait connues. De brèves, de très brèves rencontres.

« Celle que je connais le mieux, c'est encore Storine ! »

Il songea tout à coup que Storine et Solarion avaient partagé ce merveilleux sentiment. Et il fut soudain heureux d'avoir, à sa façon légèrement violente et maladroite, contribué un tant soit peu à ce rapprochement fabuleux.

— Commandor ?

Sériac crut reconnaître la voix de monsieur Dyvino, mais il se trompait. Levant les yeux, il se retrouva nez à nez avec Santus.

— Griffo a répondu, lui dit-il. J'ai ses coordonnées exactes.

— Bien, les interrompit le directeur du cirque Tellarus.

Le maître missionnaire les lui donna, puis il dévisagea son ancien adversaire. Repensait-il, lui aussi, aux maintes occasions où ils s'étaient affrontés ? Sans doute, car Santus déclara d'une voix lente, en posant une main sur l'épaule de l'ex-officier :

— Griffo nous attend.

Ces mots étaient lourds de signification. Ils ne donnaient pas seulement une direction à leur quête. Ils n'étaient pas uniquement une flamme d'espérance pour de malheureux fugitifs ballottés par les courants spatiaux. Ils représentaient également, Sériac en était persuadé, une sorte de pardon implicite.

En surprenant, une fois encore, le sourire discret mais bien réel de Selmina, le commandor songea que la vie était décidément pleine de surprises et de merveilleuses opportunités.

« Le véritable courage n'est pas de manier le sabre ou de prononcer les bonnes paroles aux moments opportuns, se dit-il, mais plutôt de savoir saisir les chances que la vie nous offre et d'en profiter pleinement. »

Alors que la planète Phobia se profilait, impressionnante, dans le cadre du petit hublot, le commandor sourit en lui-même. Son cœur commençait à s'ouvrir à cette vérité.

Il grinçait, il peinait, mais il s'ouvrait.

16

La plate-forme nuptiale

Solarion avait du mal à croire qu'il débarquait de l'Épernoor, sous les vivats de milliers de nobles en liesse, au bras d'Anastara. Le court voyage atmosphérique s'était déroulé dans un silence pesant. Les ministres impériaux, réunis dans le même grand salon illuminé que les deux fiancés, avaient dû se rendre compte que l'amour ne brillait ni dans leurs yeux ni dans leurs cœurs. Perdus dans des rêveries inaccessibles, c'est à peine s'ils s'étaient adressé la parole.

L'appareil, escorté par une unité complète de chasseurs appartenant à la phalange noire du grand chancelier, avait mis le cap sur Vérubia, la troisième lune en importance. Durant le vol, l'impératrice Chrissabelle, toujours allongée, n'avait fait aucun effort de rapprochement. Huit dames d'honneur s'affairaient autour d'elle comme une nuée de sauterelles ; pas une n'était venue mander Solarion au nom de sa grand-mère.

« Elle m'en veut toujours, se dit le prince. Elle me prend pour un lâche. »

Le constat était affligeant. Mais n'était-il pas responsable de son malheur ?

L'espace libre, dans la périphérie immédiate d'Ésotéria, était à la fois grandiose et plein de danger. Les sept satellites, tous exploités et habités, constituaient une particularité unique parmi toutes les sphères colonisées par l'homme dans l'Empire. Par contre, le réseau complexe de leurs zones d'attraction faisait de ce secteur un périmètre où les collisions entre grands cargos de l'espace étaient fréquentes.

Depuis des centaines d'années, les autorités impériales travaillaient à assainir la situation, régularisant et réglementant dans l'espoir d'endiguer le flot des incidents.

Solarion se tenait très droit dans son rutilant costume de futur marié : épaulettes scintillantes, longue veste blanche à queue recouverte d'arabesques de métal précieux en forme de symboles, qui rehaussaient le galbe de son torse et de ses bras. Gants de parade, casque militaire d'amiral des armées, chevelure étincelante enduite d'un gel minéral qui cristallisait ses mèches blondes sur son front. Il portait un pantalon assorti et des bottes surmontées de boucles en soie nouées selon une mode révolue datant de son aïeul, l'empereur Orginor.

« Avec mon long cimex de cérémonie à la hanche, j'ai vraiment l'air d'une potiche ridicule ! »

Le cimex, sorte de sabre à la lame recourbée, avait été porté lors de l'union sacrée des vingt-six derniers empereurs avec leur Élue.

« À lui seul, le fourreau de cette arme pèse dans les deux kilos et vaut plusieurs millions d'orex en pierres précieuses incrustées. »

Mais, à la vérité, aucun de ces détails n'intéressait le jeune prince. L'Épernoor nuptial contournait à présent la masse grise, ourlée d'or, de Konir, la plus grosse des lunes. Solarion contempla quelques instants, à travers la baie vitrée, le ventre du satellite hérissé de hauts massifs montagneux desquels étaient extraites chaque jour des tonnes de minerais semi-précieux. Il vit les sommets pointus s'allumer de taches roses et blanches, signe indubitable que le jour se levait sur Konir.

Au loin, par delà les sphères sombres des autres satellites naturels, chacun, dans la salle de réception, apercevait les feux conjugués des deux étoiles jumelles, Vinor et Vina, l'une rougeâtre et l'autre, plus petite, presque blanche.

À lui seul, le système d'Ésotéria était tout un univers – le berceau de la civilisation impériale. Au long des millénaires, après avoir conquis puis pacifié les différents États de la planète, les hommes s'étaient lancés à la conquête de chacun des sept satellites. Combien de guerres, combien de morts et de vains discours avait-il fallu pour réunir ces huit sphères sous l'autorité des empereurs issus de la lignée d'Érakos, le Grand Unificateur?

Solarion y pensait en cette heure si grave où, il le réalisait soudain, sa vie et son destin allaient se jouer.

« Dans quelques heures à peine, dès que nous aurons atteint la plate-forme de Daghloda… »

Il jeta un bref regard en direction d'Anastara qui discutait, âprement semblait-il, avec son père. Il sentit sur sa nuque – ou bien était-ce l'effet de son imagination ? – la brûlure du regard découragé de sa grand-mère.

« Patientez encore, Majesté ! » la suppliait-il mentalement.

Il n'était pas le prince éploré et humilié dont tout le monde se gaussait…

Un cri retentit soudain dans la foule des notables assemblés devant les larges baies vitrées. Qui venait ainsi de crier ?

— Là ! hurla de nouveau la voix.

C'était, à n'en pas douter, une exclamation de joie.

Comme l'appareil terminait sa révolution autour de la lune de Konir, mille poitrines laissèrent échapper un cri semblable, d'admiration et de stupéfaction.

Solarion vit le grand chancelier monter sur l'estrade centrale et annoncer au micro :

— Voici, mes amis, la plate-forme nuptiale de Daghloda !

À ces mots, des centaines de personnes se rapprochèrent des baies vitrées pour mieux appréhender ce miracle de la technologie moderne, cette splendeur de grâce, de lumière, d'harmonie et de noblesse.

De forme octogonale, la plate-forme portait bien son nom : une plaque de métal et de cristalium fondus ensemble par des milliers d'ouvriers et d'ingénieurs, d'une épaisseur moyenne d'une centaine de mètres. Le centre de cet immense complexe spatial d'environ trois kilomètres carrés s'incurvait en forme de cône évasé, ce qui conférait à sa silhouette originale et spacio-dynamique un cachet grandiose digne d'une cérémonie nuptiale.

Greffés à la surface de la plate-forme s'étageaient de nombreux complexes contenant des centres récréatifs de luxe, des villes de magasins ainsi que des hôtels destinés à recevoir, avec tous les honneurs, le gratin interspatial des nobles, ducs, rois, reines, prélats, présidents, ministres, artistes, militaires de carrière et richissimes hommes d'affaires des quatre coins de l'espace, invités spécialement pour être les témoins privilégiés des noces impériales.

Alors que tous avaient les yeux rivés sur l'impressionnante station, Solarion songea que c'était sans doute la première fois, dans l'histoire, qu'un tel événement rassemblait en un seul lieu tout ce que l'Empire comptait d'hommes et de femmes haut placés.

« Une méga bombe dans cet immense cornet de l'espace, et plus d'empire ! » se dit-il, sarcastique.

Védros Cyprian, d'ordinaire si méfiant, si calculateur, avait-il songé à cela ?

Le jeune prince lui décocha un regard sombre et dut se rendre à l'évidence : la victoire totale du grand chancelier sur le parti de l'impératrice lui avait tourné la tête. Cyprian voulait que tous assistent en direct au mariage impérial de sa fille ; autrement dit, que les populations soient les témoins de l'asservissement total du prince héritier.

« L'événement lui fait perdre toute prudence. »

Anastara savait-elle cela ?

« Ils ont enfin obtenu ce à quoi ils aspiraient depuis si longtemps. Rien d'autre n'a d'importance ! »

À cet instant, les exclamations redoublèrent d'intensité. Glissant à la surface uniforme de la plate-forme, l'appareil se faufilait à présent entre les immenses tours aux parois translucides. Au centre de l'octogone scintillait l'hémicycle nuptial, vaste esplanade à ciel ouvert, sur le pourtour de laquelle étaient élevées d'énormes statues sculptées en l'honneur des dieux.

« Ces monstres dorés me rappellent ceux autrefois fièrement dressés autour de Phobianapolis », se dit Solarion.

Vinor, Vina, Sakkéré, Érakos ainsi que d'autres dieux mineurs dans la cosmogonie impériale jetaient leurs ombres sur la plate-forme et sur les appareils en manœuvre d'approche dans le ciel. Au loin luisaient les feux embrumés, écarlates et dorés, des doubles étoiles en révolution l'une autour de l'autre depuis des milliards d'années.

« Les véritables dieux rient-ils de nous et de notre orgueil ? Ou bien nous surveillent-ils ? »

Solarion les imagina en train de prendre des paris ; misant tour à tour sur le grand chancelier, sur Anastara – sur lui-même ?

Car tout pouvait encore changer.

L'histoire n'était pas encore écrite.

Avant de quitter le palais, Solarion avait reçu un dernier message de Sanax Doum. La prophétie du grand lion blanc venait de s'accomplir. Griffo avait été vu, en rêve, au même moment, par des milliards de gens à travers l'Empire. Ce rêve collectif ne pouvait avoir été inspiré que par les dieux. Selon l'interprétation qu'en donnait Sanax, c'était un signe.

« Il va se passer quelque chose, mais quoi ? »

Annoncé dans les écrits du *Sakem* ainsi que dans les célèbres prophéties d'Étyss Nostruss, l'effrayant Fléau de Vinor était entouré de mystère. Il était dit qu'il viendrait remettre en cause l'autorité de l'homme sur l'espace. Mais qu'est-ce que cela signifiait, exactement ?

Quelle forme cette menace qui devait, selon les prophéties, « faire trembler les étoiles et l'espace lui-même » prendrait-elle ?

« Storine sera la seule à pouvoir agir. »

Cette dernière affirmation rasséréna le prince. Malgré son angoisse, il sourit. Rien n'était jamais joué avant que ne survienne la dernière seconde. Cet adage lui tenait lieu d'espoir. En chaque circonstance, un seul homme pouvait faire la différence...

— Eh bien, tu rêves ?

Anastara se tenait devant lui, aussi resplendissante que la déesse elle-même. Mécaniquement, il lui tendit son bras. Sa cousine le prit tout aussi brusquement, en soupirant de désespoir.

Lorsqu'ils franchirent ensemble l'arceau de cristalium qui donnait accès à l'immense hémicycle à ciel ouvert dans lequel devait se tenir la cérémonie nuptiale, Solarion réalisa que remonter ainsi l'allée centrale conduisant au pied du tertre argenté, où les attendait le grand maître missionnaire, était en soi la réalisation d'un rêve.

Ce qui le mettait mal à l'aise était par contre son intime conviction de tenir la mauvaise fille par le bras

« Storine ! » s'écria-t-il silencieusement en refoulant les larmes qui lui montaient aux yeux.

Vingt-deux statues mesurant plus d'une centaine de mètres s'élevaient sur le pourtour de l'hémicycle nuptial. Vêtues de robes ou de toges plissées sculptées dans le plus pur cristalium, les dieux avaient les yeux fixés sur les hommes. Dominant les foules rassemblées, penchées sur le tertre central et la vaste conque d'albâtre en apesanteur à sa verticale, se tenaient les représentations de Vinor et de Vina.

Leurs expressions sérieuses et sentencieuses étaient un avertissement à tous : cette cérémonie sacrée, autorisée par les dieux et conduite par le vénérable Sigma For-Doz, le grand maître missionnaire, allait sceller le destin des deux Élus. Cela fait, rien ni personne n'aurait plus l'autorité pour défaire ce qui avait été scellé.

Conscients de la solennité de ce moment aux portées incalculables sur la vie des milliards d'individus composant les populations de l'Empire, les quelque trente mille notables présents conservaient un silence respectueux.

Au-dessus de leur tête, par delà les ombres projetées par les dieux, resplendissait la toile vide et nue de l'espace. Le « toit » de l'hémicycle nuptial, fait d'un champ de forces invisible, donnait vraiment l'impression à chacun de se trouver en plein espace sidéral. Cette ultime innovation technologique était le summum du luxe et du pouvoir. Croyant toucher les étoiles, les hommes atteignaient des sommets d'arrogance. En osant travestir les dieux et leur prêter des sentiments humains, ils commettaient l'irréparable.

« *Quand les hommes deviendront des dieux,* avait écrit, des siècles auparavant, le prophète Étyss Nostruss, *assassinés et oubliés, les véritables seigneurs du ciel réapparaîtront pour se venger.* »

Debout aux côtés d'Anastara sur la plaque volante en cristalium, Solarion se remémorait ces vers prophétiques, appris bien des années plus tôt, alors qu'il était encore enfant.

La plaque, suivie par celle transportant l'impératrice, fit le tour de l'hémicycle à

299

plusieurs reprises, afin que tous puissent saluer, une dernière fois avant l'onction suprême, les futurs souverains légitimes de l'Empire.

Sans doute pour que ce mariage forcé ne ressemble pas trop à un coup d'État déguisé, le grand chancelier s'était abstenu de paraître aux côtés des fiancés. Pourtant, entouré par un parterre de ministres et de prélats sur la plus haute des estrades faisant face à la conque nuptiale, Védros Cyprian assistait, le cœur battant, à la phase finale de son grand projet.

Enfin, la plaque de cristalium transportant les deux Élus atterrit sur la conque devant le grand maître missionnaire vêtu de son plus bel habit d'apparat.

Le vieil homme semblait peiner sous ses kilos de tissus pourpres, dorés et rubis. La lourde tiare de cristal qu'il portait sur la tête tassait son visage malingre dans ses épaules. Conscient de la présence des centaines de caméras holographiques en orbite autour de la conque, il se forçait à offrir ce sourire charismatique qui avait su toucher, par son charme et sa simplicité, le cœur de milliards de gens à travers l'espace.

Aujourd'hui était aussi le jour de sa consécration totale. Dans sa négociation avec

Cyprian, il avait obtenu en échange de ses services nombre d'avantages personnels, mais aussi un élargissement appréciable des pouvoirs du Haut Collège des maîtres missionnaires. La cérémonie achevée, les maîtres rebelles ayant fait partie de la cellule de Vina seraient discrètement exécutés, ce qui renforcerait son prestige et son autorité auprès des autres maîtres.

Oui, il avait toutes les raisons du monde de célébrer ce mariage. On avait besoin, pour la forme, de l'approbation de l'impératrice Chrissabelle. Mais Sigma For-Doz savait pertinemment que cette union sonnait le glas du règne de la vieille dame. Dans quelques semaines, il conduirait le sacre de Solarion et d'Anastara, à présent empereur et impératrice de l'Empire. Une ère nouvelle s'ouvrirait, qui verrait le triomphe d'une société basée sur la performance industrielle et sur la capitalisation.

«Il est temps de planter des graines fraîches», se dit-il en ouvrant ses bras devant Solarion et Anastara qui se présentaient à lui, tête baissée, comme le voulait le protocole.

Au moment de prendre leurs mains dans les siennes, alors même que chaque homme et chaque femme, dans l'Empire, assistaient en direct à l'événement, une douleur cuisante le frappa au cœur.

Atteint au plus profond de son être, il fit une grimace qui déforma le bas de son visage. Ses grosses mains baguées se mirent à trembler. Anastara s'en aperçut et releva la tête. Le teint du maître avait viré au gris.

Debout dans une longue robe blanche de coupe volontairement simple, l'impératrice Chrissabelle fronça ses beaux sourcils. L'épreuve lui pesait. Pour de nombreuses raisons, ce mariage était la négation de toute sa vie. À l'instant où le grand maître était victime d'un malaise cardiaque, des images merveilleuses lui revinrent à la mémoire.

Montée sur Griffo, elle chevauchait à travers l'espace. Chrissabelle sentait les muscles du fauve se nouer sous ses cuisses, la chaleur de sa crinière dans ses mains. Son odeur épicée l'enveloppait tel un filtre et la protégeait du vide de l'espace. Griffo rugissait ; elle-même hurlait de joie.

« Mon rêve… », se dit-elle, perplexe, tandis qu'à deux pas, Sigma For-Doz lâchait les mains des deux Élus et les crispaient sur sa poitrine.

Au même instant, le maître missionnaire revivait son propre cauchemar : le lion blanc de Storine Fendor d'Ectaïr le dominait de sa masse et le dévisageait sévèrement. Ses yeux rouges lui transperçaient le cœur. Puis, il rugissait. Projeté à dix pas, le vieil homme se sentait mourir.

Et, à présent, il mourrait vraiment. Son cœur battait de façon désordonnée dans tout son corps et menaçait de bondir hors de sa poitrine. Les nerfs et les muscles de son cerveau se tendaient, se nouaient, s'étiraient à se rompre. Le sang giclait dans sa cervelle, inondant le cervelet, s'écoulant de ses oreilles, de son nez, des commissures de ses lèvres.

Chacun put voir le vénérable maître trembler de tous ses membres devant le couple impérial. Sa tiare de cristal glissa de son crâne et se brisa sur le sol. Sa bouche se tordit, il poussa un hurlement rauque qui se répercuta, par les micros et les caméras, aux quatre coins de l'Empire.

Puis, terrassé par une fulgurante congestion cérébrale, il s'écroula, mort, avant même d'avoir touché le sol de nacre.

Quelques secondes de flottement suivirent, pendant lesquelles chacun retint son souffle.

— Que se passe-t-il ? s'exclama la grande duchesse en serrant plus fort le bras de Solarion.

— Le sol, lui répondit celui-ci, les traits figés par une indicible angoisse.

Le plancher de l'hémicycle s'était mis à trembler. Tout autour, les statues des dieux oscillaient également sur leurs socles.

— Un tremblement de terre, ajouta Solarion.

Il se retourna et vit sa grand-mère qui enjambait le cadavre du grand-prêtre.

— Solarion! s'écria-t-elle.

Devant l'air effrayé de l'impératrice, le prince lâcha Anastara et ouvrit ses bras à la vieille dame qui enfouit son visage contre son cou.

— Regardez!

Les assistants de Sigma For-Doz étaient comme statufiés. Les dieux gémissaient. Leur socle de cristalium se fendillait.

— Mais que se passe-t-il? hurla un des maîtres assistants.

D'un même mouvement, tous les regards se portèrent sur un point de l'espace d'où émanait une aveuglante lumière. Solarion identifia ce point: «Au large de l'orbite de Goïa, le plus éloigné des sept satellites, à proximité de...»

— Les dieux! s'écrièrent des milliers de voix épouvantées.

Déstabilisées par les secousses de plus en plus puissantes, les statues géantes glissaient sur leurs socles. Trois d'entre elles basculèrent et s'écrasèrent dans un fracas d'enfer sur les notables rassemblés.

Au large de Goïa venait de s'ouvrir une brèche, comme un immense œil de chat dans la chair fragile de l'espace. Une sorte de tourbillon luminescent dont le centre était aussi brillant que le cœur d'une étoile. Au-delà, les soleils Vinor et Vina dessinaient d'étranges sillons de feu.

— C'est la fin du monde ! bredouilla un des maîtres missionnaires, agenouillé sur le cadavre de son doyen.

— Les deux étoiles dansent dans le ciel, balbutia un autre en tombant à genoux.

Un officiant échevelé perdit l'équilibre et tomba dans le vide. Retenant sa grand-mère contre lui, Solarion attrapa solidement Anastara par l'épaule. La conque d'albâtre perdait de son assiette et tanguait dangereusement vers l'avant.

— Les prophéties s'accomplissent, nous sommes perdus ! hurla un troisième maître missionnaire en arrachant son masque de lin noir.

Une à une, les statues s'abattirent sur la foule, soulevant des cris d'effroi et de douleur. De vastes crevasses s'ouvrirent dans le sol de l'hémicycle, dans lesquelles tombèrent des grappes d'hommes et de femmes pris de panique.

— Mon père! s'écria Anastara en essayant d'échapper à la poigne du prince.

Chrissabelle serra la main de son petit-fils. Son visage ne reflétait ni angoisse ni peine. Malgré ce qui ressemblait effectivement à une fin du monde, elle souriait.

— C'est un trou noir, balbutia le jeune homme.

— Non, Solarion, répliqua la souveraine, c'est le Fléau de Vinor…

17

Le Fléau de Vinor

Solarion fit mentalement le point sur la situation, dégagea une des deux plaques volantes de cristalium, puis y poussa sa grand-mère et Anastara. Posées sur un pied de nacre ancré au centre de la plaque, les commandes holographiques étaient encore sous tension.

Il fallait agir, et vite !

— Mon père ! répéta la grande duchesse en tendant une main en direction de la plus haute estrade, celle destinée aux importants notables de l'Empire.

Solarion suivit son regard et comprit qu'il était déjà trop tard. L'élément, suspendu dans les airs vis-à-vis de la conque nuptiale à environ une vingtaine de mètres, tremblait sur son socle. Penchant d'une trentaine de degrés sur le côté gauche, une demi-douzaine de personnes, accrochées à leur siège, étaient en équilibre précaire. Solarion eut beau plisser les yeux, il ne parvint pas à repérer le père d'Anastara. Menaçant de céder, les montants d'acier de l'estrade grinçaient ; quatre hommes furent précipités dans le vide par une nouvelle secousse.

— Tiens-la ! demanda Solarion à sa grand-mère en parlant de sa cousine.

Ignorant les modules des caméras holographiques qui tourbillonnaient autour d'eux comme des oiseaux de malheur, il manœuvra sa plaque volante de manière à la dégager des corps et des débris qui entravaient ses mouvements.

Plongeant dans le vide, il évita de justesse la statue de Sakkéré qui s'écrasait sur la conque nuptiale. Se tenant l'une l'autre de toutes leurs forces, l'impératrice et Anastara eurent un moment la tête à l'envers, lorsque Solarion, pilotant la plaque comme jadis les surfs mentaux du collège de Hauzarex, fit une boucle sur le dos pour éviter de percuter une sonde holographique.

Les traits tendus, incapables de parler, Solarion, Anastara et l'impératrice assistèrent, impuissants, à la mort tragique de centaines de personnes, écrasées par les statues ou s'enfonçant dans les fissures créées, soit par la pression exercée au-dehors par ce que sa grand-mère appelait « le Fléau de Vinor », soit – Solarion hésitait encore – par le bris des moteurs de la plate-forme sous l'impact de débris stellaires en provenance de ce trou qui déchirait l'espace.

Sortir de l'hémicycle. Solarion ne pensait qu'à ça. Malheureusement, d'autres rescapés avaient eu la même idée que lui ; une trentaine de plaques volantes ou d'engins à propulsion magnétique tentaient de se frayer un passage vers les étroits tunnels de jonction qui donnaient accès à d'autres grandes salles de la plate-forme.

Après plusieurs tentatives infructueuses pour s'y glisser à son tour, Solarion percuta un aéro-scouteur sur lequel s'accrochaient trois prélats venus de lointaines planètes. Puis, faisant racler le bord de sa plaque contre la paroi incurvée de la partie supérieure de l'hémicycle, composée de vitre haute sécurité, il parvint à se glisser dans un étroit goulot aux moulures peintes en rouge.

Durant la traversée, tout, autour d'eux, se teinta de cette couleur. Chrissabelle en éprouva de violents vertiges ; Solarion eut un haut-le-cœur en songeant que ces flots de rouge ressemblaient cruellement au sang qui coulait en ce moment même dans l'hémicycle. Toute décoiffée et le souffle court, Anastara vomit sans retenue sur sa belle robe de mariée.

Soudain, alors que les cris et les hurlements commençaient à s'estomper, ils ressortirent de l'autre côté du goulot et débouchèrent dans la salle aux murs de cristal où devait se tenir, après la cérémonie, le banquet nuptial. Les mains crispées sur les commandes, Solarion eut du mal à lâcher sa prise. La plaque trembla sur elle-même, partit en vrille, puis se posa en catastrophe dans un affreux tohu-bohu de tables écrasées, de couverts et d'ustensiles en argent éparpillés aux quatre coins de la salle.

Au moment de l'impact, Solarion avait repensé à la fois où, avec Storine, au collège, ils avaient été éliminés de la course de surf. Il revit le sol à l'envers, la tache sombre du lac dans lequel leur planche avait plongé à toute vitesse, puis le fantastique fou rire qui avait suivi.

Mais dans cette salle d'apparat où pénétraient d'autres engins échappés de l'hémicycle, il n'y avait pas matière à rire. Le seul réconfort, pour Solarion, était de ne pas voir, par les plafonds opaques, la fissure aveuglante qui blessait l'espace.

Se penchant sur sa grand-mère qui tenait toujours la grande duchesse par le bras, il s'enquit :

— Rien de cassé ?

— Ta science du pilotage laisse à désirer, lui répondit la souveraine en redonnant un peu de dignité à sa chevelure en bataille.

Saisi par ce trait d'humour inattendu, il la dévisagea. Solarion comprit avec plaisir que toute acrimonie, entre eux, venait brusquement de disparaître. Cette mésaventure mettait un terme à une cérémonie qui leur répugnait, et, encore tout déstabilisés, ils ne savaient pas encore s'ils devaient se désespérer ou bien se réjouir.

— Anastara ? interrogea le prince en soulevant sa cousine dans ses bras.

Un filet de bave coulait des lèvres ensanglantées de la grande duchesse. S'était-elle cogné le visage durant leur fuite en plein ciel ? Rien de grave, conclut-il. Rassuré de savoir les deux femmes indemnes, Solarion montra du doigt la grande porte vitrée.

— Gagnons la capitainerie !

À moitié assommée par le choc, Anastara leur emboîta le pas comme un automate. En se retournant, le jeune homme détruisit d'un coup de coude la mini sphère holographique de télécommunication qui les avait pris en chasse durant leur traversée du goulot.

— Comment aider tous ces pauvres gens ? déplora l'impératrice en peinant à suivre son petit-fils dans les longs corridors.

Trop concentré pour lui répondre, Solarion cherchait, sur un des murs, un plan du complexe de Daghloda. De temps en temps, il croisait des petits groupes de gens qui fuyaient sans trop savoir ni où ni comment. Arrivés sur une passerelle percée de nombreux hublots, ils reprirent leur souffle.

Anastara se retournait sans cesse.

« Pense-t-elle voir surgir son père ? se demanda Solarion. Croit-elle qu'il pourrait tout arranger en claquant des doigts ? »

Solarion repéra enfin une carte holographique. De l'index – car il était trop énervé pour faire confiance à ses seuls yeux –, il suivit le tracé luminescent conduisant au module central de la plate-forme ; sorte de tour de contrôle dans laquelle étaient rassemblés les ordinateurs et les hauts fonctionnaires de Daghloda.

— Le niveau trente-six, complexe douze b Delta ! déclara Solarion comme si atteindre ces sommets relevait d'une nouvelle aventure.

Ni Anastara ni sa grand-mère ne lui répondaient. Se retournant, il les découvrit, les traits inexpressifs, le visage collé sur les larges hublots.

— Par les cornes du Grand Centaure ! jura-t-il sans trouver aucune autre formule susceptible de mieux traduire l'horreur qui s'engouffrait dans ses veines.

— Goïa.

D'autres rescapés avaient cessé eux aussi de courir pour contempler le spectacle grandiose...

« Comment rester indifférent devant un pareil événement ? » se demanda Solarion en observant, muet de terreur, le basculement de la lune de Goïa sur son axe.

Le satellite, dont la rondeur était déformée par les énormes forces gravitationnelles en provenance du Fléau de Vinor, glissait irrémédiablement vers la menace cosmique.

Les yeux vidés de leur expression, tous assistèrent à la dérive de la grosse lune. Aspirée par des tourbillons jaunes et mauves, son ombre roulant dans l'espace sidéral, le satellite gémissait et semblait sur le point de se fendre en deux. Croyant que la lune pouvait bel et bien se renverser sur la plate-forme, ils fermèrent les yeux. L'ombre gigantesque leur coupa totalement la lumière des doubles étoiles, puis l'astre passa au-dessus de leur tête dans un grondement épouvantable.

Solarion vit parfaitement la myriade d'appareils civils et militaires qui tentaient de fuir l'attraction de l'œil. Cette image se superposait à celle du naufrage du *Mirlira II* dans la mer d'Illophène. Le jeune prince crut entendre les cris poussés par ces milliers de réfugiés abrités dans des bâtiments qui se télescopaient les uns les autres.

Le cœur battant, sachant qu'il lui fallait absolument agir pour ne pas perdre le contrôle de ses nerfs, Solarion tira les deux femmes par le bras et les arracha aux hublots.

— Allons ! ordonna-t-il tandis que d'autres rescapés hurlaient de terreur ou bien restaient muets de désespoir, prêts à mourir sur place tant le choc était étourdissant.

— Des millions de gens…, bredouilla l'impératrice en se laissant entraîner par la poigne ferme de son petit-fils.

Ils croisèrent d'autres réfugiés qui bloquaient les voies d'accès. Un moment, tandis que grondait la colère et montait l'affolement, Solarion s'empara d'un sabre électrique et fit le vide autour d'eux afin de franchir les sas qui se refermaient derrière eux les uns après les autres.

Que se passait-il dans les autres sections de la plate-forme ? Solarion, qui se rappelait ce qu'il avait appris lors de sa formation militaire, devinait que la capitainerie de Daghloda déclenchait les mesures d'urgence : fermeture des sas, renforcement des champs magnétiques de protection, envoi de troupes pour calmer la panique et d'équipes sanitaires et médicales pour donner les premiers secours.

Qui, dans ce que l'on pouvait nommer une calamité, se préoccupait du sort de la famille impériale ?

Au détour d'un corridor, alors que Solarion faisait face à un rempart de notables qui, tous, voulaient passer de l'autre côté d'un sas vitrifié, surgirent d'autres rescapés. Anastara vit leurs visages et leurs vêtements tachés de sang, et vomit de nouveau. Puis elle hurla quand un homme tenta de la tirer en arrière par les cheveux. Solarion abattit le plat de son sabre sur le dos d'homme qui essayait de repousser sa grand-mère.

— Arrière ! Arrière ! s'écria-t-il en jouant du poignet pour s'ouvrir un passage jusqu'à la porte derrière laquelle se tenait une haie de gardes.

Au motif cousu sur leur poitrine, Solarion devina qu'il s'agissait de la troupe affectée à la sécurité de la plate-forme.

— Ouvrez ! ordonna-t-il.

Comme les soldats, sans doute tétanisés par le spectacle effrayant de la lune sombrant dans la brèche géante, ne semblaient pas réagir, le jeune homme tambourina le battant vitré.

— Je suis le prince Solarion et voici l'impératrice ! Ouvrez, c'est un ordre !

Mais une vingtaine de rescapés, tous nobles, princes, ducs ou hauts dirigeants, rendus méconnaissables par le masque de la terreur, hurlaient et tambourinaient, eux aussi !

L'un d'eux, sans doute pour se hisser à la hauteur du visage des gardes, voulut grimper sur les épaules d'Anastara. Les doigts écrasés par les pieds de l'homme, la grande duchesse geignit, se recroquevilla et se couvrit la tête de ses bras. On entendit le déchirement sec du tissu de sa robe.

— Cessez immédiatement ! intervint l'impératrice.

L'homme portait le turban écarlate des seigneurs de la planète Vénédrah, et semblait avoir perdu tout contrôle de lui-même. À considérer le blanc terreux de ses yeux et l'expression de son visage, il était encore sous l'emprise de la terreur ressentie lorsque la lune de Goïa avait roulé sur son flanc avant d'être avalée par l'œil de lumière.

Refermant ses mains sur le col de la tunique de l'homme, Solarion arracha littéralement le Vénédrien de la paroi vitrée et le jeta sur deux de ses compagnons tout aussi hébétés.

Un cliquetis métallique suivi par quelques ordres brefs et la luminescence familière des sabres électriques envahit soudain le corridor. Un rempart d'épaules sombres repoussa les rescapés contre les parois incurvées. Enfin, un casque frappé de l'emblème des gardes de Sa Majesté se dressa au-dessus du prince, toujours arc-bouté contre le battant de verre blindé.

— Votre Altesse !

Blême, échevelé, brûlant de sueur, Solarion accueillit l'arrivée du détachement armé avec soulagement. Peu après, le lieutenant du corps de garde fit ouvrir le panneau.

— Laissez passer Sa Majesté ! s'écria-t-il en cédant le passage à l'impératrice.

Le décompte des morts et des disparus prit plus de trente-six heures.

— Monseigneur !

Le lieutenant Morens avait l'allure martiale de ces jeunes gradés fraîchement sortis de l'école militaire. Le teint basané, le front haut et les yeux gris légèrement enfoncés dans les orbites dénotaient l'homme pur et droit, fidèle à ses serments d'allégeance. Solarion appréciait son bon sens et son exactitude. Il lui était aussi reconnaissant de les avoir tirés du long corridor bondé de rescapés !

— Les voyants s'allument…

Ils s'allumaient, oui, mais cela signifiait-il que les générateurs d'oxygène avaient bel et bien été réparés ?

En poste dans la capitainerie, Solarion avait pris le commandement des opérations. L'officier Krébor, nommé par le grand chancelier, était un haut fonctionnaire bedonnant qui n'était arrivé sur Daghloda que la veille du drame. Devant le raz-de-marée soulevé par l'apparition, au large de la porte de Napta, de cet œil de lumière aveuglante qui estompait même les halos mordorés des disques solaires de Vinor et de Vina, il avait été très heureux d'abandonner toute responsabilité aux mains du prince impérial.

Solarion sourit au lieutenant.

— Votre équipe a fait du bon travail !

Morens gardait les yeux fixés sur les voyants qui peinaient à rester allumés. En arrivant dans la grande salle de contrôle, lui et ses hommes avaient dû se battre contre ceux de Krébor qui, barricadés à l'intérieur comme dans un blockhaus, refusaient obstinément de leur ouvrir les portes. Depuis, Solarion avait destitué l'officier, et celui-ci s'était de lui-même confiné dans un petit bureau dont l'unique baie vitrée donnait droit sur ce que tous, dans la capitainerie, appelaient avec une sourde frayeur dans la voix « le Fléau de Vinor ».

La vaste salle était plongée dans une semi-pénombre obtenue à grand-peine grâce aux panneaux de protection déployés manuellement sur les baies par une douzaine d'hommes dont la moitié, victimes de leur courage, implacablement emportés par la force de gravité provenant de l'œil, avaient péri.

Les premiers rapports avaient été affligeants. Près des deux tiers des notables invités au mariage impérial avaient succombé lors de l'écrasement des statues. Parmi les survivants, soit près de dix mille personnes, une bonne moitié était soignée, souvent à même les corridors de la plate-forme, par le personnel médical affecté sur Daghloda. Les autres erraient dans les centaines de kilomètres de galeries et de couloirs, dans les centres commerciaux, les hôtels de luxe et autres amphithéâtres du complexe.

De la capitainerie, Solarion avait pris la parole afin de tenter de calmer les esprits échauffés et pour leur montrer que, malgré les circonstances, la station de l'espace était toujours fonctionnelle.

« Et qu'il est donc inutile, se dit le prince, de paniquer, de se ruer dans les hangars, de voler des nacelles d'éjection ou de poser des actes supposément héroïques qui ne feraient que précipiter notre perte ! »

Après trente-six heures, personne dans la station ne savait pourquoi – ni comment – la plate-forme Daghloda se maintenait en équilibre dans un secteur de l'espace pourtant secoué par des forces de gravité encore inexistantes quelques jours auparavant.

— Ah ! s'exclama Solarion en voyant arriver deux silhouettes familières.

Tout heureux de revoir ses amis, il s'excusa auprès du lieutenant et marcha à la rencontre des deux Aurolliens.

— Lâane ! Florus !

Le prince serra le jeune homme au teint et aux cheveux indigo dans ses bras, et hésita une fraction de seconde devant le ventre arrondi de la jeune femme, avant de lui poser une bise sur la joue.

C'était tout un morceau de sa jeunesse qui faisait irruption dans la triste timonerie ! Le naufrage du *Mirlira II,* le collège de Hauzarex et, plus récemment, la salle de tribunal du palais impérial.

— Alors ? s'enquit le prince, le regard interrogateur.

Lâane, enceinte de près de huit mois d'une petite fille qu'ils voulaient appeler Eldride, posa une main brûlante sur celle du prince. De son côté, Florus dodelina de la tête comme le faisait d'ordinaire Griffo.

— La plate-forme ne devrait pas tenir le coup, Solarion, déclara le scientifique aurollien.

— Je le sais bien ! s'écria le jeune homme en faisant les cent pas.

Il n'avait pas dormi depuis près de trente heures et n'avait presque pas mangé. Il s'était débarrassé de son rutilant costume d'apparat et avait emprunté une chemise et un uniforme de soldat, pour être plus à son aise. Cela avait beaucoup plu aux hommes de Morens grâce auxquels il avait pu s'emparer de la capitainerie. Incapable de se reposer, Anastara avait disparu en compagnie d'une de ses servantes, miraculeusement retrouvée au milieu d'un groupe de réfugiés.

— L'appareil que nous avons mis au point, poursuivit Lâane, enregistre l'émission d'une énergie à très haute fréquence…

— Cette énergie ne provient ni des générateurs de la plate-forme, ni d'une station éloignée comme cela aurait été possible, ni de l'œil lui-même.

Dépassé par ce mystère, Solarion se prit la tête entre les mains. Il avait du mal à garder les yeux ouverts. Pourtant, refusant obstinément d'aller prendre du repos, il allait d'une console à un moniteur, demandait aux techniciens rapport sur rapport, puis, interminablement, il compilait le tout avec le lieutenant Morens.

— Considérant les derniers événements, reprit Florus en s'épongeant le front d'un revers de manche, cette plate-forme aurait déjà dû se disloquer et sombrer dans l'œil depuis plus de vingt-sept heures trente-six minutes.

Florus restait fidèle à lui-même : précis dans le drame comme dans le quotidien. Solarion lui sourit. Storine aurait été heureuse de les revoir…

Lâane, qui avait du mal à marcher normalement, se tint le ventre à deux mains, puis déclara d'une voix douce :

— Une volonté plus grande que la nôtre tient apparemment à ce que nous restions en vie.

— Pour le moment, en tout cas ! termina son fiancé – ou son mari, car, Solarion y pensait soudain, ils s'étaient mariés dernièrement sur la planète Aurollane.

La jeune femme se toucha le front avec le doigt. Les idées embrouillées, clignant des paupières, le prince considéra les idéogrammes peints à l'encre dorée. Il croyait se souvenir que la religion de Vinor, telle que pratiquée sur Aurollanne, prescrivait à ses fidèles de se grimer le front de formules prophétiques qu'ils devaient effacer puis écrire de nouveau à intervalles réguliers.

— Vina, lui expliqua Lâane. Je l'ai vue en transe, la veille de tes fiançailles avec

Anastara. La déesse m'a promis qu'elle nous protégerait… durant un temps.

Solarion se mit à trembler. L'épuisement, sans doute. Que disait Lâane ? Heureusement, Morens, qui se tenait à leurs côtés, gardait les idées claires. Le lieutenant et les deux Aurolliens échangèrent un regard lourd de signification.

L'instant d'après, Solarion se redressa dans ce qui ressemblait à des oreillers. Clignant des yeux, il fut tout étonné de se retrouver allongé sur une civière. Lâane était assise à ses côtés.

— Chut ! Ne dis rien. Tu t'es évanoui.

Comprenant que ses amis l'avaient transporté dans une pièce attenante à la timonerie, le prince impérial but l'eau que lui tendait Lâane.

Dans son esprit se bousculaient les derniers événements. Dès son arrivée dans la capitainerie, Anastara, encore sous le choc, avait été conduite à l'infirmerie où Chrissabelle l'avait veillée durant des heures. Ensuite, l'impératrice s'était portée volontaire pour visiter la plate-forme et aller réconforter les blessés. Solarion avait été surpris par l'étonnante énergie dont elle faisait preuve, comme si les drames qui ne cessaient de pleuvoir sur l'Empire l'obligeaient à se sortir d'un profond désespoir.

«La force de la déesse coule dans ses veines», se dit le prince en se relevant.

— Je vais bien! assura-t-il lorsque, éprouvant un violent étourdissement, il s'appuya contre l'épaule de Lâane.

Le bilan de la situation était des plus pessimistes. Goïa, le septième satellite, avait été avalé par l'œil. Mais depuis les dernières heures, Crinos et Verbotan elles-mêmes, qui étaient les plus massives des sept lunes d'Ésotéria, avaient à leur tour disparu!

La presse interspatiale, à laquelle Solarion avait déjà fait plusieurs déclarations, rapportait que de semblables yeux – sept en tout – avaient de même déchiré la toile de l'espace au large de sept autres systèmes stellaires de l'Empire, semant sur leur passage de tout aussi effroyables dégâts en lunes, stations atmosphériques, bâtiments et vaisseaux de l'espace, bien sûr, mais aussi en planètes!

En ressortant de la petite pièce de conférence dans laquelle il s'était reposé quelques minutes, Solarion aperçut les quatre maîtres missionnaires et les trois généraux qui insistaient pour le voir. Un instant, le prince se prit à imaginer l'amiral Thessala qui l'avait ignominieusement trahi. Mais ce renégat ne figurait pas au nombre des hauts gradés.

Morens les introduisit auprès du prince, tandis que celui-ci s'asseyait sur un des bancs de commandement.

Que lui disaient-ils ?

De quoi se plaignaient-ils ?

Les membres de leur congrégation manquaient d'eau, de vivres et de couvertures. Certains secteurs de la plate-forme n'étaient plus alimentés en chauffage ni en oxygène, et des militaires interdisaient aux maîtres et à leur domesticité l'accès aux luxueux hôtels.

Il les renvoya d'un geste de la main.

— Altesse ! commença un général – celui, Solarion crut le comprendre, de la première armée impériale stationnée en tout temps au large d'Ésotéria.

Le prince espérait des nouvelles. Il fut exaucé.

Il apprit ainsi que les autres satellites en orbite autour de la planète mère étaient, en ce moment même, évacués par l'armée.

— Mais les appareils manquent, la panique désorganise les troupes.

Solarion imagina durant quelques instants le déplacement forcé et général de millions de personnes devant quitter leur maison ; des gens levant les yeux vers le ciel et voyant, entre deux nuages, l'énorme œil flamboyant qui devait illuminer le ciel.

Le prince savait que ce phénomène ne pouvait pas se voir à partir du sol. Les énormes forces d'attraction qui aspiraient les atmosphères des lunes créaient de terrifiantes tempêtes, des raz-de-marée et de violents tremblements de terre. Le prince savait qu'en ce moment même où sa tête était sur le point d'éclater, des milliards de gens mouraient ; des milliards de gens voyaient leurs proches mourir. Des lunes se craquelaient sur des milliers de kilomètres ; des cités entières étaient avalées par d'énormes crevasses ; des immeubles sombraient, pulvérisés par des vents de tempêtes d'une force incroyable.

Oui, il voyait ces images. Les généraux parlaient d'organisation des secours et des transports de troupes, mais ce qu'il comprenait, lui, c'est que toute la technologie moderne, la totalité du savoir accumulé par l'humanité depuis deux mille ans étaient impuissants devant ces espèces de trous noirs qui dévastaient des systèmes stellaires entiers.

Lorsqu'ils se turent, Solarion savait que, quoi qu'il fasse, les sept Fléaux de Vinor allaient attirer à eux, détruire et gober d'autres vaisseaux de l'espace, d'autres lunes, d'autres vies innocentes.

« Innocents ? Le sommes-nous vraiment ? » se demanda-t-il en se forçant à garder la tête froide et les idées claires.

Une parole, soudain, retint son attention.

— Qui a dit ça ? demanda-t-il en dévisageant chacun des généraux.

Le lieutenant Morens avança d'un pas.

— Les portes interdimensionnelles, répéta le lieutenant. Si nous notons l'emplacement exact de chacun de ces « yeux », il est facile de constater qu'ils occupent l'espace où se trouvaient les stations commandant l'ouverture des portails de l'espace…

Comme frappé par la foudre, Solarion se leva d'un bond.

— Mais bien sûr ! déclara-t-il, tandis que les généraux et les techniciens le dévisageaient bêtement.

« Les autoroutes de l'espace… »

Depuis des années, les groupes environnementaux se battaient pour mettre les autorités en garde. Ces portes, qui permettaient aux navires de l'espace de franchir des dizaines d'années-lumière en quelques minutes, affaiblissaient la structure même de ce que les spatio-ingénieurs appelaient « la toile-mère » de l'espace.

« Seulement, il est trop tard, maintenant, pour se plaindre… »

À cet instant, Anastara pénétra dans la timonerie. Malgré la pénombre, Solarion vit qu'elle soutenait un homme. Un des soldats de Morens vint saluer le prince :

— Altesse, la grande duchesse a retrouvé son père !

Solarion cilla car, honnêtement, il avait cru s'être débarrassé du grand chancelier.

Mais peu importait que le grand chancelier fût vivant ou pas. Dans l'esprit de Solarion, une évidence se faisait jour. Ces yeux de l'espace, qu'ils soient ou non la conséquence d'une erreur humaine, n'en étaient pas moins ce terrifiant « Fléau de Vinor » annoncé depuis des milliers d'années par les saintes écritures.

Il prit une grande inspiration, puis, levant les bras pour obtenir le silence, il déclara d'un ton solennel :

— Une seule personne peut nous sauver : Storine. Je défie quiconque, ici, de me dire le contraire.

18

La décristallisation

L'entrée du bloc pénitencier d'Ycarex était sévèrement gardée par une unité complète de soldats appartenant à la phalange noire. Leur chef leva un sourcil surpris, puis il examina de nouveau le laissez-passer signé de la main du grand chancelier. Fixant le maître missionnaire accompagné par un officier impérial en grande tenue d'apparat, une jeune femme silencieuse et un adolescent nerveux, il déclara, péremptoire :

— Vous remettre le corps de Storine Fendora d'Ectaïr ? Je n'ai reçu aucun ordre à cet effet.

Il échangea un bref regard avec trois de ses soldats, placés de part et d'autre de la console commandant l'ouverture du tunnel d'accès.

— La situation est grave, déclara le maître missionnaire d'une voix forte. Êtes-vous si éloignés des grands centres que vous ignorez les dernières nouvelles ?

L'officier serra les lèvres de frustration. Comment ce religieux cagoulé osait-il débarquer sur l'astéroïde d'Ycarex et réclamer, avec morgue, qu'il obéisse à un ordre aussi surprenant !

— Vous parlez de ces yeux de l'espace qui engloutissent tout sur leur passage ?

— Le Fléau de Vinor ! laissa tomber le maître missionnaire d'une voix sépulcrale.

— Maître… (l'officier lut le nom inscrit sur le laissez-passer holographique) Drogba de Zoltaderx.

Il revint à son écran de contrôle et considéra la petite navette à bord de laquelle ils étaient arrivés.

— Et vous voulez la fille !

— Elle seule peut sauver l'Empire de la colère des dieux, rétorqua le maître tandis que les deux jeunes qui l'accompagnaient semblaient de plus en plus nerveux.

Adossé à la paroi, impassible comme une statue, l'officier aux yeux noirs le mettait aussi mal à l'aise.

Le chef de la phalange restait perplexe. Depuis que ces yeux géants terrorisaient les autorités, les communications avaient été perturbées ; les nouvelles arrivaient déformées, les transmissions holographiques étaient plus bleues et tremblotantes que jamais. Sans nouvelles de son quartier général depuis plus de trente-deux heures, pouvait-il se permettre, aux fins de vérification d'identité, de demander à un maître missionnaire d'enlever sa cagoule ?

Soudain, un de ses hommes lâcha une exclamation de surprise.

— Oui ? interrogea l'officier.

Le soldat contemplait l'écran sur lequel l'image du hangar d'accès, ainsi que la navette du maître, venaient brusquement de disparaître. Un drôle de bruit montait du hangar. Le chef de la phalange avait du mal à imaginer ce qui pouvait se passer derrière la lourde porte fermée, mais, flairant un piège, il ouvrit la bouche pour crier un ordre. Trois de ses soldats firent mine de dégainer leurs pistolasers.

Tout se passa en une fraction de seconde. L'officier en costume d'apparat qui se tenait près du maître eut un geste vif de la main. Le chef des gardes noirs vit jaillir une lame étincelante. L'instant d'après, cette lame lui transperçait la gorge. Piqués au cœur par le sabre du militaire, ses trois hommes glissèrent au sol. Un flot de sang brouilla sa vue. Il mourut à son tour avant que son front ne heurte le plat-bord de métal.

Derrière eux, la porte vola en éclats sous les griffes du grand lion blanc.

Maître Santus retira sa cagoule. Les nerfs à vif, il transpirait à grosses gouttes.

— Il s'en est fallu d'un cheveu. Éridess, à toi !

Le jeune Phobien s'installa derrière la console. Voyant que le mort étendu en travers le gênait, le commandor Sériac rengaina son sabre et fit glisser le cadavre au sol. Au bout de quelques secondes, l'adolescent avait trouvé l'information qu'il cherchait.

— Section Rouge 12, salle du Prisme. Par contre, avant de mourir, leur chef a réussi à bloquer le système d'ouverture.

— Griffo ! appela le maître missionnaire.

Impatient de retrouver sa petite maîtresse, le lion rua de toute la force de ses puissantes épaules contre le battant de la porte donnant accès au complexe pénitencier. Quelques coups suffirent. Tordu par la pression exercée par le poids du fauve, le métal grinça puis céda.

— Nous allons nous occuper des autres soldats, déclara Selmina, accompagnée par sa jeune sœur et par les deux ingénieurs du cirque qui étaient arrivés à la suite du lion.

— Ce ne devrait pas être long !

Sceptique, Sériac leva un sourcil. Il avait entendu dire que la mise en sommeil des condamnés par le moyen de l'arracheur d'âmes était un processus complexe et délicat.

Santus lui décocha un regard aigu (sans doute n'appréciait-il pas la froide exécution des gardes noirs).

— Même déshumanisée, Storine n'a jamais manqué d'amis ! déclara-t-il à brûle-pourpoint en emboîtant le pas à Éridess dans le sombre corridor menant aux salles de détention.

Étonné par la rapidité avec laquelle les derniers événements s'étaient déroulés – en fait depuis que, sur la planète Phobia, ils avaient récupéré Griffo qui les attendait –, le commandor fit un écart pour ne pas être renversé par le fauve.

Deux jours s'étaient écoulés depuis le sauvetage de Griffo, et Sériac devait s'avouer que leur arrivée précipitée sur Ycarex lui faisait un bien fou. Enfin, il pouvait se rendre utile, prendre des décisions – comme celle d'intervenir au moment où le chef de la phalange perçait leur complot à jour. Enfin, il pouvait échapper à l'atmosphère confinée de la navette ! À bord, la présence du lion avait mis tout le monde sur les nerfs. Avait-il mangé, sur Phobia ?

Les premières heures, ils s'étaient raconté leur dernier rêve. Le grand lion blanc leur était apparu, et ils avaient chevauché sur son dos en plein espace sidéral.

Sériac se remémorait chaque détail. Jamais encore il n'avait fait un rêve aussi réel, aussi inspirant. Mais était-ce suffisant pour croire que le fauve ne les dévorerait pas à la première occasion ?

Griffo tournait en rond dans la cabine que monsieur Dyvino, déménageant ses propres affaires, lui avait prêtée. Heureusement, Éridess était là ! Le lion, qui le connaissait bien, semblait se calmer en sa présence. Le jeune homme posait sa main luminescente sur son encolure. Fascinée par son don de guérison, Somira les contemplait tous deux…

« Décidément, Éri a le tour pour séduire les femmes ! » songea Sériac tout en courant derrière le groupe.

Aux dernières nouvelles, plusieurs planètes, dont Vénédrah, étaient menacées de destruction.

« Mais pour regagner Ésotéria, nous n'avons pas besoin de longer ce système. »

En réalité, les seules difficultés qui risquaient de compromettre le beau plan élaboré par maître Santus se résumaient en trois mots : les portes interdimensionnelles.

« Seront-elles encore opérationnelles et nous permettront-elles de parcourir la distance qui nous sépare du système d'Ésotéria ? »

Alors qu'ils franchissaient plusieurs postes de sécurité et que, chaque fois, Griffo paralysait les gardes noirs rien qu'en les foudroyant des yeux, le commandor se remémorait les dernières paroles de Santus.

« Des amis, ici ! » songea-t-il, perplexe.

La dernière porte vola en éclats.

Houros Médrédyne était un homme trapu aux traits marqués, rompu à toutes les diplomaties. Cependant, lorsque le grand lion blanc de la prophétie se dressa devant lui, il eut beau se dire que même s'il l'avait chevauché en rêve il risquait, s'il ne lui cédait pas le passage, de se faire décapiter.

— Tout doux, Griffo ! lui ordonna Santus en poussant la croupe du lion.

Le maître se faufila dans l'étroit passage conduisant à l'antichambre médicale, puis il dévisagea chacun des laborantins présents dans la pièce. L'un d'entre eux lui était sans doute familier, car il s'avança vers lui et déclara :

— Tout est-il prêt, Amorite ?

Le jeune médecin aux yeux d'ambre tomba à genoux devant le maître mission-naire.

— Vous êtes venu ! répondit-il, les larmes aux yeux.

Stupéfaits, les autres membres de l'équipe médicale restaient statufiés. Devant leur étonnement – même Éridess, Somira et le commandor semblaient interloqués –, maître Santus expliqua :

— Je suis en contact télépathique avec ce jeune laborantin depuis que Storine a été faite prisonnière.

Dans sa cellule, le maître avait reçu la visite de celui qui était l'instigateur secret de ce plan, ourdi à l'insu du grand chancelier, dans le but de libérer Storine. Au cours de ses transes, il avait tour à tour contacté le jeune Amorite, ainsi que le directeur Médrédyne.

« Seulement, lui ne s'en souvient plus consciemment. Il me regarde, ma voix lui rappelle quelque chose, mais il hésite encore. »

Il tendit une carte de cristalium au laborantin.

— Voilà ! déclara-t-il en mesurant la surprise qui grandissait dans les yeux de chacun.

Il évita de répondre à la question qu'il sentait poindre sur le visage du commandor, et préféra se diriger vers un catafalque placé sur une estrade basse.

« Ainsi, se dit Sériac, notre fuite, les costumes, le faux laissez-passer, tout cela était organisé à l'avance. Mais par qui ? »

Il se rappelait à présent les messes basses entre monsieur Dyvino et Santus, peu avant qu'ils n'atteignent la planète Phobia.

Puis, comme tous se pressaient autour du catafalque, il les rejoignit.

Éridess frissonna d'horreur devant le long cercueil de cristal. Tous virent le visage de Storine, sa gorge blanche, ses épaules. Sous les entrelacs et les taches diaphanes du précieux minerai, ils devinaient son corps nu.

Plusieurs questions venaient à l'esprit du commandor. Il en choisit une, ouvrit la bouche et se rendit compte qu'il avait très soif. L'émotion du moment, sans doute !

— Je croyais qu'on lui avait rasé la tête, remarqua-t-il en s'approchant davantage.

Le jeune laborantin fit un pas en avant :

— Nous avons fait tout ce qui était possible pour limiter les dégâts causés par sa violente déshumanisation.

Sériac n'était pas certain de comprendre. Fronçant ses sourcils broussailleux, il dut effrayer le jeune homme, car celui-ci déglutit, puis précisa :

— Nous ne pouvions pas inverser le processus, il nous manquait la clé (il exhiba la carte que Santus lui avait remise). Mais nous avons fait le nécessaire pour la repousse de ses cheveux, ses fluides vitaux, son sang…

Éridess ne releva pas la dernière phrase, mais frissonna de nouveau. Était-il bien nécessaire d'évoquer ces détails sordides ?

— Libérez-la ! implora-t-il en tombant à genoux devant le catafalque.

Comme le lion se mettait à gronder, tous s'activèrent. Des machines sur roulettes furent approchées, la carte en cristalium fut introduite dans une fente située au milieu d'un symbole sculpté sur un des côtés du cercueil.

Presque aussitôt, la matière translucide veinée de lignes grises et blanchâtres se mit à luire. Une odeur de métal fondu se répandit dans la pièce. Un instant, Sériac tourna la tête en direction de la grande vitre qui occupait tout un mur. Par delà se trouvait une des salles pénitentiaires dans laquelle flottaient des centaines de sarcophages semblables à celui de Storine.

Ne pouvant réprimer un frisson de dégoût pour ce procédé qu'il jugeait barbare, Sériac reporta toute son attention sur ce que Médrédyne appelait la «décristallisation». L'ex-officier imagina brièvement que le corps, soudé à la base de cristalium, était libéré du minerai. Bientôt, la surface du couvercle transparent fut portée à ébullition.

Croyant que Storine fondait au même rythme que le minerai qui la recouvrait, chacun retint son souffle. Une vapeur brûlante se répandit en vrilles échevelées dans la pièce, causant des irritations oculaires et respiratoires chez ceux qui avaient les poumons et les yeux sensibles.

Enfin, Storine fut dégagée de son catafalque. La peau trempée, ses longs cheveux ruisselants (qui, donc, avaient repoussé grâce aux soins attentifs du jeune laborantin)

 341

semblaient collés sur son front, sur ses joues, sur sa nuque.

— Maintenant, le plus important !

Le dénommé Amorite plaça plusieurs ventouses métalliques sur le front et sur le crâne de la jeune fille toujours plongée dans un profond coma. Pendant ce temps, Médrédyne, dont le visage dégoulinait de sueur, entrait des séquences numériques sur un clavier holographique.

Maître Santus priait silencieusement. À sa connaissance, personne n'avait jamais osé, officiellement du moins, inverser le processus de déshumanisation. Aucun des cobayes sur lesquels avait été pratiquée cette opération à rebours n'avait survécu.

« Cela ne sera pas ! se dit Santus en serrant les mâchoires. Storine est l'Élue. Elle sera protégée. »

Puis il repensa soudain à la translucidation. Storine avait été initiée, sur la planète Yrex, à cet art qui permettait à un individu de pénétrer dans le cerveau d'un autre.

« C'est même à cause de ce don qu'Ekal Doum l'avait retenue prisonnière, chez lui, pour la forcer à pénétrer dans l'âme de sa femme ! »

Plus pudique ou simplement par sympathie féminine, Somira posa une couverture sur le corps de Storine. Ce faisant, elle décocha un regard bizarre à Éridess, car celui-ci semblait vraiment très proche de l'Élue.

— Plus que quelques secondes, déclara le jeune laborantin en cillant nerveusement des paupières.

Griffo, qui ne tenait plus en place, jouait des épaules pour être aux premières loges.

— Elle va s'en sortir, le rassura maître Santus.

Mais lequel des deux avait le plus besoin d'encouragements? Griffo avait côtoyé la déesse, il était apparu en rêve à des milliards d'hommes et de femmes. Il connaissait sans doute les vraies réalités de la vie, de la mort, et celles des mondes subdimensionnels qui vibraient entre ces deux états de conscience.

Sériac ne comprenait rien à toutes ces machines qui vrombissaient autour d'eux. Il ne savait qu'une chose: Storine fronçait les sourcils. Soudain, ses lèvres frémirent, son menton trembla.

— Elle est sauvée! s'exclama-t-il à voix haute.

Constatant que les autres restaient sans réaction, il s'étouffa à demi. Était-il le seul à penser que Storine reprenait connaissance?

— Il a raison! s'écria Éridess en soulevant le poignet droit de la jeune fille.

Il prit son pouls. Son visage verdâtre s'éclaira d'un sourire.

— Elle revient, elle est là!

Maître Santus plaça ses deux mains sur ses épaules.

— Alors, à toi de jouer, Éri!

Devant les médecins ébahis, le jeune Phobien posa une main sur le front de Storine et l'autre sur le haut de sa gorge. Somira se mordit les lèvres, mais ne dit rien. Éridess allait, comme il l'avait expliqué, effectuer un transfert d'énergie, de lui à l'Élue. Il avait fait cela cent fois, déjà. Ce n'était pas dangereux.

«Cent fois…», se répéta la jeune fille en voyant luire les mains de celui qui lui plaisait chaque jour davantage.

Quand, après quelques minutes, Storine ouvrit les yeux, la première chose qu'elle entrevit fut la grosse mâchoire pleine de dents de Griffo qui avait bousculé tout le monde. Faiblement, elle noua ses bras autour de sa tête et lui sourit. Le fauve se pencha légèrement, juste pour que la jeune fille puisse enfouir son visage dans sa chaude crinière.

Un sentiment de liesse générale emplit l'antichambre. Personne ne sentait plus ni la tension ni les effluves de médicaments qui flottaient toujours dans l'air. Lorsque Griffo décida que ses retrouvailles avec sa petite maîtresse avaient assez duré, Sériac s'approcha et souleva Storine dans ses bras.

— Maître Santus, murmura celle-ci, encore très affaiblie, en apercevant le maître missionnaire.

Son mentor prit sa main et sourit. Apercevant Éridess, recroquevillé dans les bras d'une jeune fille brune vêtue de noir, Storine eut l'air étonnée. Elle respira par petites bouffées. Sentit avec délice son cœur battre à nouveau dans sa poitrine. Peu à peu, le souvenir de son long voyage dans les sphères ténébreuses de Sakkéré remontait à sa mémoire.

— Père…, bredouilla-t-elle en prenant conscience que ses lèvres, malhabiles, avaient la texture du caoutchouc.

Sériac tenta de lui sourire également. Mais comme Storine réclamait la présence de Marsor le pirate, il ravala et sa joie et sa tristesse, puis il se releva.

— Posons-la sur une civière, suggéra Santus.

Un des médecins approcha une civière sur coussin d'air. Privé de son léger fardeau, le commandor Sériac regarda Santus, Somira, Éridess (qui s'appuyait sur l'épaule de la jeune fille) et Griffo. Tous repartaient en direction du hangar où les attendait la navette de monsieur Dyvino.

Au moment de quitter cet endroit lugubre où erraient des centaines d'êtres humains entre la vie et la mort, le commandor attrapa le directeur Houros Médrédyne par le col de sa tunique médicale.

Un détail le dérangeait. Il voulait savoir…

— Qui êtes-vous ? interrogea-t-il brutalement.

L'homme, dont les longs cheveux blancs et les yeux noirs charbonneux dénotaient le calme et la noblesse d'esprit, émit un ricanement sourd. Puis, il remonta sa manche droite et retourna son poignet.

— C'est bien ce que je pensais, gronda Sériac en relâchant sa prise. Et cela fait longtemps ?

— De nombreuses années.

Le commandor désigna le jeune Amorite du menton.

— Et lui ?

Le laborantin, qui n'appréciait guère l'attitude de cet homme sombre aux yeux de braises, ne se gêna pas pour répondre lui-même.

— Mon père était médecin à bord de la flotte pirate. J'ai grandi dans la ville de Paradius, détruite par les armées impériales.

Médrédyne, ancien lieutenant de Marsor, était-il présent le jour où Thessala avait ordonné la prise de la cité pirate ?

Il interrogea Médrédyne – sûrement un nom d'emprunt – du regard, mais celui-ci garda le silence. L'homme était un rebelle et un Brave. La preuve ! Depuis qu'il avait quitté la flotte et était devenu, par quel miracle, directeur du pénitencier d'Ycarex, il n'avait jamais pris la précaution de faire effacer son tatouage incriminant.

En regagnant la navette, le commandor se sentait fier d'avoir si longtemps combattu, et sans doute envié et admiré – en secret – Marsor le pirate. Cet homme avait su s'entourer de compagnons vrais, droits et libres. Il se sentait fier, également, d'avoir serré, avant de partir, la main du dénommé Houros Médrédyne.

Le Fléau de Vinor menaçait d'engloutir l'espace, mais Storine était sauvée. Grâce à elle, l'Empire le serait également.

Pourquoi, alors, ne pouvait-il pas se débarrasser d'un sentiment d'angoisse et de panique qui l'empêchait presque de respirer ?

19

Le grand secret

Assise sur une chaise de métal, l'impératrice Chrissabelle observait, dans cette petite pièce où s'était allongé Solarion, le visage de celui qu'elle avait, il y a longtemps, considéré comme son fils. Les traits simiesques du grand chancelier Cyprian semblaient blafards sous la froide luminescence du Fléau de Vinor.

« Cette lumière frappe les hommes et dissout dans leur âme jusqu'à la plus petite parcelle de méchanceté et d'orgueil », se dit-elle, les mains croisées sur ses genoux.

Cousue de perles rouges, sa longue robe de soie blanche était tachée de poussière et déchirée par endroits. Elle ne s'en préoccupait pas. Seul comptait ce fils perdu qui n'était pas le sien mais dont, en ces instants de drame

349

et de douleur, elle se rappelait les jeunes années.

Le verdict du médecin qui avait ausculté le grand chancelier à même le sol rougi de sang d'un corridor revenait à sa mémoire. Crise cardiaque. Rupture de vaisseaux sanguins. Aucune lésion cervicale importante, cependant.

« Il a gardé toute sa tête… »

Les yeux clos, l'impératrice revivait des scènes heureuses de sa vie passée aux côtés de son mari, l'empereur Ramaor. Un homme charmant et énigmatique dont elle avait été l'épouse fidèle et dévouée… jusqu'à ce qu'elle croise le regard vibrant de vie et de passion du jeune Marsor.

Ramaor qui, malgré son infidélité, avait eu la générosité de lui garder son amour.

« Il était trop conscient du poids de la couronne et du pouvoir de ses ennemis pour risquer un scandale public… »

Pourtant, peut-être par esprit de revanche ou de lucre, il avait pris une maîtresse de laquelle il avait eu un fils.

« Ainsi, se dit-elle ironiquement, Védros ne serait jamais venu au monde si je n'avais pas été l'amante de Marsor. »

En détaillant l'angle aigu du nez de Cyprian, le dessin de sa bouche, celui de cette moustache teinte en vert dont il avait lancé la mode, elle regretta qu'il n'ait pas été son fils.

Alors, Védros Cyprian n'aurait pas eu l'enfance ni la jeunesse qui avait terni son âme et aigri son cœur.

«Il aurait vraiment été mon fils et je l'aurais aimé comme tel. Il aurait été élevé à l'égal de nos autres enfants.»

Elle revit en pensée le visage pur et l'éclat solennel qui brillait dans les yeux de son fils préféré, Éristophane, le père de Solarion.

«Éris est né huit mois après ma rupture définitive avec Marsor…»

Chrissabelle n'avait jamais voulu savoir – de même que son mari – qui, de ce dernier ou de Marsor, était le véritable père du prince Éristophane. Pourquoi, alors que l'Empire était menacé de destruction par les dieux «ou par la folie des hommes ou par une combinaison des deux», se dit-elle, repensait-elle à ce mystère qui lui avait tenu le cœur au chaud durant toutes ces années? Une série d'évidences jaillirent soudain dans son esprit comme les flammes d'un bûcher rituel.

« Éris était le fils de Marsor. Ramaor, même s'il ne se l'avouait pas, le savait certainement, car l'enfant n'avait aucune ressemblance physique avec lui… »

Voilà qui expliquait enfin pourquoi, de ses cinq enfants, Éristophane avait été son préféré, et pourquoi, depuis son assassinat fomenté par Védros, Chrissabelle n'était plus que l'ombre d'elle-même.

Ici, dans une petite pièce attenante à la capitainerie de la plate-forme de Daghloda, alors qu'une force mystérieuse les protégeait des courants gravitationnels de l'œil, l'impératrice prenait toute la mesure de sa vie, de son destin et des mystères qui l'avaient faite esclave du devoir sous peine de perdre la raison.

« Solarion est donc le petit-fils naturel de Marsor le pirate ! »

Cette évidence claqua comme un coup de tonnerre dans sa tête. Comment la simple vue du corps de Védros Cyprian, allongé, vulnérable et impuissant, avait-elle pu ainsi débloquer sa mémoire subconsciente, la libérant par la même occasion d'un poids immense ?

« Je le savais. Je l'ai toujours su… »

Son beau visage tour à tour illuminé puis assombri par les tourbillons de lumière qui ne cessaient de grandir au fur et à mesure que l'œil gagnait en force et en surface, elle sourit.

« Cet œil avale, il gobe… »

Des milliards de gens étaient morts. En ce même instant, d'autres mouraient. Systis, la troisième lune, venait de disparaître à son tour. Bientôt, la planète-mère Ésotéria elle-même, dont l'évacuation massive se poursuivait activement, serait à son tour dévorée.

Personne, désormais, n'y pouvait rien.

— Si tu avais été mon fils, dit-elle à mi-voix de crainte que le grand chancelier ne l'entende, tu serais devenu empereur à ton tour…

Si elle avait parlé à voix haute, c'était pour qu'il entende. Comment croire, pourtant, que ce qu'elle lui avouait en ces heures tragiques, elle le lui avait caché durant toutes ces années où ils avaient vécu comme chat et chien sous le même toit ?

Bâtard de Ramaor, le jeune Védros avait grandi dans l'ombre de ses enfants à elle.

La mère du grand chancelier, une fière guerrière de noble ascendance faite esclave à la suite de l'invasion de son pays, ne voulait pas devenir la maîtresse d'un homme, fût-il empereur d'Ésotéria. Contrainte et forcée, donner naissance à son fils avait été pour elle une cuisante humiliation. L'enfant n'avait jamais goûté ni aux seins ni à la tendresse de sa mère qui, dès le premier jour, l'avait traité avec froideur et mépris.

« L'indifférence : voilà de quel lait Védros a été nourri. »

Néanmoins, l'enfant était éveillé et curieux de tout. Il apprenait vite.

« Sa mère a été tuée alors qu'elle tentait de s'évader du palais où Ramaor la retenait prisonnière. Et, de ce jour, Ramaor lui-même n'a plus voulu voir le visage de son fils illégitime. »

Védros n'avait appris la triste fin de sa mère que bien des années plus tard alors que lui-même, répétant inconsciemment les agissements de son père, avait violé une jeune domestique de haute naissance qui s'était pendue dans ses appartements peu après la naissance de la petite duchesse Anastara.

« Et Anastara est le portrait craché de la mère de Védros », se dit l'impératrice en se mettant soudain à sangloter.

N'avait-elle pas traité Anastara comme elle avait jadis traité le jeune Védros ?

« J'étais malheureuse, immature. Je venais de me séparer de Marsor. Ensuite, Éristophane a été assassiné avec sa femme. J'ai cru avoir perdu Storine. »

Chrissabelle, pourtant, ne cherchait pas d'excuses. Elle méritait la haine que lui portaient Védros et Anastara.

« Ainsi, tout est lié : l'amour, la haine, le mépris, l'indifférence. Chaque acte, chaque pensée influencent l'acte et la pensée qui les suivent ; comme la source se transforme en ruisseau, le ruisseau en rivière, la rivière en lac, en mer puis en océan. »

Un froissement de tissu brisa soudain le fil de ses pensées. Védros cligna des yeux. Sa main se crispa. L'impératrice sursauta.

Mais il ne fallait pas. Ses regrets, ses peines, ses joies, ses chagrins ne devaient plus rester enfouis au fond de son cœur. Comme la lumière projetée dans l'espace par l'œil au dehors, il fallait que cela sorte. Un instant, elle pensa que le Fléau de Vinor n'était rien d'autre, lui aussi, qu'une explosion d'émotions trop longtemps contenues ; une poussée de fièvre qui agite le corps d'un grand malade.

Obéissant à une impulsion, elle prit la main sèche du chancelier et la tint serrée dans la sienne.

— Père !

Védros tourna la tête vers la porte qui venait de glisser dans la paroi de métal.

— Ma fille…

Chrissabelle se leva. Anastara venait d'entrer. L'impératrice et elle échangèrent un long regard. Nul sourire n'éclairait leur visage, mais il ne s'y trouvait ni rancœur ni froideur non plus. Elles se saluèrent, puis l'impératrice les laissa seuls. La grande duchesse, dont la mise n'était pas plus reluisante que celle de la souveraine, vint s'asseoir à son tour sur la chaise et prit les mains du vieil homme épuisé.

Anastara avait les traits aussi tirés que ceux du vieillard. Elle prit une profonde inspiration.

— Père, l'heure est grave. Les rapports ne cessent d'arriver. De nombreux systèmes ont décrété l'état d'urgence. Les morts ne se comptent plus. Nous sommes impuissants. Comment lutter contre de pareilles catastrophes ?

Les yeux grands ouverts, Védros sentait que son cœur ne résisterait pas à l'effort qu'il lui faudrait fournir pour parler. D'ailleurs, que pouvait-il dire ? Avouant sa faiblesse et sa propre impuissance, il ferma les paupières.

— Père! s'écria alors Anastara, désespérée, en resserrant sa prise sur les doigts glacés du grand chancelier.

Comment cet homme, qu'elle avait toujours connu si maître de lui-même, si en contrôle de toutes les situations auxquelles elle avait dû faire face dans sa vie, pouvait-il ainsi baisser les bras?

— Père!

Sans avoir physiquement quitté la pièce – il ressentait intensément la détresse, mais aussi la sollicitude et l'affection de sa fille –, Védros revivait les secondes atroces qui avaient suivi la mort du grand maître missionnaire.

À quelques instants de décalage, il avait été lui aussi victime d'une fulgurante attaque cardiaque. Puis les statues avaient commencé à trembler sur leur socle. Celle de Vinor s'était brutalement abattue sur leur estrade en apesanteur. La plupart des notables rassemblés, ceux-là mêmes qui constituaient les mailles de son réseau d'influence à travers tout l'Empire, étaient morts sous ses yeux.

Comment son pouvoir, dont il avait patiemment noué les fils au long des années, avait-il pu disparaître d'un seul coup? La soudaineté et la violence des derniers événements l'avaient laissé abasourdi. Anastara l'implorait. Mais que pouvait-il faire ? À qui ordonner, désormais ? Il n'était plus qu'un enfant abandonné devant ses jouets brisés.

Depuis de longues minutes, déjà, Védros était réveillé. Sentant la présence de Chrissabelle auprès de lui, il n'avait pas osé ouvrir les yeux. Elle l'avait fait transporter sur ce lit, elle avait veillé son sommeil.

L'émotion qui l'étreignait était trop forte pour être exprimée. Maintenant qu'il souhaitait enfin parler et dire les choses vraies, simples et belles qu'il retenait en lui depuis si longtemps, il était incapable de prononcer un traître mot.

Lorsque, revenu de son long voyage émotionnel, il lui fut impossible de retenir les larmes qui ruisselaient sur son visage, il se rendit compte que sa fille n'était plus à son chevet. Pensant être de nouveau abandonné, il se revit enfant, guettant dans l'ombre les princes et les princesses, ses demi-frères et sœurs.

Les héritiers impériaux prenaient un brahabini sans alcool avec leurs parents, ils sautaient sur leurs genoux. Le jeune prince Éristophane, de huit mois son aîné, mimait devant leur père un héroïque combat à l'épée. L'empereur riait à gorge déployée, prenait l'enfant dans ses bras, l'appelait « mon fils ».

Lui restait le cœur serré dans l'ombre humide des hauts murs du palais. Une gouvernante le surprenait, le tirait par une oreille, l'appelait « petit bâtard », le traînait dans de sombres appartements sans lumière.

Constatant que sa fille était partie, Védros Cyprian pleura sans retenue sur son enfance.

— Solarion! s'exclama Anastara en rejoignant le prince qui contemplait le Fléau de Vinor en compagnie d'un grand soldat aux cheveux blonds.

Le prince impérial n'était pas plus frais ni gaillard que sa cousine. Anastara était épuisée, les crèmes médicamenteuses ne cachaient plus les éruptions de spurimaz qui rougissaient ses joues et son front. Elle luttait de toutes ses forces pour empêcher ses mains de trembler.

La gravité de la situation commandait que de cruciales décisions soient prises. Les médias avaient-ils été joints? Un conseil d'urgence avait-il été mis sur pied ? Les peuples savaient-ils que l'autorité impériale était maintenue ? Autour d'eux, des soldats et des techniciens allaient et venaient. Parmi eux, la grande duchesse reconnut Lâane et Florus.

Victime d'un étourdissement – elle se rendait compte, aussi, qu'elle n'avait pas mangé depuis au moins vingt-quatre heures –, elle n'arrivait pas à admettre que son père n'avait plus le contrôle de la situation ; qu'il n'était désormais qu'un vieillard sénile attendant la mort comme n'importe quel homme parvenu au crépuscule de sa vie.

L'impératrice écoutait des rapports puis donnait des ordres. Réalisant que le pouvoir avait vraiment, et si brusquement, changé de mains, Anastara sentit un grand vide dans son âme.

« Il ne me reste rien. »

— Solarion ! répéta-t-elle en montant les trois marches conduisant aux baies vitrées.

Boméro, le cinquième satellite, oscillait à son tour sur son orbite. Une flottille d'appareils fuyait sa surface crénelée de hautes tours dans lesquelles se consumaient d'ordinaire des tonnes de minerai. En voyant le ventre de cette lune se déformer puis se changer en un immense cône de terre et de roches irrémédiablement aspirées par l'œil cosmique, Anastara se sentit aussi petite, aussi fragile qu'une feuille dans le vent.

Quelque chose s'était brisé en elle, mais quoi au juste ? Ses rêves de grandeur ? Son appétit de pouvoir et de luxe ? Son amour pour Solarion ? Elle était incapable, à ce stade-ci, de le dire avec exactitude. Elle savait simplement qu'un vide l'habitait, comme si son corps n'était plus qu'une coquille morte.

Elle trébucha. Une main puissante et chaude la retint de tomber. Faisant papillonner ses longs cils, elle détailla ce visage aux traits nobles et purs. Ce n'était pas Solarion, car le jeune homme portait un casque de l'armée impériale et avait les yeux gris clair.

— Lieutenant Morens ? appela le prince.

Le jeune officier salua la grande duchesse, puis se tourna vers Solarion.

— Monseigneur !

— Des nouvelles ?

Morens hocha négativement la tête. Résistant à l'envie de se gratter les joues et le front, Anastara les rejoignit, un peu hésitante sur la façon de s'adresser à celui qui, il y a quelques heures à peine, était sur le point de devenir son mari.

Solarion la dévisagea sévèrement.

« Il a changé, se dit la jeune femme. Il est plus… »

De nombreux adjectifs traversèrent son esprit. Soudain, elle sut ce qui s'était passé.

« Depuis que je l'ai vu dans cette chambre d'interrogatoire, sur Quouandéra. »

— La carte de cristalium…, déclara-t-elle, ses yeux mauves écarquillés.

Solarion sourit. Il ne la craignait plus.

« Il me joue la comédie depuis le début », se dit-elle, effondrée par cette quasi-certitude dont elle lisait la confirmation dans son regard si clair, si perçant.

Une lumière nouvelle baignait le visage du prince. Il signa un rapport, donna à un subordonné du lieutenant son aval pour quelque mystérieuse opération, puis déclara :

— Storine.

— Storine, répéta Anastara en attendant la suite.

Elle était au supplice. Solarion le devinait. Refusant de la faire languir plus longtemps, il s'expliqua :

— J'ai donné l'ordre que l'on te vole la carte de cristalium. J'ai organisé en secret les évasions de Santus, de Sériac et d'Éridess.

— Mais…

De quelle manière il s'y était pris, cela n'était pas le plus important. Lui intimant le silence, Solarion leva un bras. Anastara attendit, frustrée, qu'il règle avec le lieutenant Morens les détails d'une autre affaire dont, le cerveau embrumé, elle ne comprit pas le dixième.

Le prince reprit :

— Storine est l'Élue des dieux. Cet œil de lumière est le Fléau de Vinor. Elle seule, je l'ai dit, a le pouvoir de sauver l'Empire. C'est écrit. Le temps presse, et… Et ? interrogea-t-il en s'adressant de nouveau au lieutenant Morens.

— Toujours rien, Monseigneur.

— Elle va venir, je le sais ! déclara le prince.

Il ne remarqua pas l'expression de l'impératrice qui se tenait à quelques pas. Elle était fière de son petit-fils. Comment avait-elle pu croire qu'il n'était qu'un melou, qu'un lâche ! En cet instant où il se dressait, seul, dans la capitainerie, elle comprit qu'il était réellement du sang de Marsor le pirate.

Il l'était, assurément, et à la manière dont il conduisait les opérations sur la plate-forme, elle fut soulagée de ne plus ressentir ni abattement, ni remords, ni chagrin. La vie prenait mille sentiers semés d'ornières, mais elle parvenait toujours à vous conduire là où vous deviez vous rendre.

« Souvent contre notre gré ! »

— Préparez-vous à accueillir l'Élue et son lion blanc ! ordonna Solarion, aussi inspiré, en cet instant, qu'un maître missionnaire admonestant ses fidèles du haut de sa chaire.

Pourtant, à cause des violents courants gravitationnels, aucun appareil n'avait encore osé s'approcher de la plate-forme et les écrans radars demeuraient muets…

20

Le retour

La petite cabine sentait le fauve et le renfermé. Recroquevillée en position fœtale contre le flanc chaud du lion, Storine gardait les yeux clos. La navette avait beau trembler de toutes ses tôles, elle restait immobile comme une enfant effrayée.

À plusieurs reprises, Éridess était entré sur la pointe des pieds. Il avait posé ses mains sur la nuque de la jeune fille pour lui insuffler sa propre énergie, changé ses draps et purifié l'air à l'aide d'un élément filtrant en forme de grosse lampe-torche. Entre deux périodes de somnolence ponctuées d'accès de fièvre, on avait fait manger Storine.

Quoi et qui ? Elle n'était pas certaine, même, de vouloir le savoir. Les visages lui apparaissaient embués et diaphanes. Seule certitude et unique réconfort : comme toujours, Griffo veillait sur elle. Parfois, elle lui parlait.

— Les rives de cristal du Lac Sacré, le Marécage de l'Âme, ta mission avec la Déesse…

Griffo lui répondait. Elle comprenait que tout ce qu'elle avait vécu durant son odyssée dans les mondes obscurs était réel. Un moment, elle se toucha le crâne, sentit les mèches soyeuses de ses cheveux sous ses doigts.

« Je me suis réveillée dans la grande salle des catafalques, je me suis vue dans un de ces horribles cercueils… »

Apparemment, ses cheveux avaient repoussé. Elle palpa son corps, spécialement l'aine, les aiselles, le creux des bras, aux endroits où avaient été introduits les immondes tentacules et les tuyaux de métal.

« Quelle est la part de réalité, quelle est celle de la fantaisie ? »

La navette ne cessait de virer sur l'aile, de tressaillir. La petite cabine était tour à tour plongée dans l'obscurité totale, puis dans d'insoutenables puits de lumières dorées ou sanguines.

Elle se redressa, s'approcha du hublot et resta sans voix. L'appareil se faufilait entre des débris de vaisseaux carbonisés tournoyant sur eux-mêmes à grande vitesse.

«Nous sommes dans un cimetière de l'espace», se dit-elle, haletante.

Elle ferma les yeux, mais ne put se soustraire aux images qui déferlaient dans sa tête. Revivant chaque épisode de son initiation spirituelle, elle entendait battre son cœur à grands coups dans sa poitrine.

«D'abord, la plaine des spectres…»

La pluie glaciale, la boue dans laquelle Corvéus et elle s'enfonçaient jusqu'aux mollets. L'apparition inespérée de son père, la cérémonie du Grand Pardon qui avait suivi.

La navette sembla soudain frapper un mur invisible. La jeune fille perdit l'équilibre, son front percuta la paroi au-dessus de sa couchette. Un second choc la projeta contre Griffo qui gronda. Qui pilotait leur appareil? Après avoir été libérée de son catafalque de cristalium, Storine avait entraperçu des visages penchés au-dessus d'elle.

«Éri, maître Santus, monsieur Dyvino, Sériac…»

La curiosité prenant le pas sur la peur et le désir de rester lovée contre Griffo, elle essuya le sang tiède et visqueux qui coulait sur ses sourcils, puis se hissa de nouveau contre le hublot.

Le spectacle était à couper le souffle.

Une planète basculait sur son axe et roulait vers un énorme tourbillon de lumière. Son atmosphère était aspirée comme le seraient des volutes de fumée, une myriade d'appareils tentaient d'échapper aux forces gravitationnelles de ce qui ressemblait à un trou noir.

« Mais ça n'en est pas un… »

Les paroles des maîtres du Lac Sacré lui revinrent à la mémoire. Ceux que les hommes appelaient les dieux étaient en fait de grands sages éphroniens. Storine se rappela son passage sur la sphère fantôme d'Ébraïs, sa rencontre avec Var Korum et Biouk, devenu Égor Korum. « Lorsque le moment sera venu, nous serons avec toi, lui avait dit ce dernier. Nous prierons et nos forces se joindront aux tiennes. »

« C'est un œil », conclut Storine en fixant, une main en visière sur son front, l'énorme trou enveloppé de lumière qui déchirait l'espace.

Le dernier épisode de son voyage extra-corporel s'imposa à elle.

« Marsor, Corvéus, Sakkéré et moi dans le *Grand Centaure* ressuscité. »

Le dieu avait parlé du Fléau de Vinor et de sa symbolique profonde. Avait-elle bien tout compris ?

« C'est important… »

Les yeux écarquillés, elle assistait à la mort de cette planète – la connaissait-elle ? Craquelée de toute part, zébrée de fantastique crevasses larges de plusieurs centaines d kilomètres, la sphère était écrasée comm une vulgaire pomme dans la main d'un géar Un instant, Storine crut même l'entend hurler de douleur. Mais était-ce l'esprit ce monde qui criait ainsi ou bien les milli de voix de ses habitants qui mouraient même instant ?

« Qui pilote ? » se demanda-t-elle enc en constatant que la navette, à force manœuvres brusques qu'elle devinait me de main de maître, échappait toujours formidables forces gravitationnelles.

« Ce n'est pas normal… »

Prise d'étourdissements, elle s'adoss paroi de métal. Combien de temps s'éc t-il ? Elle entendit une sorte de glisse Griffo gronda, puis, soudain, la cabine nouveau plongée dans la pénombre.

Elle se laissa tomber lourdement co fauve. Apparemment, son séjour for prison d'Ycarex ne laissait aucune trace dans son corps.

« Facile à dire dans le noir… »

— Sto !

Elle se redressa d'un bond.

— Qui est là ?

— Le temps est venu, Sto, reprit la voix.

L'homme qui parlait se tenait contre le chambranle de la porte. Enveloppé dans une longue cape brune presque noire, il avait l'air fatigué.

« Ce qui explique l'éraillement de sa voix », se dit la jeune fille.

Elle resserra les pans du tissu rêche qui recouvrait ses épaules.

— Ce pour quoi tu es née menace aujourd'hui d'engloutir l'Empire. Le temps des initiations est terminé. Tu es enfin prête à accomplir ta destinée.

— Santus ! s'exclama la jeune fille en se levant, une main tremblante posée sur la crinière du lion qui s'était redressé, lui aussi.

Il faisait toujours aussi sombre dans la petite cabine. Storine sentait l'odeur âcre et sauvagine de Griffo ; elle le savait surtout présent à ses côtés, prêt à la soutenir dans ce qui s'annonçait comme une nouvelle confrontation.

— Ma destinée, dis-tu ! répliqua-t-elle en choisissant volontairement le tutoiement après des années passées à subir les manigances et les mensonges de celui qui avait été, autrefois, son ami Santorin.

— Précisément.

Peu à peu, Storine vit se dessiner les contours de la silhouette du maître. Un léger reflet roux lui indiqua qu'il se présentait à elle tête nue.

« Comme dans la salle du trône, lors de mon duel avorté contre Anastara. »

— L'heure est grave, Sto.

Comme s'ils se trouvaient dans une salle de conférence ou, mieux encore, dans une des salles de cours du collège de Hauzarex sur la planète Delax, Santus lui faisait la leçon. Il énonça des noms de systèmes planétaires, des noms de planètes, il lança des chiffres. Tant de victimes dans ce système, tant d'autres là.

— En vérité, il n'y a pas un, mais sept Fléaux distincts. Un pour chacune des autoroutes de l'espace. La planète que nous venons d'éviter de justesse était… (le cœur de Storine se serra) Vénédrah. Tu te rappelles notre voyage à bord du *Mirlira II*?

Comment oublier la capitale de cette planète, sculptée à même le roc, les hordes d'enfants aux mains teintées de henné noir ou doré, les odeurs d'épices, la chaleur des vents tourbillonnants, les énormes mastodontes appelés dronovores; et, surtout, les Géants de pierre, ces statues élevées à la gloire des dieux?

Devinant que la jeune fille revivait en pensées, comme lui, le souvenir de leurs aventures passées, Santus ajouta:

— Au moment précis où nous avons quitté l'espace normal, l'œil du système de Vénédrah s'attaquait à l'étoile rouge Horemna.

Entendant encore, dans ses oreilles, le cri atroce poussé par les millions d'habitants de Vénédrah, Storine retomba comme une masse sur sa couchette.

Un coup d'œil en direction du hublot d'où provenait la seule source diffuse de lumière qui par moments nimbait de roux et d'ocre les cheveux du maître, lui révéla qu'ils ne naviguaient plus, en effet, dans ce que Santus avait appelé «l'espace normal».

— Nous sommes… dans l'hyperespace? interrogea-t-elle afin de ne pas trop penser à ce que cet homme énigmatique et secret voulait d'elle depuis le début de leur longue, très longue aventure.

— Nous voyageons dans les plis violacés de la robe de la déesse.

Storine sourit en entendant cette interprétation épique et romanesque de leur situation.

« Comment, sans utiliser mes formules, pouvons-nous voyager dans la dimension des dieux ? »

Mais il n'était pas nécessaire de se casser la tête. Elle avait vécu tant d'étranges événements depuis son emprisonnement sur Ycarex, que ce mystère de plus la laissait indifférente.

Soudain, alors même qu'elle avait fermé les yeux pendant quelques instants, elle sentit que le maître la prenait fermement par les épaules.

— Sto ! Reviens à toi ! Secoue-toi ! Les missions, les miracles que tu as accomplis jusqu'à présent ne sont rien !

Il s'interrompit. Sans doute n'osait-il pas poursuivre de peur… de lui faire peur !

Mais qu'est-ce qui pouvait l'effrayer, à présent ? Elle était morte, elle était ressuscitée. Elle avait parlé, s'était battue, avait vécu avec son père décédé. Elle avait voyagé aux quatre coins de l'Empire. Elle avait parlé au véritable Sakkéré.

Était-elle prête pour autant à faire face à son Destin ? Santus avait-il des doutes ?

— Assez de manigances, rétorqua-t-elle en se levant d'un bond.

Elle poussa Griffo qui ne s'était pas esquivé assez rapidement. Malgré la pénombre, elle fixa le maître missionnaire au fond des yeux.

— Dites-moi tout et, par les cornes du Grand Centaure, ne me cachez plus rien !

Santus soupira, puis il s'assit sur la couche. Le souffle du lion était sur eux. L'air de la cabine s'en trouvait alourdi.

— Solarion a organisé notre évasion. Toi, moi, Sériac, Éri. Lors de ma dernière transe, j'ai compris que le pouvoir avait changé de mains.

Le pouvoir ! Il ne s'agissait donc que de cela ! Il poursuivit :

— Solarion a fait semblant de se plier aux exigences d'Anastara et de son père. Ils se sont rendus sur la plate-forme nuptiale de Daghloda. Juste avant que le mariage ne soit célébré (Storine fit une grimace), le premier Fléau de Vinor est apparu. Le grand chancelier a perdu tout pouvoir, Sto ! Les événements ou bien les dieux ont fait en sorte que Solarion et l'impératrice retrouvent leur prestige et toute leur autorité !

Devant le mutisme de la jeune fille qui, debout, enroulée dans sa longue couverture, le regardait sans vraiment le voir, Santus hésita encore. Fallait-il tout lui dire ?

« Elle sait, songea-t-il. Seulement, elle veut l'entendre de ma bouche. »

— Il est temps, à présent, d'anéantir les menaces avant qu'il ne reste plus rien de l'Empire. On signale que seize satellites, trois planètes et un nombre incalculable de stations de l'espace et d'appareils ont déjà été anéantis.

Elle rit doucement, se rapprocha de lui jusqu'à effleurer son visage.

— Et vous attendez, maintenant, que je vous sauve…

Que son regard était noir ! Décontenancé, Santus dut cligner des yeux.

— Tu es l'Élue, répondit-il en avalant difficilement sa salive.

Après quelques secondes de flottement, elle s'assit à côté de lui. Puis, baissant la tête, elle avoua :

— Je ne peux rien faire, maître Santus.

D'abord, il crut à une manœuvre d'intimidation, à une ultime revanche de la petite fille qui avait trop longtemps été menée par le bout du nez. Mais il comprit qu'elle était sérieuse.

— Je ne peux rien faire, répéta-t-elle en sanglotant, parce qu'il n'existe pas de cinquième formule.

L'énormité de la révélation le laissait sans voix.

— Durant mes dernières initiations, j'ai été sur Ébraïs, j'ai lu les formules inscrites sur le mur du temple totonite. Oui, j'ai lu… les quatre premières formules. Mais il n'y avait rien d'autre !

Santus réfléchissait à toute allure. Cela n'avait aucun sens ! Il savait, les maîtres missionnaires savaient de tout temps que cinq formules devaient compléter la formation de l'Élue.

— Mais…, commença-t-il, la bouche pâteuse, ce n'est pas possible. C'est la cinquième formule qui déclenche le processus de purification ! C'est grâce à la vibration de ces mots sacrés que s'enclenchera le sacrifice suprême…

Ce mot frappa Storine comme une gifle. À plusieurs reprises, déjà, elle avait senti que vaincre le mystérieux Fléau de Vinor, que sauver des milliards de vies ne pourrait se faire sans *donner* quelque chose en retour.

Ses jambes le faisant trop souffrir, Santus se leva.

— Ce n'est pas possible ! s'exclama-t-il de nouveau.

Ses dernières transes, les écrits du *Sakem,* ceux du prophète Étyss Nostruss, tout allait dans une seule et même direction : un sacrifice.

Agacée, Storine répéta d'une voix sourde :

— Il n'y a pas de cinquième formule. Je suis désolée.

Quant à savoir si elle était prête à mourir de nouveau pour sauver l'Empire, tel que semblaient l'exiger les prophéties, elle n'avait encore rien décidé à ce sujet.

Une forte envie de vomir lui coupa soudain le souffle. Elle se plia en deux, ravala sa bile, ferma les yeux très fort pour empêcher ses larmes de couler.

Les éblouissant tous trois d'une sombre lueur rougeâtre, la porte de la cabine glissa dans la paroi.

— Nous arrivons en vue de Daghloda ! annonça la voix surexcitée d'Éridess.

Dans l'embrasure de la porte, Storine eut le temps d'apercevoir les visages de Somira, de monsieur Dyvino et, de dos, Sériac crispé sur les manettes de direction de la navette.

Avant de quitter la cabine, Santus répéta, les lèvres serrées :

— Ce n'est pas possible !

La porte se referma.

Storine resta seule avec Griffo dans l'obscurité totale. Les dernières paroles du maître missionnaire résonnaient dans sa tête.

«Les dieux se moquent-ils de nous? Qu'attendent-ils de nous? De moi?»

Devait-elle vraiment tout deviner, tout comprendre par elle-même?

«Que m'a appris mon périple dans les mondes de Sakkéré? Et Sakkéré lui-même?»

À cet instant, une petite lueur violacée nimba le sol métallique de la navette. Les contours vaporeux d'un objet de forme rectangulaire apparurent dans cette lumière surnaturelle.

Émerveillée, Storine se pencha pour saisir l'objet mystérieux. À l'instant où sa main pénétrait le halo de lumière, elle entendit dans sa tête ce psaume, lu des années auparavant – sans le comprendre vraiment – dans *Le Livre de Vina* :

Le voyage à venir sera le plus long et le plus périlleux, mais il te conduira au cœur de ta destinée. Trace ta propre route en gardant à l'esprit qu'avant de partir, tu savais

déjà où te rendre. Et, si tu ne nous vois pas penchés sur ton épaule, c'est parce que pour devenir vraiment grand, il te faut accomplir certaines choses par toi-même.

Alors seulement elle laissa couler ses larmes…

21

Face à face

La grande duchesse Anastara ajusta ses jambières en duralium, puis elle se redressa et laissa une domestique mettre en place les agrafes magnétiques de son justaucorps de combat. Enfin, elle avait pu prendre un peu de sommeil. Malgré cela, son teint était pâle et ses joues, presque entièrement dévorées par un accès de spurimaz galopant.

L'image d'un mur sur lequel était inscrite une série de lettres colorées dont elle ne comprenait pas la signification, restant d'un songe éphémère qui se dissipait inexorablement, trottait dans sa tête. Elle surprit l'expression inquiète de ses demoiselles de compagnie, retrouvées presque par miracle avec toutes ses malles, dans un des corridors parsemés de gens épuisés et hagards. Ses jeunes domestiques la croyaient-elles battue d'avance ?

Anastara se sentait vidée. Non de toute énergie – à présent que le sort était jeté, elle se promettait de vendre très chèrement sa peau –, mais de toute ambition autre que celle de sauver son honneur.

L'annonce de l'arrivée prochaine de l'Élue et de son lion blanc s'était répandue dans la station spatiale comme une traînée de poudre. Anastara songea à quel point la situation était pathétique.

« Des milliers de gens, tous plus riches, puissants et célèbres les uns que les autres, errent dans la plate-forme comme des spectres. D'après les derniers rapports, on se bat même dans certains secteurs. Les hommes du lieutenant Morens – ce prénom sonnait agréablement à ses oreilles – sont occupés à maintenir un semblant d'ordre dans les coursives menant à la capitainerie. »

Et, par-dessus le marché (mais elle n'en tirait à sa grande surprise aucune satisfaction), les appels au calme du prince et de l'impératrice restaient sans résultat.

Le nouveau pouvoir du prince impérial était donc fragile. Tout pouvait encore basculer. Anastara éprouva, l'espace d'une seconde, l'envie de reconquérir ce pouvoir qui avait glissé des mains de son père. Mais à quoi bon !

Sa dernière visite au chevet de cet homme prématurément usé et vieilli l'avait déprimée au point qu'elle s'était sentie défaillir. Un médecin restait auprès de lui en permanence. Il avait ouvert les yeux, battu des paupières, avait tenté de parler. Anastara s'était approchée de ses lèvres craquelées. Un souffle rauque, un râle, et de nouveau il avait perdu connaissance.

Elle était seule, désormais. Et, seule, elle était prête à faire face à sa destinée. Son père ne lui avait-il pas répété, depuis l'enfance, qu'elle aurait un rôle important à jouer lors de l'apparition du Fléau de Vinor ?

Revivant leur discussion, une nuit, sur la base astéroïde de Quouandéra, elle se rappela que son père n'avait jamais vraiment cru en l'existence des dieux.

« Les Lionnes noire et blanche… », se dit-elle en plaçant sur sa chevelure lustrée son casque à pointes au panache mauve, la couleur de la déesse. « Pourquoi m'a-t-il bercée d'illusions durant toutes ces années ? »

Lui en voulait-elle pour cela ? Oui… et non.

« Nous sommes semblables, lui et moi. À présent que tous les masques sont tombés, vient le jour où il faut rendre des comptes. »

Elle prit une profonde inspiration, posa une main gantée de métal sur l'épaule de sa première dame d'atour.

— Quoi qu'il m'arrive (elle lança à la ronde un regard voilé de tristesse), j'ai la certitude que vous serez bien traitées.

— Monseigneur ! (Le lieutenant Morens était en nage.) L'Élue arrive…

Solarion suivit son regard et vit atterrir une petite navette non balisée. Son visage s'éclaira.

Florus le Bleu d'Aurollane en profita et s'approcha du prince. Le scientifique tenait une plaque holographique dans ses mains. Autour d'eux clignotaient les nombreux témoins des unités de contrôle de la station. Le murmure des dizaines d'ingénieurs qui travaillaient d'arrache-pied depuis environ quarante-huit heures emplissait la capitainerie d'un bruissement presque agréable.

Le prince n'avait qu'à jeter un coup d'œil par delà les hautes baies vitrées pour se rendre compte que le dernier des sept satellites d'Ésotéria, Vertoban, menacé dans son orbite, commençait à geindre et à se déformer à son tour. Pourtant, la station Daghloda, en sustentation immobile entre l'œil de Vinor et la planète mère, semblait toujours évoluer dans un périmètre coupé de toute activité gravitationnelle.

« Comment, dans ces conditions, la navette de Storine a-t-elle pu se poser sur la piste ? »

C'est ce mystère et bien d'autres, sans doute, que Lâane et Florus allaient démythifier pour lui.

— Le disque d'accrétion de l'œil ne ressemble en rien à celui d'un trou noir ordinaire, commença Florus en montrant du doigt, sur sa plaque, les cercles externes, couleur d'or en fusion, du Fléau de Vinor.

Cela, Solarion aurait pu le dire lui-même !

Coupant la parole à son époux, Lâane alla au plus urgent.

— Nous avons mesuré l'émission d'un courant infinitésimal émanant du centre de l'œil…

Un groupe de maîtres missionnaires et de généraux, entourant l'impératrice, se tenaient à l'écart. L'esprit envahi par de nombreux rapports de plus en plus alarmants,

Solarion écoutait néanmoins avec attention tout en sentant battre son cœur à l'idée que Storine était enfin arrivée. Les yeux tour à tour fixés sur la grande porte, gardée en permanence par une douzaine de soldats, puis sur trois maîtres cagoulés qui se perdaient en conjonctures à force de lire et de relire le *Sakem,* le jeune prince attendait son « miracle ».

— Mais la bonne nouvelle, c'est que nous avons mis au point l'annihilateur d'attraction moléculaire.

— Il s'agit d'un prototype de modeste portée, avoua Florus, mais pour la série de tests préliminaires que nous préparons, il sera suffisant.

« À quand l'appareil définitif qui nous permettra de combattre ces fléaux de l'espace en isolant des forces d'attraction un complexe spatial et, plus tard, une planète entière ? » songea Solarion.

Malheureusement, il savait que le temps, justement, manquait. Dans trente heures au plus, il ne resterait rien des planètes orbitant dans les systèmes touchés. Ce qui, d'après les experts, représenterait environ trente-cinq pour cent des mondes habités et, en terme de population, plus de la moitié de l'humanité de l'Empire d'Ésotéria.

« Le plus grand cataclysme de tous les temps… »

Pris de vertige, Solarion eut besoin de s'adosser à la console métallique la plus proche. Il entendit à peine Lâane, qui poursuivait :

— Nous pouvons installer notre module d'essai sur un chasseur d'intervention rapide, mais…

La jeune Aurollienne s'interrompit soudain. Les portes venaient de s'ouvrir toutes grandes. Les milliers de notables abandonnés à eux-mêmes investissaient-ils de force la capitainerie ?

Griffo entra le premier. Sa masse blanche sembla éclaircir la vaste pièce circulaire. Suivirent Storine, identifiable à sa longue chevelure orange et à sa cape vert émeraude, Éridess, maître Santus, monsieur Dyvino, deux jeunes femmes de frêle apparence, deux hommes vêtus d'uniformes du cirque Tellarus ainsi que – Solarion eut du mal à y croire – le commandor Sériac, en grand uniforme d'apparat.

Un silence oppressant tomba dans la capitainerie. Griffo sentit le froid lugubre qui se cristallisait dans l'air et gronda. Ce grondement sourd et dense rappela aux uns le rêve de gloire vécu dernièrement aux côtés du fauve ; aux autres, l'horrible cauchemar réservé à ceux qui doutaient encore de l'existence des dieux.

— Storine ! s'exclama Solarion en descendant, exalté, les trois marches menant aux baies vitrées.

La jeune fille se tenait droite. Il sembla au prince qu'elle ne le regardait pas. Que ses yeux, pourtant si verts en cet instant, portaient bien plus loin. « Au-delà » fut le mot qui lui vint à l'esprit au moment où il lui saisit les mains.

Une gêne nouvelle l'étreignit. Storine et lui s'étaient réconciliés sur la planète Phobia. Ils étaient alors redevenus amants et amoureux fous. Pourtant, alors qu'elle revenait de l'enfer d'Ycarex, il avait du mal à juger de l'état de son amour pour lui.

« Par l'Empire ! Quel visage de pierre ! »

Et, une fois de plus, il se sentit coupable de n'avoir pas volé à son secours sur-le-champ.

Maître Santus, qui n'avait pas eu l'occasion de parler à Storine depuis leur dernière confrontation, ignorait totalement ce qui allait se produire maintenant que tout le monde se retrouvait, et cela l'angoissait énormément. Son cœur battait, des sueurs froides imbibaient ses aisselles.

Griffo entama les débats en lâchant un nouveau rugissement qui sembla réveiller Storine elle-même.

Tirée de sa transe, la jeune fille battit des paupières et fixa le garçon qu'elle aimait depuis si longtemps.

Solarion était nimbé d'une lumière nouvelle. Son regard était clair et droit, et, même s'il avait l'air dans l'expectative, elle sentit que les doutes et les peurs de l'adolescence, dissoutes comme des scories, laissaient transparaître l'homme et l'empereur qui, déjà, vivait en lui.

Le prince apparaissait enfin à la face du monde tel qu'il était réellement. Cette découverte à elle seule valait le détour ! Ayant été chacun révélés à eux-mêmes par des années de luttes, de peines et d'épreuves, Storine et Solarion avaient l'impression de se voir pour la première fois.

« Semblables à deux âmes amies qui se reconnaissent au terme d'un long et périlleux voyage », songea Santus, ému malgré lui.

À cet instant, la porte donnant accès à l'alcôve dans laquelle s'était préparée la grande duchesse s'ouvrit à son tour. Storine vit tout à la fois le grand chancelier à moitié recroquevillé dans un fauteuil en apesanteur, l'impératrice revigorée par les événements et Anastara, ruisselante de métal, moulée dans son justaucorps de combat comme une amazone prête à affronter ses démons intérieurs.

Ayant étreint les mains du prince, Storine fit signe à ses amis de s'écarter. Obéissant à contrecœur, Griffo lui-même dut s'éloigner d'elle.

Entouré par ses collègues du Saint Collège, maître Santus devinait leur excitation et leur appréhension. L'un d'eux s'approcha de lui. Tenant entre ses mains une copie du *Sakem*, il déclara d'une voix sourde :

— La Lionne blanche contre la Lionne noire…

Santus eut un hoquet de surprise. Ses collègues interprétaient les écrits au premier degré. Était-ce vraiment la voie à suivre ?

« Tant de siècles perdus en analyses de toutes sortes pour finalement aboutir à la plus simple des conjonctures… »

— Cela suffira-t-il pour apaiser la colère des dieux ? rétorqua-t-il sans vraiment croire à cette explication par trop simpliste.

Considérant le regard terrible que s'échangeaient les deux jeunes femmes malgré les quinze mètres qui les séparaient encore, il renonça à toute analyse et traça, dans l'air immobile, le signe de la Ténédrah.

D'un geste infime du menton, Anastara ordonna à une de ses dames d'honneur d'aller porter à Storine le petit coffret en duralium qu'elle avait, heureusement, pu retrouver dans les malles conservées par ses domestiques.

L'Élue observa la dame et les voiles presque diaphanes de sa longue robe sans doute destinée à la cérémonie du mariage, mais qui, à présent, était déchirée, défraîchie et noire de suie.

Elle ne distinguait presque rien du visage de sa rivale, obscurci par la visière du casque. Mais cela ne la dérangeait pas.

— Ouvrez-le, demanda-t-elle à la dame d'atour en désignant le coffret.

Ses yeux rouges posés tels des glaives brûlants sur l'assistance médusée, Griffo allait et venait en grondant et sondait leurs pensées.

Comment l'Élue allait-elle s'y prendre pour terrasser son ennemie et libérer l'espace de ces affreux pseudo trous noirs?

Avec leur conception simpliste du bien et du mal, de la vie et de la mort, ces gens étaient comme des enfants.

Ils ne comprenaient pas que Storine, loin d'être en cet instant l'Élue inspirée par l'esprit de la déesse, n'était qu'elle-même. Une simple jeune fille tourmentée par ses propres doutes, ses faiblesses, les souffrances de son cœur.

Elle jeta un coup d'œil à l'intérieur du coffret tapissé de velours mauve. La dame le tenait à portée de ses mains. Storine en sortit sa couronne de lévitation et son sabre psychique que lui rendait Anastara.

Griffo percevait les hésitations de sa petite maîtresse. Il sentait en elle la fragilité et il s'en méfiait. Chacun, dans la grande salle, retenait son souffle. Le combat final entre les deux Lionnes allait-il se tenir au milieu d'eux, sous les ombres géantes et les lumières crues de l'œil de Vinor?

Storine posa sa couronne de lévitation sur son front, alluma son sabre, en vérifia l'éclat. Puis, alors qu'Anastara se mettait en position de combat, elle marcha dans sa direction.

Une seconde puis deux s'écoulèrent, au ralenti, comme lorsqu'on s'introduit dans les chairs éthérées de l'espace et que le temps suspend son vol.

Soudain, elle releva sa lame. Les deux sabres grésillèrent l'un contre l'autre. Storine anticipa le mouvement de sa rivale une fraction de seconde avant que la lame ne glisse. Déviant la feinte, puis l'attaque de la grande duchesse, elle bondit en avant, donna un coup de poignet sec qui fit sauter le sabre de la main d'Anastara.

Stupéfaite, celle-ci plongea pour récupérer son arme qui rebondissait sur le dallage d'acier.

Mais il était déjà trop tard.

Couchée sur le flanc, la main tendue vers la poignée du sabre, Anastara n'osait plus bouger. Rougeoyant sur le col de son justaucorps, la lame de Storine pesait sur sa gorge.

Les yeux dans les yeux, elles se jaugèrent. Un seul battement de cœur, un seul regard, un souffle unique. Storine pouvait donner le coup de grâce. Abasourdi par la brièveté de ce combat que certains appelaient de toute leur âme, chacun retenait son souffle.

Que se passa-t-il dans la tête de Storine ? Revit-elle le moment où une année et demie plus tôt, elle avait, sans le vouloir vraiment, tué Astrigua, la maîtresse des esclaves, à bord du *Grand Centaure*?

L'instant, en tout cas, parut durer une éternité.

Puis, semblant reprendre pied dans la réalité, la jeune fille écarta sa lame et déclara d'une voix rauque, assez haut pour que tout le monde entende :

— Plus de guerre, plus de larmes. Le sacrifice n'en sera pas un de sang mais d'esprit.

Elle ajouta, plus simplement, en tendant sa main à la grande duchesse :

— Anastara ! J'ai besoin de toi pour sauver l'Empire…

22

Dans l'œil des dieux

— Désolé de te dire ça, Sto, mais je crois que, cette fois, tu es vraiment tombée sur la tête ! Ce plan n'a aucune chance de réussir.

La jeune fille dévisagea Éridess. Avait-il donc changé, lui aussi ? « La vie façonne les hommes. » Cet adage, appris de la bouche de maître Santus au collège de Hauzarex, lui apparut comme une grande et noble vérité. Un élan de tendresse la poussa vers celui qui était, depuis le début ou presque de ses aventures, son meilleur ami. Un coup d'œil à la jeune Somira et à son front plissé d'anxiété la dissuada néanmoins de lui donner l'accolade.

Elle posa une main sur l'épaule du Phobien et lui sourit.

— Je suis folle, n'est-ce pas ?

C'était une vieille blague, entre eux. Seulement, en cette heure tragique, alors que tous,
dans la capitainerie, avaient les yeux fixés
sur l'Élue, ces paroles sonnaient étrangement
creuses. Les yeux noirs du jeune Phobien
s'embuèrent. Soudain, il les écarquilla et
mordit ses lèvres.

— Storine…

« N'y va pas. Ne fais pas ça ! » voulut-il
crier. Mais aucun son ne sortait de sa gorge.
« Je suis paralysé ! »

Il porta sa main à son cou. À leurs côtés,
Solarion et Anastara gardaient le silence.
Comprenaient-ils ce qui se passait ? Ce qui
allait se produire ? Storine venait de leur
expliquer son plan, et ses paroles résonnaient
encore dans leur tête. Autour d'eux les techniciens, les hauts gradés de l'armée, trois
maîtres missionnaires et d'autres notables
composaient un groupe de silhouettes floues.
Derrière ce premier cercle se trouvait le grand
chancelier à demi écroulé sur une civière en
apesanteur ainsi que l'impératrice et plusieurs
conseillers.

Comme pour leur signifier que le temps
pressait, Griffo se mit à tourner autour d'eux
en grondant sourdement.

— Ne dis rien, Éri, répondit Storine. Ceci (elle montra du doigt les baies vitrées et, au-delà, l'œil monstrueux du Fléau de Vinor) est le dernier voyage. Tu m'as fidèlement suivi à travers l'espace, mais nous devons terminer seules.

Anastara était encore sous le choc, et c'est à peine si elle comprenait que ce mot de Storine, « seules », les désignait toutes deux. Elle avait cru se battre. Elle se retrouvait, presque malgré elle, embarquée dans un plan de sauvetage de l'Empire plus que fantaisiste.

« Comment croire que ça peut marcher ? » se demanda-t-elle en fixant Solarion qui avait écouté avec attention la manœuvre proposée par Storine.

La grande duchesse n'était pas certaine de tout comprendre. Elle n'était pas la seule, d'ailleurs ! Sériac et Santus eux-mêmes sem-blaient stupéfaits par les paroles de l'Élue.

Seul Solarion adhérait à ce projet délirant.

— J'ai aussi besoin de toi ! lui avait dit Storine en souriant.

Santus lisait l'angoisse sur le visage blême de la grande duchesse.

« Anastara n'a pas tout à fait tort », songea-t-il. Puis, se tournant vers Storine : « Son séjour sur Ycarex lui a peut-être dérangé le cerveau ! »

Un nouveau grondement du lion ébranla la capitainerie. Écartant les notables rassemblés, le lieutenant Morens se présenta devant le prince.

— Votre Altesse, la navette est prête.

— Bien.

Solarion chercha l'impératrice des yeux. Debout devant les baies vitrées, celle-ci contemplait, effrayée, la haute atmosphère d'Ésotéria perturbée par les premiers remous gravitationnels de l'œil. Franchement agacé par ces hésitations de dernière minute, Griffo fit crisser ses griffes sur le plancher métallique.

Il n'était plus temps de songer que la planète mère était, en cet instant même, ravagée par d'effroyables cyclones. Que des tempêtes de glace au nord et des tornades dévastatrices au sud détruisaient des centaines de villes et tuaient des millions d'êtres humains. Il fallait agir.

— Sto ! Lâane et Florus ont terminé leur installation, déclara le prince.

Ils échangèrent tous deux un bref regard. Ils étaient bien d'accord. Les maîtres missionnaires, eux, semblaient sceptiques. Ce plan, amené par l'Élue, ne ressemblait en rien aux interprétations des prophéties normalement acceptées par le Haut Collège des Maîtres.

L'échine courbée, tendus et nerveux, les vieux maîtres observèrent sans rien dire l'étrange scène qui suivit.

— Acceptes-tu ? demanda Storine en tendant la main à la grande duchesse.

L'Élue venait de grimper sur l'encolure du fauve.

— Le sas numéro trois est fin prêt ! annonça le lieutenant en adressant un signe au prince.

Maître Santus s'avança.

— Sto ! Lâane et Florus sont formels. Le périmètre de protection installé par les dieux est en train de perdre de la force. D'après leur estimé, il ne nous reste qu'une quarantaine de minutes. Ensuite, ce sera le grand plongeon.

Il esquissa un geste qu'il ne termina pas. Storine ne répondait pas. Comme il aurait espéré, cette fois-ci, un signe ou un mot d'encouragement de sa part ! Était-elle certaine de l'efficacité de son plan ou bien agissait-elle, comme d'habitude, sur un coup de tête ?

Décontenancé, il se tourna vers le commandor Sériac ; le seul homme, à part Marsor lui-même, auprès de qui elle aurait pu prendre conseil en cet instant : mais celui-ci, les yeux fixés sur l'œil des dieux, semblait trop fasciné par le spectacle pour lui être d'une quelconque utilité.

Lentement, Anastara leva le bras et prit la main de Storine. Puis elle se hissa à son tour sur la croupe du lion. Elle enserra la taille de la jeune fille. C'était la première fois qu'elle montait sur l'encolure d'un lion blanc ou de n'importe quel animal autre qu'un dronovore ou un cheval. Impressionnée par la puissance qui se dégageait du fauve, elle reprit courage.

Storine fit faire un volte-face à Griffo. Effrayé, le groupe recula. En passant devant maître Santus – le seul, avec Solarion, à n'avoir pas bougé –, Storine se baissa vers le prince et, sans hésiter, lui caressa les cheveux. Leurs lèvres se joignirent. Storine murmura à son oreille quelques paroles qu'Anastara, cherchant à maintenir son équilibre, ne fut pas certaine d'avoir comprises.

Puis Griffo se positionna devant le sas d'expulsion utilisé en cas d'extrême urgence pour fin d'évacuation de la capitainerie. D'ordinaire, une navette se tenait à l'extrémité du tunnel.

« Mais personne ne nous attend… », se dit Anastara en serrant les cuisses comme si elle anticipait l'instant où, projetés tous trois dans l'espace sidéral, elle devrait, comme dans un ciel ennuagé, lutter contre les vents pour se maintenir sur le dos du fauve.

Le premier sas s'ouvrit dans un bruit de soufflet métallique.

Anastara vit maître Santus leur adresser le signe de la Ténédrah de son index tendu. Storine y répondit en esquissant le symbole de la pyramide et celui du cercle et de l'œil, mais dans le sens contraire. Soudain, le visage du maître marqua sa stupéfaction et son angoisse. Anastara réalisa immédiatement que cette façon inusitée de tracer la Ténédrah avait une signification particulière. Pourtant, il lui était difficile de chercher à comprendre laquelle alors que d'une seconde à l'autre, elle allait être projetée dans le vide!

Le sas se referma derrière eux. Comme si elle avait oublié quelque chose de très important, Anastara tourna la tête. Son père se tenait recroquevillé sous une couverture. Entouré d'un médecin et de deux infirmiers, il gardait les yeux fixés sur elle. Que disaient ses yeux? De quelle intensité étaient-ils chargés? Incapable de le deviner, la grande duchesse sentit une boule d'angoisse se former dans sa gorge. Son père avait-il une dernière recommandation à lui adresser? Elle songea à se tourner vers Solarion. Mais malgré ses tentatives et ses folles espérances, le prince impérial ne lui avait jamais été destiné. Un bref instant, elle capta le regard gris lumineux du lieutenant Morens. Mais cet homme non plus ne lui était rien.

— Tu es prête ?

Anastara était contre le corps ferme et chaud de Storine. La dernière image qu'elle gardait d'elle étant une dépouille glacée, aux chairs sanguinolentes et au crâne rasé, elle éprouva soudain une violente envie de vomir. Serrant ses mains sur la taille de l'Élue, elle se reprit – ne demeurait-elle pas la grande duchesse impériale ? –, inspira profondément et bredouilla un « oui » à peine audible. Autour d'elles, les parois blanches et élastiques du conduit vibraient sous les énormes pressions que subissait la plate-forme.

À dix pas devant Griffo, le second sas allait s'ouvrir. Que se passerait-il, alors ?

Quelques membres des médias inter-spatiaux (parmi tous ceux qui piaffaient d'impatience dans les couloirs) avaient été admis dans la capitainerie. N'ayant pas eu le temps d'interviewer ni l'Élue, ni le prince, ni la grande duchesse, certains journalistes sentaient que les événements à venir allaient marquer pour toujours les annales de l'Empire. Le souffle court, ils pointaient à présent leurs caméras holographiques sur le grand lion blanc.

« Ce qui subsiste de la population impériale dans les autres systèmes assistera à… »

— *Âmaris Outos Kamorth-Ta Ouvouré!* s'exclama Storine en faisant attention de ne pas crever, avec son sabre brandi, la pellicule de matière caoutchouteuse dont était composé le conduit d'expulsion.

Le second sas s'ouvrit. Anastara sentit sur son visage le souffle du vide intersidéral. Craignant de périr étouffée et écrasée par les pressions gravitationnelles, elle aspira profondément.

« Je suis folle d'avoir accepté ! » se dit-elle en fermant les yeux.

Storine donna un coup de talon dans les flancs de Griffo. Sautant dans l'espace, celui-ci poussa un rugissement terrible. Cramponnée de toutes ses forces à la taille de Storine, Anastara retint son souffle le plus longtemps possible. Puis, elle ouvrit la bouche et inspira de nouveau. N'étant ni morte ni écrasée, elle battit des paupières et sentit son sang se glacer dans ses veines.

Griffo était suspendu dans le vide. Pourtant, il galopait comme s'il s'était trouvé sur la terre ferme. Anastara sentait les puissants muscles du lion se nouer sous elle; ses pattes s'élançaient à l'assaut de l'espace. Tous trois s'éloignaient rapidement du bâtiment de la capitainerie.

Puisqu'elle n'avait pas froid et qu'elle respirait normalement, la grande duchesse était hébétée de surprise.

— Ça va? lui demanda Storine.

Anastara répondit un «oui» fragile.

«La troisième formule», se dit-elle en se rappelant les paroles prononcées par Storine. «La formule de Vina qui confère à l'Élue l'invulnérabilité.»

Elle se rappela la fois où Storine, s'échappant du croiseur impérial après la destruction du *Grand Centaure*, avait déjoué ses tirs de laser.

Autour d'eux flottait une sorte de brume violacée.

«Les bras invisibles de la déesse», se dit-elle en corrigeant mentalement: «Ce doit être une sorte de champ de forces extrêmement

404

puissant. Il nous enveloppe et nous protège du vide spatial. »

Le paysage était grandiose.

Le vaste cône de la plate-forme Daghloda commençait à s'estomper au milieu des poussières lumineuses de l'espace. À bien y regarder, d'ailleurs, il semblait qu'une énergie identique à celle qui les protégeait isolait également la station nuptiale des courants gravitationnels de l'œil.

— Lâane avait raison ! lui dit soudain Storine. Daghloda est protégée par les dieux !

« Élémentaire », songea Anastara avec un rien de mesquinerie en considérant l'espace, autour de l'immense planète mère, débarrassé de ses sept satellites avalés par le Fléau de Vinor. « Tout ce vide, autour d'Ésotéria, me donne le vertige… »

Elles n'avaient toutes deux échangé que quelques mots, dictés par l'urgence.

« Ai-je eu tort d'accepter ? » se redemanda Anastara en voyant qu'elles se dirigeaient droit sur l'œil de lumière aveuglante.

Minuscules comparées à l'énorme disque d'accrétion de ce que les techniciens de la plate-forme, à défaut d'autre mot, appelaient un trou noir, elles se rapprochaient du bord externe.

«On dirait un tourbillon gigantesque.» Anastara évalua la distance qui les séparait du disque à des centaines de milliers de kilomètres. «Après chaque satellite englouti, il grossit.»

De puissantes couronnes de fumée, arrachées à l'atmosphère maintenant tout proche de la planète mère, ne cessaient de les traverser.

«Des parcelles d'atmosphère planétaire, se dit la jeune femme. Un mélange de gaz. De l'oxygène et de l'hydrogène, bien sûr, mais aussi de l'ozone.»

Sous elles, de sombres masses tourbillonnantes – les cyclones créés par l'œil spatial – balayaient la surface, crevassant les plaines, découpant les montagnes, bouleversant les mers et les lacs. Par endroits, Anastara voyait flamboyer de lointains geysers de feu, signe que l'œil réactivait, sur toute la surface de la planète, une intense activité volcanique et sismique.

Des images d'apocalypse lui passaient dans la tête. Elle songea que, paradoxalement, elle était davantage en sécurité assise derrière Storine sur Griffo, que courant, effrayée, à la surface de la planète, comme les dizaines de millions d'individus qui, aux dernières nouvelles, n'avaient toujours pas réussi à quitter la planète.

« Comment un monde habité par plus de vingt milliards d'êtres humains pourrait-il être évacué en quelques jours ? »

Complètement désorientée par cette évidence toute simple, la grande duchesse ne comprit pas immédiatement les paroles de Storine.

— Quoi ?

— Nous devons plonger dans l'œil ! répéta la jeune fille.

Anastara en resta bouche bée. Comment Storine pouvait-elle rester calme en de pareilles circonstances ?

« Elle est vraiment l'Élue ! » se dit-elle en réalisant qu'elle s'était mise à frémir de tous ses muscles. « Elle doit savoir que je tremble de peur… »

Mais quelle différence une humiliation de plus pouvait-elle faire ?

Ce qui ramena la grande duchesse à une seule et unique question : la viabilité du fameux plan de Storine pour vaincre cet énorme maelström dans lequel elles plongeaient tête la première.

— Quand dois-tu prononcer la cinquième formule ? s'enquit Anastara.

La jeune Élue ne répondit pas tout de suite. Son cœur battait trop fort pour cela. Griffo comprenait la situation. Quand elle avait annoncé qu'il fallait qu'Anastara et elle se projettent dans l'espace, les maîtres missionnaires s'étaient récriés. Mais Griffo, lui, savait à quoi s'en tenir. Santus s'en était-il douté, lui aussi, lorsqu'elle lui avait tracé le symbole de la Ténédrah inversé?

— Les dieux existent, Anastara! répondit simplement Storine.

Elle demanda ensuite à la jeune femme de prendre, dans la poche intérieure de sa cape, le fameux *Livre de Vina*.

— Surtout, ne le lâche pas!

«Recommandation superflue», songea la grande duchesse.

— Ouvre-le à la page que j'ai cochée!

D'une main, ce n'était pas facile! Malgré tout, faisant abstraction des nombreux débris qui voltigeaient de tous côtés et même *au travers* de leur périmètre de protection, Anastara cala le petit manuscrit entre leurs deux corps et se tordit le cou pour déchiffrer l'image peinte par les dieux.

— Alors? interrogea Storine, les mains enfouies dans la crinière du lion.

La grande duchesse restait sans voix car l'illustration, une enluminure aux couleurs scintillantes, les représentait, Storine et elle, assises en croupe sur l'encolure d'un lion blanc.

— Regarde la prochaine image !

Anastara tourna comme elle le put la page avec son pouce, et découvrit le portrait d'une jeune femme qui lui ressemblait trait pour trait.

— Mais… la cinquième formule ? interrogea Anastara qui ne comprenait toujours pas.

— Je ne la connais pas ! rétorqua Storine.

L'aveu lui fit l'effet d'un coup de poing dans l'estomac. Pourquoi, si elle ne connaissait pas la cinquième formule, s'était-elle ainsi jetée dans la gueule du loup ? Et pourquoi l'avait-elle entraînée dans ce suicide programmé ?

— Tu es folle ! s'écria la grande duchesse en grimaçant de désespoir.

« Elle nous a menti ! » ajouta-t-elle intérieurement.

Elle réalisa soudain que Storine s'était retournée à demi. Leurs visages à cinq centimètres l'un de l'autre, elle lui révéla :

— Sakkéré m'a dit que quelqu'un devait m'aider. *Le livre de Vina* m'a révélé que c'était toi. Toi seule connais la cinquième formule, Anastara. Maintenant, il va falloir que nous nous fassions confiance…

23

Le sacrifice

— Par les cornes du Grand Centaure! s'exclama Solarion, à la fois stupéfait d'utiliser pareil juron et décontenancé par ce qu'il voyait sur ses écrans de contrôle.

La navette affrétée par Lâane et Florus, équipée de leur nouveau système antigravitation, fonctionnait à merveille. Solarion n'avait pas voulu rester inactif alors que se jouait le destin de l'Empire : il avait été gâté. Depuis ce qu'il appelait un peu ironiquement «son coup d'État personnel», il se sentait fort dans son corps et dans sa tête, et les idées plus claires que jamais. Éprouvait-il le doux frisson du pouvoir ou bien cette métamorphose véritable, survenue en état de crise, n'était-elle qu'une conséquence logique des drames et des tensions vécus durant les mois précédents ?

Sa grand-mère ainsi que les hauts responsables du gouvernement et de l'armée s'étaient récriés. Pourquoi risquer d'un même coup les vies de l'Élue, de la grande duchesse et celle du prince héritier ?

« Ils ne comprennent rien », se dit Solarion, les mains crispées sur les manettes de contrôle.

Mais comprenait-il lui-même la mini projection tridimensionnelle qui tremblotait sur son écran holographique ?

— Que fabriquent-elles ? pesta-t-il tout haut en essuyant les fines gouttelettes de sueur qui perlaient sur son front.

Le plan de Storine, quoique « tiré par les cheveux » comme avait grommelé le commandor Sériac, coulait de source.

« Elle sort dans l'espace et s'offre à l'œil des dieux en clamant tout haut la cinquième formule. Rien de plus simple, en effet ! »

Le cœur du prince cognait dans sa poitrine. À la vérité, c'était trop simple et même simpliste.

« Je sais bien que personne n'a jamais vraiment su, dans l'Empire, comment l'Élue était supposée s'y prendre. De toute façon, peu de gens croyaient qu'une pareille catastrophe puisse un jour menacer notre empire. Les prophéties, écrites depuis trop longtemps, nous apparaissaient comme des fables pour enfants. »

Aujourd'hui, ces fables étaient devenues une cruelle réalité.

— Mais qu'est-ce qu'elles fabriquent ?

Le prince distinguait parfaitement l'aura violacée qui entourait Griffo et les deux filles.

« Au moins, la troisième formule semble les protéger ! »

Solarion se rappela ce qu'il avait dit à Storine, juste avant qu'elle ne monte en croupe sur Griffo.

— Tu y vas, tu récites la dernière formule. D'accord ! Mais que se passe-t-il ensuite ? Et, surtout, comment est-ce que tu reviens ?

Pour toute réponse, elle l'avait dévisagé en silence.

« Avec les plus jolis yeux verts que j'aie jamais vus ! »

Ce qui était loin de constituer une réponse acceptable. Son indicateur d'équilibre ainsi que sa jauge énergétique étaient de plus en plus instables. Le décompte numérique frôlait la quinzième minute.

« Maintenant que tu es arrivée aux coordonnées exactes, Sto, dépêche-toi ! » implora-t-il silencieusement.

D'abord, Anastara n'avait pas compris.

«Décidément, cela devient une habitude!»

— Pose tes mains de chaque côté de mes tempes et respire profondément, lui répéta Storine. Surtout, ne pense plus à rien et détends-toi!

«Facile à dire!» songea la grande duchesse en comprenant enfin que Storine voulait tenter, sur elle, une séance de translucidation.

«Translucidation: art d'entrer en communication profonde avec l'âme d'une personne; un art normalement utilisé en thérapie», se dit Anastara en réalisant qu'ouvrir ainsi le livre de sa vie intime à sa pire ennemie était, réellement, un acte de confiance absolue.

«Ou de pure folie...»

Elle coinça *Le Livre de Vina* entre son ventre et le bas du dos de Storine. Puis, en tentant de maîtriser ses tremblements, elle glissa ses doigts glacés de chaque côté de la tête de la jeune fille. Un instant, elle effleura de l'index le métal scintillant de la couronne de lévitation.

— Respire avec le ventre, maintenant!

À son tour, Storine ferma les yeux.

« Il n'y a pas de danger, se dit-elle. Griffo maintient le cap. »

Allait-elle vraiment tenter de chercher les mots de la cinquième formule dans l'esprit d'Anastara ?

Pourquoi les dieux, qui lui avaient révélé au long de ses aventures les quatre premières formules, avaient-ils enfoui la dernière dans le subconscient de sa rivale ?

« Leurs voies sont impénétrables, d'accord, mais… »

Comme une digue qui se rompt, un flot d'images emplit soudain son cerveau.

Le souffle court, Storine ressentit une forte chaleur dans tous ses membres. Les doigts froids de la grande duchesse cessèrent de l'incommoder. Un spasme douloureux lui tordit l'estomac. Un bref instant, elle crut perdre l'équilibre et tomber dans le vide.

Mais ce n'était qu'une illusion.

Elle se retrouvait tout simplement immobile, en suspension dans le vide devant la paroi extérieure du grand temple totonite, sur la sphère fantôme d'Ébraïs.

« Je revis un souvenir vécu lors de mes aventures hors du corps », se dit-elle, émerveillée.

Clignant des yeux, elle fit le point sur les idéogrammes peints en deux couleurs sur le mur du temple.

— Ce sont les formules? s'enquit une voix à côté d'elle.

— Anastara? s'étonna Storine en découvrant la grande duchesse, aussi immobile qu'elle, en suspension entre ciel et terre.

«Nous vivons toutes deux une transe», se dit Storine, consciente d'être, en même temps, toujours juchée sur l'encolure de Griffo, dans l'œil de Vinor.

Aussi émerveillée que sa rivale, la grande duchesse se rapprocha de la paroi et suivit, avec ses longs doigts, le tracé des symboles gravés dans la pierre.

— J'ai déjà vu ce mur dans un rêve, déclara-t-elle, la chevelure au vent.

— Les quatre formules, répondit Storine en s'approchant à son tour. Et elle les récita à haute voix, comme pour s'en imprégner.

«*Manourah Atis Kamarh-Ta Ouvouré. Mâatos Siné Ouvouré Kosinar-Tari. Âmaris Outos Kamorth-Ta Ouvouré. Mokéna Siné Kosi Outranos.*»

Le souffle court, elle haleta.

— Quatre formules seulement. Les dieux se sont-ils vraiment moqués de nous?

Les sourcils froncés, Anastara ne semblait pas du même avis.

— Pourquoi les avoir écrites de deux couleurs différentes ?

Storine ne s'était jamais posé la question. Au long de ses voyages, chacune de ces formules lui avait été révélée : la première gravée sur les stèles monolithiques qui lui étaient apparues sur le Lac Sacré et sur les murs du temple cyclopéen, sur le satellite Thyrsa ; la seconde, sur le pilier torsadé dans le temple du géant de pierre sur la planète Vénédrah ; la troisième – Storine se creusait la tête pour se rappeler – lui avait été chantée par la déesse en personne, lors d'une transe vécue dans le temple séculaire des Cristalotes.

— J'ai appris la dernière, déclara-t-elle, sur l'arbre de vie, dans le temple enfoui du météorite d'Étanos.

Cependant, la question d'Anastara était intrigante. Soudain, Storine se sentit à bout de nerfs. La tension qui s'accumulait en elle depuis le duel manqué dans la salle du trône menaçait à présent de la briser en mille morceaux.

« Les dieux savent que je suis épuisée et fragile. Voilà pourquoi ils m'ont adjoint Anastara. »

Elle se disait cela et, en même temps, elle savait que ce n'était pas toute la vérité.

— Le rouge et le doré, laissa tomber la grande duchesse, songeuse. La question est de savoir lequel est lequel.

— Comment ?

— L'étude des prophéties m'a enseigné une chose. Nous sommes, toi et moi, comme deux pôles électriques. Le positif et le négatif. Symboliquement, le bien et le mal – le rouge et le doré.

Storine la dévisageait sans comprendre. Quel rapport cela avait-il avec le Fléau de Vinor constitué, d'après les explications données par Sakkéré, de la somme des pensées de haine, de désespoir, d'envie, de jalousie, d'orgueil et de meurtre générées au long des millénaires par des milliards d'êtres humains !

— Je ne vois qu'une solution, Storine, lui expliqua Anastara, loin d'être fâchée d'avoir cette fois compris avant sa rivale. La cinquième formule se trouve bel et bien inscrite sur ce mur…

Éberluée, Storine contempla une fois encore chaque symbole gravé. Certains étaient peints en rouge, d'autres en doré. «Comme les signes cunéiformes que Lâane se dessine sur le front ! »

Elle montra le mur du doigt.

— Regarde !

— Non ! s'exclama la grande duchesse, catastrophée, en constatant que les symboles, gommés sous leurs yeux par une main invisible, s'effaçaient de la paroi.

— C'est un dernier signe !

Anastara écarquilla les yeux.

— Regarde ! lui dit encore Storine, les symboles s'effacent, oui, mais…

Victime d'un violent étourdissement simultané, les deux jeunes femmes eurent l'impression de perdre l'équilibre. La sensation de chute fut telle qu'elles se raccrochèrent l'une à l'autre comme si cette tentative désespérée pouvait les empêcher de tomber dans le vide.

Griffo rugit de frayeur. Autour d'eux, d'énormes débris de toutes sortes tourbillonnaient, les traversaient de part en part, avant d'être engloutis par l'œil.

— Par les dieux ! s'exclama Storine en constatant que, durant leur transe et malgré la protection de la déesse, ils s'étaient considérablement rapprochés du centre du maelström.

— Est-ce que ça va ? lui demanda Anastara qui s'était arrêtée de trembler.

Storine hésita un bref instant avant de lui répondre. Elle avait encore, devant les yeux, les derniers symboles composant les quatre formules – ceux peints en rouge ! Les lèvres serrées tant elle craignait de les oublier si elle prononçait la moindre parole inutile, elle fut prise d'une impulsion subite.

— Séparons-nous ! déclara-t-elle.

— Comment ?

— Le champ de protection de la déesse est assez vaste pour nous englober tous les trois.

Anastara ouvrit la bouche, mais fut incapable de protester. Voyant que sa rivale ne comprenait pas, Storine précisa :

— Vina est auprès de nous !

La grande duchesse ne sentait aucune autre présence, excepté celle du centre de l'œil, promesse d'un immense puits sans fond qui palpitait d'une aveuglante lumière.

Storine donna l'exemple et se mit debout sur l'encolure de Griffo. Puis, lentement, elle se distança du fauve, planant tel un ange vêtu d'une longue cape vert émeraude, à deux mètres du lion, puis à trois, à cinq, tandis que les débris, pièces de métal arrachées à quelques stations spatiales ou autres, continuaient à transpercer la chair éthérée de leur bulle énergétique.

Anastara écarta à son tour ses cuisses des flancs de Griffo. Aussitôt, *Le Livre de Vina* commença à s'élever comme s'il eut évolué dans un espace à faible gravité. Craignant de le perdre, elle s'en empara.

L'impression de flottement était presque agréable. Anastara vit les yeux ronds que faisait Griffo en constatant que les deux filles volaient… de leurs propres ailes de part et d'autre de lui, et elle eut presque envie d'éclater de rire.

Jamais, dans ses rêves les plus fous, elle n'eût imaginé participer ainsi au sauvetage de l'Empire. Mais était-ce bien un sauvetage ?

Elle jeta un coup d'œil à Storine. Celle-ci avait écarté les bras et les jambes et s'offrait, en croix, face à l'œil. Anastara vit qu'elle tenait son sabre psychique allumé et que l'arme jetait des lueurs écarlates sur l'ourlé violacé du champ de forces de la déesse.

Croyait-elle, en brandissant son sabre, impressionner l'œil monstrueux ?

« Non, elle pense aux milliards de gens, à travers l'Empire, qui nous observent en ce moment grâce aux caméras holographiques pointées depuis la plate-forme ! Elle se dit que de la voir ainsi va peut-être les rassurer. »

De là où elle se tenait, Storine lui cria de prendre position à son tour. Décidée à jouer le jeu jusqu'au bout, Anastara brandit dans sa main droite *Le Livre de Vina*, puis elle écarta ses bras et ses jambes. Au loin, elle distinguait la silhouette élancée de la navette à bord de laquelle Solarion avait tenu à les escorter, au cas où...

« Storine a-t-elle vraiment compris ce que les dieux ont cherché à nous dire ? » se demanda Anastara en voyant arriver sur eux un énorme débris scintillant et tourbillonnant qui devait mesurer au moins quinze mètres de diamètre.

La voix de l'Élue s'éleva au centre de leur cocon énergétique.

Elle prononça tour à tour chacune des quatre premières formules.

Lorsque Storine arriva au terme de la quatrième, la gorge sèche, elle reprit son souffle.

« Tu ne pourras la prononcer qu'une seule fois », lui avait dit Sakkéré à bord du *Grand Centaure*...

Se rappelant les mots – mais incertaine de l'ordre des symboles gravés en dorés dans la pierre –, Storine entonna la cinquième formule d'une voix rendue rauque par la peur.

Toutes les épreuves subies au long de ce voyage de près de sept années dans l'espace ne pouvaient pas se terminer sur un échec.

« Mais qu'est-ce qu'une victoire ? Qu'est-ce qu'un échec aux yeux de l'âme ? En réalité, la mort n'est ni l'une ni l'autre. »

Elle vit Anastara, écartelée comme elle, et Griffo qui les regardait toutes deux en rugissant pour les encourager.

Les mots sortaient de la gorge de la jeune fille. Un court instant, elle crut les voir, un symbole après l'autre, et il lui sembla qu'elle vomissait un torrent de lumière.

« Atis Kamarth-Ta Siné Kosinar-Tari Outos… (Elle fit une pause.) Kosi Outranos Manourah… »

La formule était-elle la bonne ?

Elles attendirent avec angoisse. Le gros débris métallique percuta leur cocon énergétique, étira ses chairs violacées. Storine eut la nette impression que les forces mêmes de la déesse faiblissaient. Elle sentit le souffle glacial de la masse du débris lorsqu'il la transperça, et se dit que le prochain leur passerait carrément sur le corps.

Anastara la dévisageait, incrédule et désespérée.

Soudain, un énorme grondement leur parvint du centre de l'œil. Il se produisit un formidable bruit de succion, puis une prodigieuse explosion.

«L'œil vomit à son tour…», songea Storine avant de réaliser que Griffo, Anastara et elle étaient situés sur l'exacte trajectoire de cette déflagration.

Un torrent d'énergie noir chargé d'éclairs les submergea.

«L'égrégore de Sakkéré», se dit Storine avant d'être frappée de plein fouet.

Un dernier coup d'œil lui révéla qu'Anastara, qui brandissait toujours *Le Livre de Vina* à bout de bras, était enveloppée par une lumière si blanche que sa silhouette s'estompait comme sous une vapeur duveteuse.

«Elle tient le livre, se dit Storine, elle sera protégée.»

Elle entendit Griffo rugir de rage, de frayeur et d'impuissance, puis il lui vint à l'esprit qu'ils tombaient ensemble dans l'œil sans fond.

Transpercée de part en part, recroquevillée sous la douleur, frappée par cent éclairs en même temps, Storine sentit s'engouffrer en elle toute la haine de cette humanité qu'elle était venue délivrer.

En quelques fractions de secondes, elle revécut le détail de toutes ses aventures.

«Je meurs…»

Son cœur explosa.

Sa tête fut arrachée de son tronc.

Le reste de son corps fut absorbé par le maelström de lumière.

24

Et les lions rugissaient

Planète Ectaïr, parc impérial de Ganaë.

La déesse trempa son index dans le petit creuset de pierre. Puis, avec des gestes délicats, elle étendit la peinture rouge sur le mur de cristal. Elle traça avec soin la silhouette d'une jeune fille, bras en croix. Face à l'Élue palpitait l'œil flamboyant. Cette tache couleur de sang était la dernière touche d'une fresque plus imposante qui s'étalait sur plusieurs mètres carrés.

La vaste salle souterraine était sombre. Pourtant, une lueur violacée éclairait les masses granitiques et la silhouette allongée des hautes stalagmites. Par endroits, de grosses racines couraient sur les plaques de roches. Des champignons scintillants bourgeonnaient dans les recoins les plus humides, cependant que la déesse, flottant à trois mètres du sol, passait d'une fresque à l'autre.

Ici, l'Élue s'offrait au Fléau de Vinor et à l'explosion qui avait suivi. On voyait très bien, sur la peinture, l'égrégore de haine transpercer la jeune fille puis rebondir aussitôt sur la «Lionne noire» qui tenait dans sa main le livre sacré. Sur une autre fresque, l'Élue sacrifiée et son grand lion blanc tombaient dans le puits de lumière, mais, autour d'eux, les énergies de l'égrégore avaient été purifiées. Plus loin sur la paroi de cristal, la jeune Élue marchait aux côtés d'une grande dame enveloppée de pourpre dans un jardin où les fleurs mesuraient dix mètres de haut et où la lumière provenait du sol, des arbres et des plantes.

La haute paroi de cristal recelait d'autres fresques luminescentes sur lesquelles on distinguait l'Élue, debout aux côtés des dieux Vinor et Vina, leurs mains jointes pour célébrer leur éclatante victoire sur l'égrégore des sombres vibrations du moi inférieur des hommes.

Accompagnée de vieux symboles vinoriens, chaque peinture semblait vibrer dans la roche translucide, tel le souvenir d'un événement passé qui existait et existerait pour toujours dans une réalité située au-delà des cinq sens ordinaires.

Lorsqu'elle fut certaine que tout avait été dit, la déesse soupira. La tâche avait été rude. Relâchant peu à peu son emprise sur le corps qu'elle avait provisoirement emprunté, elle le fit redescendre et le déposa avec précaution sur le sol inégal.

En battant des paupières, la jeune fille se rappela chaque détail de cette dernière transe. Saluant avec amour et humilité la déesse, sa mère, qui repartait dans ses mondes de lumière, elle se releva, les jambes molles et la bouche sèche.

Les dernières fresques racontaient la suite de son voyage. Elles seraient gravées là à jamais pour les générations à venir. Comme de jeunes lionceaux léchaient ses mollets, elle se baissa et se mordit les lèvres de douleur. Depuis quelque temps, elle se sentait lourde, grosse, essoufflée au moindre effort, épuisée, prise de vertiges.

« Ce qui, considérant mon état, est très normal, il paraît ! »

Comme elle avait passé assez de temps à méditer au fond de sa caverne et que l'heure du rendez-vous approchait, elle décida de remonter à la surface. À cette heure du jour, Myrta, la petite étoile rouge d'Ectaïr, répandait son voile chaud et apaisant sur la savane ; chassant les nuages imbibés d'humidité et faisant crisser les hautes herbes du chant de milliers d'insectes. Elle le savait, tous les animaux faisaient la sieste. Son clan de lions blancs se reposait. Certains étaient allongés sur les plaques de roches brûlantes de soleil ; d'autres, assoupis sur les branches entrelacées des grands arbres palmés.

Elle savait pourtant qu'aujourd'hui serait différent d'hier. Elle avait vu, en transe, un grand vaisseau spatial en processus de descente dans l'atmosphère artificielle de la planète, avec, peint sur ses flancs, l'emblème de la famille impériale. En approche au-dessus de l'entablement rocheux, il se positionnait maintenant à la verticale de l'immense esplanade d'herbes hautes.

Atteignant le sommet du défilé souterrain, Storine sentit avec délice la chaleur de Myrta enflammer ses joues froides.

À bord du croiseur impérial, Solarion était nerveux. Il consulta du regard Sériac et maître

Santus, et devina que tous deux partageaient son anxiété.

Plus de cinq mois avaient passé. Contre toute attente, peu après le sacrifice de Storine, l'œil de Vinor s'était résorbé dans une énorme implosion de lumière sombre. Le prince était parvenu *in extremis* à récupérer Anastara grâce au rayon tracteur installé sur sa navette par Lâane et Florus.

Debout devant l'écran holographique et le scanneur qui explorait chaque mètre carré de la savane ectarienne, Solarion s'efforçait de respirer calmement. Il jeta un nouveau regard en direction de Sériac, nommé chef suprême des armées impériales.

— Alors, général?

Mal à l'aise, Sériac fit une grimace.

— Nous approchons, Majesté.

Ce nouveau grade et ce titre sonnaient encore bizarrement à leurs oreilles. Après la disparition des sept Fléaux de Vinor, il avait fallu comptabiliser les pertes. Un total de plusieurs dizaines de milliards de morts et l'engloutissement de nombreux satellites, de stations spatiales, d'appareils de toutes sortes et de trois sphères majeures, dont la planète Vénédrah. Les mondes ayant survécu à l'engloutissement faisaient le compte des villes détruites et des paysages à jamais bouleversés par les tornades, les cyclones, les raz-de-marée, les tremblements de terre et les irruptions volcaniques causées par les fortes attractions gravitationnelles et les perturbations atmosphériques.

« Les États mettront des années à s'en remettre », se dit le nouvel empereur, fébrile à l'idée d'atterrir à l'intérieur du parc de Ganaë.

Sa visite sur Ectaïr était confidentielle. Il n'avait prévenu ni le haut gouverneur de Briana ni les autorités du parc.

« Cela ne devrait pas prendre trop de temps avant qu'ils ne soient au courant ! »

— Vous connaissez bien l'endroit, général, lança malicieusement maître Santus.

— Vous de même, grand maître ! rétorqua Sériac en feignant de s'incliner devant le nouveau pontife du Saint Collège des maîtres missionnaires.

Après son couronnement dans un palais à moitié détruit, Solarion s'était empressé de remanier le haut fonctionnariat de l'Empire.

Éridess, qui les accompagnait, scrutait avec attention le moniteur de recherche.

— Là ! s'écria-t-il en souriant.

Sous le ventre de l'appareil, une douzaine de grands lions blancs levaient la tête.

— Ils n'ont pas l'air commodes! fit remarquer une toute jeune femme brune, coquette et enceinte.

— Ne t'inquiète pas, mon amour, répondit Éridess en l'enlaçant par les épaules. Ils ne nous feront aucun mal.

«Enfin, ils ne devraient pas…», ajouta-t-il mentalement pour ne pas inquiéter Somira.

— Si j'ai bien compris, déclara Sériac pour alléger l'atmosphère, nous nous retrouvons sur Ectaïr à cause d'un rêve…

Solarion et maître Santus hochèrent la tête d'un air entendu.

Santus se rappelait parfaitement son séjour sur la planète Ectaïr.

«Après des années de recherches, j'avais réussi à retrouver la trace de Storine qui vivait alors dans le parc avec ses grands-parents adoptifs.»

Afin de l'approcher, il s'était fait engager comme simple garde animalier sous le nom de Santorin Astford. Alors que l'appareil entamait sa descente, il surprit le regard grave du nouveau général des armées. Sériac se remémorait-il les mêmes souvenirs?

L'ancien commandor caressa machinalement l'angle aigu de son menton. Il observait surtout le couple formé par Éridess et Somira.

« Alors, quand allez-vous vous décider à demander la main de Selmina ? » l'avait taquiné le jeune Phobien.

Mais en matière d'amour, Sériac préférait progresser avec prudence. Il avait une relation amoureuse avec la jeune dompteuse d'erbosaures.

« Ce qui, à mon âge, est déjà tout un exploit ! »

Le sol métallique du vaisseau trembla légèrement lorsque le ventre de l'appareil toucha la terre meuble et rouge de la savane ectarienne. En ordonnant de se préparer au débarquement, Sériac surprit le coup d'œil de Santus.

Aussitôt, de nombreuses images envahirent sa tête. Une fillette aux cheveux orange fuyant dans la savane ; Corvéus combattant un couple de grands lions blancs. Lui-même, aux commandes de sa navette, enclenchant le rayon tracteur qui avait arraché Storine et le jeune Griffo à leur foyer nourricier. Et puis, le regard farouche que lui avait lancé la fillette…

— Là ! s'exclama-t-il en repérant, sur un éperon rocheux, la silhouette massive d'un grand lion blanc.

— Griffo ! s'écria Solarion en se rapprochant de l'écran.

Maître Santus lissa sa longue toge de cérémonie.

L'instant n'était plus grave ni terrible.

Il était solennel.

Storine se hissa lentement sur l'encolure de son ami.

— Vas-y tout doux, surtout, en descendant !

Avec mille précautions, le puissant lion-roi du nouveau clan qu'il avait formé depuis leur retour sur Ectaïr entreprit de suivre le sentier en pente qui se perdait entre les énormes blocs granitiques. En même temps, il lança aux autres lions l'ordre télépathique de se tenir à l'écart du petit groupe d'humains qui allait sortir des flancs du monstre de métal.

Soutenant son ventre d'une main, Storine haletait. Elle porta son autre main en visière sur son front et plissa les yeux. Une passerelle avait été jetée. Plusieurs silhouettes s'extirpaient des soutes de l'appareil.

Depuis cinq mois, la jeune femme n'avait pas perdu son temps. Voyageant de par l'Empire en employant la seconde formule de Vina, elle était apparue sur toutes les planètes où ses missions l'avaient amenée à jouer son rôle d'Élue.

« Toutes, sauf Vénédrah… »

Les peuples savaient ainsi que l'Élue, bien qu'elle se soit sacrifiée pour leur salut, était ressuscitée.

Impressionnés malgré eux, Santus, Solarion, Éridess, Sériac et Somira virent approcher Storine et Griffo. Écartant les hautes herbes sur son passage, le lion se détachait des épis lumineux jaunes et rouges gorgés de soleil.

Solarion restait perplexe. Il avait rêvé de Storine à plusieurs reprises. Rougissant, il se rappela d'ailleurs que, dans un de ces rêves, ils avaient fait l'amour avec fougue, comme autrefois, et qu'ils y avaient tous deux pris beaucoup de plaisir. À la fin du rêve, la jeune fille lui avait donné rendez-vous sur la planète Ectaïr.

« Précisément aujourd'hui, se dit-il en se rappelant sa dernière phrase : *J'ai une surprise pour toi, Soly !* »

C'était la première fois qu'elle l'appelait ainsi. Mais, plus que ce diminutif ridicule utilisé autrefois par Anastara, le mot « surprise » avait aiguisé sa curiosité.

« Pourquoi a-t-elle attendu cinq mois avant de daigner nous revoir ? »

Santus se posait la même question. Storine, il le savait grâce aux rapports que lui envoyaient régulièrement ses agents missionnaires, était réapparue. Entre autres sur Ésotéria même et, ce qui était presque une insulte, dans le palais de Luminéa !

« Elle a été rendre visite à ses véritables parents et à ses frères et sœurs, que j'ai pu retrouver et loger au palais. »

Quelle avait été la teneur de cette rencontre ? Il l'ignorait, et cela aussi l'inquiétait. Il se rappela le départ, sur la plate-forme Daghloda, de Storine et d'Anastara. L'Élue avait répondu à son salut en traçant le symbole de la Ténédrah *à l'envers*. « Ce qui, en clair – mais peut-être l'ignorait-elle ! –, signifie : *Je pars en guerre.* »

Heureusement, la suite des événements s'était déroulée en accord avec les prophéties.

«Elle était sans doute émue, inquiète et, même, terrorisée. Vas-tu arrêter de te faire des peurs, grand maître?» se reprocha-t-il en écarquillant les yeux quand Griffo se présenta enfin devant eux.

— Sto! s'exclama Solarion en l'aidant à glisser du flanc du majestueux lion blanc.

— Doucement! recommanda-t-elle en se tenant les reins.

— Mais…

«Par les dieux! Elle est enceinte, elle aussi!» se dit Sériac en laissant un véritable sourire paternel fleurir sur son visage glabre et bronzé artificiellement.

— Comment est-ce possible? s'étonna Solarion.

Elle lui mit les bras autour du cou et l'embrassa longuement sur les lèvres.

— Ne me dis pas que tu as oublié notre dernière nuit sur Phobia! le taquina-t-elle.

Santus vint lui donner l'accolade. Comme il ne portait aucun masque, chacun put voir la joie qui illuminait son visage piqué de taches de rousseur.

— Sto ! Ainsi, voici une nouvelle prédiction qui se réalise. Tu es enceinte. La
délivrance est proche. Ce sera un fils.

— Ce sera même un puissant empereur,
maître Santus ! Vous n'avez pas idée à quel
point !

Justement, des idées, il lui en passait plein
la tête. Notamment, la raison exacte pour
laquelle elle les avait convoqués, ici, sur
Ectaïr !

— Éri !

Elle sourit à son ami et complice de
toujours, puis le prit dans ses bras.

— Tu te souviens de Somira ? lui demanda le jeune Phobien en rougissant.

Storine enlaça également la jeune
Freesienne, autant que leurs ventres bien
ronds le leur permettaient. N'y parvenant
qu'à moitié, elles éclatèrent de rire.

— Ma chère, déclara Storine, nous allons
devenir de grandes amies, toutes les deux.
Ce n'est pas une prédiction mais bel et bien,
déjà, une réalité.

Elle posa une main sur le ventre de Somira,
et dit :

— Il faudra une Élue à mon fils.

Elle se tourna vers Santus et ajouta d'une
voix lourde de sous-entendus :

— L'impératrice n'est pas morte, comme l'ont annoncé dernièrement les médias. Elle est de retour.

Puis, posant ses deux mains sur son propre ventre :

— Et Marsor aussi !

Devant la stupéfaction générale, elle préféra ne pas s'étendre sur ce sujet.

Soudain, ses traits se durcirent. Solarion craignit qu'elle ne prononce des paroles qui pourraient briser les joies de leurs retrouvailles. Ils échangèrent un regard. Le nouvel empereur vit que les yeux de Storine étaient embués de larmes. « Avant de quitter la plateforme, elle s'est penchée, m'a embrassé… J'ai cru qu'elle allait me dire je t'aime. Finalement, elle n'a rien dit. »

Ce souvenir étrange lui serra le cœur. Avait-elle cessé de l'aimer ? Est-ce cela qu'elle hésitait à lui avouer ?

Pour sa part, Éridess était aux anges. Ainsi, sa propre fille serait la réincarnation de Chrissabelle, décédée paisiblement deux mois plus tôt durant son sommeil. Vraiment, son père avait été bien inspiré, des années auparavant, en annonçant sur son lit de mort qu'il connaîtrait une heureuse destinée s'il restait auprès de la fille du lion !

Solarion scrutait toujours anxieusement le visage de Storine. Santus, lui, jubilait. Ainsi, Marsor qui, il le savait par sa tante Chrissabelle, était le véritable grand-père de Solarion, était lui aussi de retour… pour une vie de gloire et de pouvoir. Les voies des dieux étaient bel et bien impénétrables !

« Mais alors, Storine… »

La jeune fille caressait son ventre d'une main et la crinière de Griffo de l'autre. Durant ses transes et ses voyages hors du corps en compagnie de la déesse, celle-ci lui avait longuement parlé.

— Ta mission officielle est terminée, ma fille. Tu as loyalement servi la Cause. L'Empire est sauf et tu as assuré l'avenir. Le choix, maintenant, te revient de droit.

« Le choix…, se dit-elle. Je suis libre, à présent. Libre d'accoucher au palais de Luminéa, d'y faire reconnaître mon fils et de jouer un rôle dans ce nouvel Empire. Mais libre, aussi, de le mettre au monde loin dans l'espace, de l'élever seule, de vivre avec lui et Griffo, de connaître d'autres aventures… »

Solarion se forçait à sourire.

— Anastara…, commença Santus, croyant ainsi briser le silence pesant troublé uniquement par le grognement des fauves et la mélopée estivale des insectes.

— Elle est toujours plongée dans un profond coma, je sais. Je sais aussi que son père, lui, est mort des suites de son attaque cardiaque. Il n'y a pas de hasard. Mais rassurez-vous, Anastara n'est pas prête à renoncer à la vie. Pour l'instant… (comment formuler une situation informulable?) disons qu'elle rêve, qu'elle voyage, qu'elle réfléchit à plusieurs possibilités. *Le Livre de Vina*, lui non plus, n'est pas perdu. La déesse l'a repris, le temps d'y ajouter quelques chapitres. Et puis, si Anastara choisit une de ces options…

Ce disant, elle fixa longuement Sériac et, plus précisément, le ventre de Selmina qui baissa aussitôt les yeux, car elle venait de penser que le commandor, malgré ses airs bourrus et son passé de meurtrier, ferait un bon époux et, qui sait?, un bon père de famille.

Se rendant compte qu'il était le seul qu'elle n'avait pas encore salué, Storine prit les mains de l'ex-officier.

— Corvéus est mort en Brave, lui dit-elle. De plus, il m'a accompagné durant tout le temps qu'a duré mon exil sur Ycarex. Il s'est montré un ami fidèle. Vous pouvez être fier de lui et aller en paix.

Malgré la chaleur écrasante, les mains du nouveau général des armées étaient glacées. L'émotion, sans doute.

Santus trépignait sur place. Storine avait-elle vraiment pris sa décision finale ? À la voir, à l'entendre, rien n'était moins sûr.

— Ta place est parmi nous, déclara-t-il, craignant, en se montrant trop péremptoire, de heurter son esprit de contradiction.

Mais au lieu de se mettre en colère, Storine se retint de rire. Santus était vraiment incorrigible. Malgré les épreuves partagées, il ne pouvait s'empêcher d'essayer de manipuler les gens !

— Je suis libre, désormais, se contenta-t-elle de répondre d'une voix presque éteinte.

Solarion se crispa. Depuis qu'il la savait enceinte, il souhaitait encore plus ramener Storine sur Ésotéria. Et, franchement, il n'avait pas traversé la moitié de l'Empire pour l'entendre lui dire qu'elle songeait le quitter dès qu'elle aurait mis leur enfant au monde !

Inspirant profondément – elle manquait d'air et éprouvait depuis quelques heures de douloureuses contractions –, elle s'approcha de lui.

« Impossible de savoir à quoi elle pense, se dit le jeune homme. On se parle, mais, souvent, on ne se comprend pas. Pourtant, je l'aime tellement ! »

Soudain, il perdit tout espoir.

« Est-ce que l'on se connaît réellement, tous les deux ? Nous nous sommes aimés à la sauvette, entre deux batailles, dans des cellules miteuses, au milieu de drames sanglants. Un enfant suffira-t-il à nous rapprocher vraiment ? »

« Nous sommes si différents, lui et moi ! se dit Storine au même instant. Le rôle de mère est tout un défi. Sans parler de celui d'épouse et d'impératrice ! »

Elle frissonna de dégoût à l'idée de vivre enfermée dans un palais, de devoir sourire à tous vents, d'être constamment épiée et critiquée par des centaines de domestiques et de courtisans.

« Et puis, est-ce que Griffo accepterait de quitter Ectaïr, ses nouvelles compagnes, et de vivre sur Ésotéria dans les jardins du palais ? »

Tous attendaient la décision de l'Élue. Elle lisait l'angoisse dans les yeux de chacun. Seul Sériac semblait lui dire : « Va et fais ce que tu veux. Après tout, tu l'as bien mérité ! »

Marsor, elle en était sûre, lui aurait dit la même chose.

Quoique…

Elle se rappela soudain les dernières paroles de son père.

« Je vais revenir, Sto. Je ne te quitterai plus. »

Comment garder sa liberté et, en même temps, faire face à son devoir de femme et de mère ?

L'incessante litanie aigrelette des insectes sifflait dans ses oreilles. Elle avait soif et chaud. « Je me liquéfie ! De l'ombre, vite, ou je vais m'évanouir ! »

Griffo sentait la confusion et l'agacement de sa petite maîtresse. La poussant du front, il l'engagea à se mettre à couvert sous la longue passerelle de l'appareil.

— Oui, oui, j'y vais ! dit-elle en riant, ce qui amusa tout le monde.

En chemin, elle prit Solarion par le bras et s'appuya contre lui.

— Soly, les dieux ont fait un rêve. Ils ont rêvé de nous et de nos enfants.

— Et moi, j'ai rêvé de toi !

— Je ne suis pas certaine de pouvoir faire une bonne épouse. Quant à jouer les dignes impératrices !

Par défi ou par peur, elle songea à donner une chance à cette vie toute tracée qui s'offrait à elle.

« Pendant vingt ans. Je peux essayer. Jusqu'à ce que mon fils (elle n'eut pas l'audace
de l'appeler encore Marsor) ait atteint sa
majorité. Ensuite, si ça ne me plaît pas, si
j'étouffe… »

Elle faillit le dire à Solarion. Mais il la
regardait avec tant d'amour, qu'elle ravala
ses paroles.

— Veux-tu toujours de moi pour femme
et pour impératrice ? demanda-t-elle presque
brutalement. Le veux-tu ? répéta-t-elle, cette
fois-ci d'une toute petite voix.

Il s'arrêta. Son visage se figea.

Storine sourit.

— Non, non, ne t'arrête pas, je meurs de
chaleur ! Je ne te dis pas que ce sera facile. Tu
connais mon sale caractère. On va sûrement
se disputer comme des lions.

— Je sais, nous n'avons encore jamais
vécu ensemble.

— Cela te fait-il peur ?

— Peur ? Après tout ce que tu m'as fait
vivre !

Les yeux de la jeune fille étaient du plus
beau vert.

« Ce sont des yeux comme ceux-là que
j'ai vus dans un rêve, il y a très, très longtemps,
sur la planète Phobia ! » se dit Solarion.

446

— Vivre ensemble sera la plus difficile de toutes mes aventures, reprit Storine. Je le sens !

Le jeune homme faillit céder à ses peurs maladives. Mais il n'était plus temps de montrer de la peur. Il fallait montrer de l'amour et, dorénavant, être un homme au sens où l'entendait Marsor le pirate !

— Je suis bien d'accord, Sto, rétorqua l'empereur, ce sera très dur. Surtout si tu continues à m'appeler Soly !

Dans la savane, dérangés pendant leur sieste par ces humains bavards et arrogants, les lions rugissaient…

Retrouve Storine,
l'orpheline des étoiles,
et tous les personnages de la série
sur le site de l'auteur :

fredrickdanterny.com

Index
des personnages

Anastara: Grande duchesse impériale, cousine de Solarion, rivale de Storine.

Chrissabelle: Impératrice, grand-mère de Solarion.

Corvéus: Homme de main et compagnon de route de Sériac.

Dyvino: Directeur du cirque Tellarus, ami de Storine.

Égor Korum*: Jeune chef spirituel du peuple totonite.

Éridess: Jeune Phobien, ami de Storine.

Étyss Nostruss: Célèbre prophète qui annonça dans ses écrits la venue de la Lionne blanche et l'apparition du Fléau de Vinor.

Griffo: Lion blanc, compagnon de Storine.

Houros Médrédyne*: Directeur du complexe pénitentiaire d'Ycarex.

Idriss Fador*: Tueur à gages, ancien membre des phalanges noires du grand chancelier.

---

* Nouveaux personnages.

Lâane et Florus: Jeunes scientifiques aurolliens, amis de Storine.

Marsor: Ancien pirate, père adoptif de Storine.

Morens*: Lieutenant attaché au service du prince impérial Solarion.

Ramaor*: Ancien empereur d'Ésotéria, mari défunt de Chrissabelle.

Sakkéré: Dieu des ténèbres dans la cosmogonie vinorienne; nom que les prêtres donnent à l'égrégore du mal.

Sanax Doum: Journaliste interspatial, ami de Storine.

Santus: Maître missionnaire, prince impérial, mentor de Storine.

Selmina: Acrobate du cirque Tellarus, amie du commandor Sériac.

Sériac: Ancien officier de l'armée impériale et agent secret, compagnon de route de Storine.

Sigma For-Doz: Grand maître missionnaire.

Solarion: Prince impérial, amoureux de Storine.

Somira: Jeune Freesienne, acrobate de cirque, amie d'Éridess.

Storine: Notre jeune héroïne, dix-huit ans et demi.

Thessala: Amiral impérial à la solde du grand chancelier Cyprian.

Védros Cyprian: Grand chancelier impérial, père d'Anastara.

Glossaire

Cimex: Sabre impérial de cérémonie.

Cristalium: Minerai de quartz utilisé pour concevoir des sarcophages.

Daghloda: Ancienne station spatiale à vocation minière reconvertie en plate-forme nuptiale destinée aux noces du prince impérial.

Drognards: Animaux carnivores hantant les bois de Phobia.

Ébraïs: Sphère fantôme où vivent les Totonites et les Cristalotes.

Ectaïr: Planète où a grandi Storine.

Égrégore: Masse énergétique composée d'une concentration de pensées d'un même type.

Épernoor: Oiseau de proie originaire de la planète Ésotéria, mais aussi vaisseau militaire impérial dédié au transport de troupes.

Éphronia: Ancienne civilisation maîtresse de la planète Phobia.

Ésotéria: Planète mère de l'Empire du même nom.

Formules de Vina: Adjarah: *Manourah Atis Kamarh-Ta Ouvouré*, première formule, permettant à l'Élue d'entrer en contact avec la déesse Vina. **Dredjarah:** *Mâatos Siné Ouvouré Kosinar-Tari*, deuxième formule, rendant possible à l'Élue le voyage interdimensionnel dans l'espace et le temps. **Ridjah:** *Âmaris Outos Kamorth-Ta Ouvouré*, troisième formule, qui confère à l'Élue une invulnérabilité temporaire. **Objah:** *Mokéna Siné Kosi Outranos*, quatrième formule, permettant à l'Élue de canaliser et d'exprimer l'énergie de guérison de la déesse. **Virdjah:** *Atis Kamarth-Ta Siné Kosinar-Tari Outos Kosi Outranos Manourah*, cinquième formule donnant à l'Élue le pouvoir de détruire le Fléau de Vinor en perçant la coque de l'égrégore de Sakkéré et de purifier l'espace subtil de toute pensée négative.

Hauzarex: Capitale de l'Empire d'Ésotéria et nom de la famille impériale.

Luminéa: Ville capitale de la planète Soleya.

Lunes naturelles d'Ésotéria: Systis, Crinos, Vertoban, Boméro, Vérubia, Goïa, Konir.

Phobia: Planète capitale du système planétaire de Phobia.

Puce psytronique: Implant cérébral ou corporel à impulsion magnétique.

Quouandéra: Base flottante de l'armée impériale.

Spurimaz: Maladie de peau (plaques rouges et démangeaisons cutanées) dont la cause directe est un schéma émotionnel mal géré lié au sentiment de la peur d'une séparation.

TABLE DES MATIÈRES

Fredrick D'Anterny

Né à Nice, en France, Fredrick D'Anterny a vécu sa jeunesse sous le soleil de Provence. Amateur de grandes séries de science-fiction et de dessins animés japonais, il arrive au Québec à l'âge de dix-sept ans. Peu de temps après, il crée le personnage de Storine et travaille depuis plus de quinze ans sur cette série. Depuis peu, il a mis au monde une nouvelle héroïne, Éolia, princesse de lumière, à qui il fait vivre des aventures palpitantes.

COLLECTION CHACAL